Oser s'abandonner

Dare to Surrender

La Série Dare Ménage (The Dare Ménage Series)
Tome 5

Jeanne St. James

Traduction par
Literary Queens

Crédits :
Couverture: April Martinez
Traduction de l'anglais au français: Literary Queens

www.jeannestjames.com

Inscrivez-vous à ma lettre d'information pour recevoir des informations privilégiées, des nouvelles d'auteurs et des nouveautés: www.jeannestjames.com/newslettersignup

Avertissement : Ce livre contient des scènes explicites, quelques déclencheurs possibles et un langage adulte qui peut être considéré comme offensant pour certains lecteurs. Ce livre est destiné à la vente aux adultes UNIQUEMENT, selon les lois du pays dans lequel vous avez effectué votre achat. Veuillez stocker vos fichiers dans un endroit sûr, où ils ne pourront pas être consultés par des lecteurs mineurs.

Ceci est une œuvre de fiction. Toute ressemblance avec des personnes réelles, vivantes ou décédées, ou des événements réels, est purement fortuite.

Dirty Angels MC, Blue Avengers MC & Blood Fury MC are registered trademarks of Jeanne St James, Double-J Romance, Inc.

Pour ne rien rater de ses actualités et de ses parutions, consultez son site web www.jeannestjames.com ou inscrivez-vous à sa newsletter (Seulement en anglais) : http://www.jeannestjames.com/newslettersignup

Liens d'auteur : Instagram * Facebook * Goodreads Author Page * Newsletter * Jeanne's Readers Group * BookBub * TikTok * YouTube

La Série Dare Ménage
The Dare Ménage Series

Chapitre Un

Les battements de son cœur résonnaient dans les oreilles d'Olivia, coupant tout autre son, alors que ses yeux fixaient les grandes lettres dorées sur le mur au-dessus de l'accueil... *Ward, Jordan & Holloway*.

Les lèvres de la réceptionniste bougeaient, mais Liv ignorait ce qu'elle disait.

Elle devait faire demi-tour et se tirer d'ici avant de se faire attraper. C'était une mauvaise idée. L'une des bien trop nombreuses qu'elle avait eues dans sa vie.

Elle avait l'estomac retourné, et sa bouche lui donnait l'impression d'être remplie de coton.

Elle ferma les yeux un instant alors qu'une vague de panique la submergeait. Elle pouvait arranger seule les choses. Après tout, elle avait survécu par ses propres moyens pendant la majeure partie de sa vie.

Elle n'avait jamais eu besoin de quelqu'un pour la sauver, et cette fois-ci n'était pas différente.

Bien sûr.

Elle se raidit lorsqu'elle sentit quelque chose, ou quelqu'un, une grande forme dégageant de la chaleur dans son dos. Elle secoua la tête pour essayer de remettre ses idées en place.

— Ça va ? entendit-elle enfin.

À moins que la réceptionniste ait une voix grave et masculine, ce n'était pas une femme. Un frisson lui parcourut l'échine.

Lorsqu'une énorme main sombre se posa sur son bras, elle fut incapable de faire autre chose que la fixer. Elle cligna des yeux. Pourquoi cette personne la touchait-elle ?

Puis des doigts enveloppèrent son menton, levant son visage et son regard. Elle plongea ses yeux dans des pupilles très, très foncés. Des yeux remplis d'inquiétude et... d'autre chose.

Elle n'était pas habituée à l'inquiétude. Ce regard lui semblait étranger. L'autre truc ? Elle ignorait la raison pour laquelle il la contemplait ainsi.

— Pardon ? murmura-t-elle, presque comme si elle était piégée dans un brouillard.

— Vous allez bien ?

L'homme se mit en mouvement, la conduisit jusqu'à une chaise voisine et la poussa doucement dessus.

— Cassie, va chercher une bouteille d'eau.

Du coin de l'œil, elle aperçut la réceptionniste se déplacer d'un pas pressé.

— Ça va ?

Pourquoi continuait-il à le lui demander ?

— Oui, murmura-t-elle, la langue bien pendue.

— Vous êtes ici pour voir quelqu'un en particulier ?

Liv contempla ses lèvres noires bouger. Elles étaient gonflées et agréables à regarder. Ses dents étaient vraiment blanches. Les gens gentils avaient de belles lèvres, des voix charmantes et de jolies dents.

Pourquoi se souciait-elle de savoir s'il était gentil ?

— Oui.

— Qui ? Avec qui avez-vous rendez-vous ?

— Je n'ai pas de rendez-vous, répondit Liv en secouant lentement la tête.

— Alors qui êtes-vous venue voir ?

Elle inspira en tremblotant.

— Trey.

— Trey, répéta-t-il doucement.

— Oui, Trey Holloway.

Il pencha la tête, son regard scrutant celui de Liv.

— Est-ce qu'il vous connaît ?

Quelle drôle de question !

— J'espère bien que oui. C'est mon frère.

Il plissa ses yeux sombres et ne la quitta que le temps d'attraper la bouteille d'eau dans les mains de Cassie, la réceptionniste. Il brisa le sceau du bouchon et l'ouvrit, lui tendant la bouteille.

— Buvez.

— Je n'ai pas soif, dit-elle d'un ton plat, bien qu'elle se sente desséchée.

— Buvez quand même.

Liv porta la bouteille à ses lèvres et avala une gorgée d'eau fraîche. Elle cligna à nouveau des yeux et regarda l'homme qui se dressait au-dessus d'elle.

— Qui êtes-vous ?

— Eli.

— Eli, reprit Liv en fronçant les sourcils, toujours sur un nuage.

— Elliott Stone.

C'était un joli nom pour quelqu'un avec des traits si plaisants. Certains hommes n'étaient pas beaux avec le crâne chauve. Lui, oui. Son crâne était parfaitement lisse et avait une forme gracieuse. Le crâne nu lui allait bien.

— Elliott, répéta-t-elle.

— Oui. Je vais chercher Trey pour vous, indiqua-t-il en reculant et se retournant pour partir.

— Non !

Il s'arrêta, redressant le dos. Il était grand. Foncé. Tellement beau... Mais pour l'instant, rien de tout cela n'avait d'importance.

Tout ce qui comptait, c'était la raison pour laquelle elle était ici.

Cependant, elle devait vraiment s'en aller avant que son frère soit mêlé à son merdier. D'autant plus qu'elle ne l'avait pas vu depuis seize ans.

À cause de cela, il risquait de ne pas être ravi de la retrouver. Elle avait disparu sans laisser de traces. Pas d'appels, pas de lettres, pas d'emails. Elle s'était perdue dans la masse. S'était complètement volatilisée. Elle l'avait laissé derrière, à gérer le cauchemar de leur enfance.

C'était donc une mauvaise idée qu'elle se présente ici dans un moment de faiblesse.

— Non, je vais partir. Je prendrai de ses nouvelles une autre fois. Je vous remercie de votre gentillesse.

Elle se leva et se dirigea vers l'ascenseur du vestibule d'entrée.

Il attrapa son coude au passage et la fit pivoter jusqu'à ce qu'ils se retrouvent face à face, le regard sombre et pénétrant.

— Ola. Non. Vous n'allez nulle part.

Elle tira son coude, mais l'emprise de l'homme était suffisamment ferme pour qu'elle ne parvienne pas à se dégager.

— Vous n'avez pas à me dire quoi faire.

— Bien sûr que si, marmonna-t-il près de son oreille. Vous savez pourquoi ? Parce que ça fait un moment que je travaille ici, et j'ignorais que Trey avait une sœur. Maintenant, je me demande pourquoi je ne l'ai jamais su. Alors, pour satisfaire ma curiosité, je vais vous accompagner jusqu'à son bureau.

— Lâchez-moi ! exigea-t-elle en tirant toujours son bras.

— Vous n'avez pas dit « s'il vous plaît ».

À cet instant précis, elle ne le trouvait pas si sympa que ça.

— S'il vous plaît, dit-elle avec une gentillesse forcée.

— C'est mieux. Mais non.

Elle jeta un regard paniqué à la réceptionniste qui se contenta de lui répondre par une mine absente, comme si elle avait l'habitude de voir des hommes de grande taille traîner des femmes dans le hall d'entrée. Liv ne pouvait pas imaginer que cela se produise régulièrement. Mais elle avait vu beaucoup de choses bizarres dans sa vie, alors rien ne la surprenait.

— Allons-y, dit-il d'un air déterminé.

Liv essaya d'enfoncer ses talons dans la belle moquette, mais l'homme était trop grand et trop fort pour qu'elle lui résiste. Elle eut à peine le temps d'apercevoir les différents bureaux devant lesquels ils passèrent qu'il s'arrêta brusquement face à une seconde femme. Une secrétaire, peut-être.

— Trey est là ?

Les yeux de la femme dévièrent vers Liv avant de se poser sur cet Elliott autoritaire, lui adressant un large sourire charmeur.

Peu importe.

— Il n'est pas dans son bureau. Il est en réunion.

— Une *vraie* réunion ou une *réunion*.

Liv ne savait pas de quoi il parlait, mais elle leva les yeux vers lui. Il l'ignora.

— Euh. J'espère que c'est une réunion normale puisque

Grant est avec eux. Parce que si ce n'est pas le cas, tu devrais peut-être intervenir.

Puis la secrétaire s'esclaffa.

C'était étrange et Liv ne comprenait pas ce qu'elle trouvait drôle dans ce qu'elle avait dit.

Elliott fronça les sourcils, et son visage à la peau foncée s'assombrit davantage.

— Alors c'est une réunion normale.

— Si tu le dis, murmura la secrétaire, avant de lui faire un second sourire éclatant. Dans la grande salle de conférence.

Elliott, Eli, ou qu'importe, fit un signe sec de la tête à la femme et entraîna Liv dans un autre couloir, jusqu'à une vaste pièce composée d'un mur de fenêtres. Plusieurs personnes étaient assises autour d'une longue table de conférence ovale. Lorsqu'il s'approcha, la main fermement fixée au coude de Liv, toutes les têtes se tournèrent vers eux.

Il avait dû communiquer silencieusement à travers la vitre, car un homme noir élancé se leva et ouvrit la porte, au moment précis où ils franchirent le seuil.

— Qu'est-ce qui se passe ? demanda le grand homme en fronçant les sourcils.

L'ignorant, Elliott la tira dans la pièce.

— Ça t'appartient ? interrogea-t-il le frère de Liv.

Les yeux écarquillés, ils se regardèrent l'un l'autre.

— Je pense que oui, murmura Trey en l'étudiant attentivement.

— Tu penses ou t'es sûr ?

Trey Holloway se leva et l'étudia de la tête aux pieds.

— Ouais. C'est ma sœur. *Bon sang !*

— Je l'ai trouvée en train de rôder dans le hall, paniquée, annonça son ravisseur au groupe d'inconnus.

— Quoi ? s'exclama-t-elle en levant les yeux vers lui. Je n'étais pas en train de rôd...

— Silence, dit vivement cet Elliott, la coupant.

— Eli, tu veux bien la lâcher ? demanda le quatrième homme au bout de la table, se levant lentement.

— Elle pourrait s'enfuir.

— Quoi ? s'étonna Trey, ses sourcils remontant jusqu'à la racine de ses cheveux.

— Elle a essayé de partir.

— Pourquoi ?

— Je ne sais pas, avoua Eli en haussant ses larges épaules et la regardant. Tu devras le lui demander.

— Je suis juste là, rétorqua Liv en fronçant les sourcils. Je vous entends et je suis tout à fait capable de répondre.

Eli haussa à nouveau les épaules et relâcha enfin son coude. Tout en le frottant, le regard de Liv dériva sur toutes les personnes présentes dans la pièce.

Son frère avait l'air en bonne forme. Mature. Important. Mais il avait été le quarterback vedette des Boston Bulldogs et les avait aidés à remporter le championnat du Super Bowl quelques saisons plus tôt.

Une femme aux longs cheveux blond vénitien l'observait avec des yeux curieux. Lorsqu'elle se leva, Liv ne put s'empêcher de remarquer le caractère sexy de sa tenue. Une jupe crayon, des bas et des talons hauts. Pas aussi hauts que ceux d'une strip-teaseuse, mais ils donnaient l'impression que les jambes de la femme étaient interminables. Le regard de Liv se posa sur sa poitrine. Elle avait assurément ce qu'il fallait à ce niveau. La femme avança vers Trey et mit une main dans le dos de son frère.

Liv trouva cela curieux.

Quand la femme parla d'une voix douce à son frère, il sembla se dresser au garde-à-vous comme s'il venait de se réveiller. Alors qu'il se rapprochait, Liv pensait qu'il allait la prendre dans ses bras, mais il se figea et la regarda avec circonspection.

— Olivia, qu'est-ce que tu fais ici ?

Venir là n'avait pas été une bonne idée.

— Quoi ? Je ne peux pas passer dire bonjour à mon frère ?

Sa taquinerie tomba à plat.

— Ça fait seize ans.

Voilà... La phrase qui fit remonter à la surface toute la culpabilité qu'elle portait. La chaleur lécha ses joues tandis que tous les regards se posaient sur elle.

— Je... euh...

— Bébé, peut-être qu'on devrait partir et les laisser un moment.

Liv se tourna vers l'homme qui se trouvait à sa droite. Il était également grand, mais pas autant qu'Eli. Il avait un beau bronzage et des yeux noisette bienveillants et chaleureux derrière des lunettes qui lui donnaient un air très intelligent. Mais elle se demanda qui il avait appelé bébé, puisque la seule autre femme de la salle était maintenant accrochée à l'unique autre homme noir de la pièce. Celui qui semblait être le chef. Liv trouvait curieux que la femme prenne de telles libertés avec deux hommes.

— Grant, ils pourraient avoir besoin de moi, lui répondit Eli.

Ce Grant appelait Eli « bébé » ? Elliott Stone n'avait pas l'air du genre à laisser un autre homme l'interpeler ainsi, surtout dans un cadre professionnel. Bizarre.

— S'ils ont besoin de toi, je suis certain qu'ils te le feront savoir.

Grant regarda Trey, qui se contenta de hocher la tête en guise de réponse.

— On peut attendre dans mon bureau jusqu'à ce qu'ils terminent.

— Oui, mais...

— Eli, dit fermement l'homme à son ancien ravisseur.

La tonalité de la voix sous-entendait qu'il ne fallait pas contester ce qu'il disait.

Eli hocha la tête, puis soupira.

— On n'en a pas fini, indiqua-t-il en se penchant vers Liv.

Liv mobilisa toute l'audace qu'elle put rassembler.

— Oh, c'est bien terminé, répondit-elle de façon détachée.

Les lèvres d'Eli s'aplatirent, et il sortit à contrecœur à la suite de l'autre homme, que Liv supposait aussi être un avocat puisqu'il portait un costume. Ils la refermèrent derrière eux.

Ils n'étaient plus que quatre. Son frère, elle et les deux autres.

— Pourquoi maintenant ? s'enquit Trey.

Elle se demanda pourquoi les deux autres restaient.

— On peut parler en privé ? requerra-t-elle en évitant volontairement de les regarder.

— Non, répondit-il en regardant le grand noir, puis la blonde. Tout ce que t'as à dire peut l'être devant Rayne et Gryff.

Rayne et Gryff.

— Ce sont mes partenaires. Sur tous les points, précisa-t-il.

Sur tous les points ? Qu'est-ce qu'il entendait par là ?

— On peut vous laisser seuls quelques instants, T, proposa l'homme qui devait être Gryff.

— Non, restez. Je veux que vous restiez, répondit Trey.

Sans se retourner, il tendit son bras vers l'arrière. Ils se touchèrent brièvement la main, puis les laissèrent retomber.

— Encore une fois, pourquoi et pourquoi maintenant ? demanda Trey.

— Pas de câlin à ta petite sœur ? s'enquit Liv, ce qui sembla carrément minable, même à ses oreilles.

Elle cherchait à gagner du temps.

— Vraiment ? s'exclama-t-il, une lueur dans les yeux. Tu disparais à seize ans, réapparais seize ans plus tard, et je suis censé faire comme si on s'était vu hier ? Tu m'as laissé derrière.

Liv ferma les yeux et inspira en tremblotant.

— Je sais.

— Même pas un mot. Pas une seule fois. Pas quand j'ai fini le lycée. Pas quand je suis parti à l'université. Pas quand notre *charmante* mère est morte. Pas quand j'ai été recruté par la NFL. Pas quand j'ai gagné le putain de Super Bowl.

La dernière phrase sembla amère et crue. Liv observa les diverses émotions qui traversèrent les traits de son frère.

— Je suis désolée, murmura-t-elle. J'essayais juste de survivre. J'ai fait ce que j'avais à faire.

— Oui, moi aussi.

Liv le regarda, surprise par le ton qu'il employa, se demandant ce qu'il avait dû faire pour survivre. Quoi qu'il en soit, il semblait en être sorti gagnant.

— Écoute, vous avez tous les deux fait ce que vous deviez faire, intervint Gryff en s'avançant et posant la main sur l'épaule de Trey. C'est votre mère qui est à blâmer. T, ne mets pas ça sur le dos de ta sœur. Comme toi, elle était innocente dans toute cette histoire.

Cet homme était peut-être un allié.

— Lequel d'entre vous est Jordan et lequel est Ward ?

L'époustouflante femme s'avança avec un sourire et tendit la main.

— Je suis Rayne Jordan. Et lui, c'est Gryffin Ward.

Liv prit timidement la main qu'elle lui présentait, mais Rayne la serra fermement et avec respect. Elle arracha le regard de leurs mains jointes vers le visage de la femme, cligna des yeux devant le vert des pupilles de celle-ci, puis lui rendit un petit sourire.

— Je suis Olivia Holloway.

— J'avais bien compris. Pourquoi ne pas t'asseoir ? proposa Rayne en désignant une des nombreuses chaises vides qui paraissaient hors de prix, mais confortables.

— Je... euh...

Gryff tira une chaise près de lui et indiqua également à Olivia de se poser. Elle s'exécuta. Puis son frère et ses partenaires se déplacèrent de l'autre côté de la table et s'installèrent en face d'elle.

Liv se racla la gorge, car elle eut soudain l'impression d'être au tribunal.

— Je suis désolée de venir ici à l'improviste.

— Tu fais partie de la famille. Inutile de t'excuser, répondit Gryff, l'expression neutre.

De la famille ? Oui, celle de Trey. Mais...

— Trey, appela-t-elle en tournant son regard vers son frère.

— Oui ?

— J'ai... euh. J'ai besoin d'aide.

— Oui, je ne pensais pas que t'étais venue parce que je te manquais.

Une fois de plus, la chaleur remonta dans la nuque de Liv pour envahir ses joues.

— Désolée, je n'aurais pas dû te déranger, continua-t-elle en reculant sa chaise.

— Reste ! ordonna une voix forte et grave, avant qu'elle n'ait pu se lever.

— Patron, murmura Rayne.

Gryff ne quitta pas Liv des yeux.

— Non, elle est venue ici pour une raison. On doit savoir pourquoi.

Patron ? Elle pensait qu'ils étaient associés.

— Olivia, commença Gryff.

— Liv. S'il vous plaît, appelez-moi Liv.

— Très bien. Liv, quoi qu'il arrive, on est une famille.

— Je ne comprends pas dans quelle mesure on est une famille, dit-elle en fronçant les sourcils.

Les trois personnes en face d'elle se regardèrent, puis reportèrent leurs attentions sur elle.

— Ce sont mes partenaires, Liv, finit par révéler Trey.

— OK, j'ai compris. J'ai vu vos noms en grosses lettres dorées au-dessus de la réception.

Trey inspira profondément.

— On est aussi partenaires dans la vie.

Liv cligna des yeux, puis fixa son frère. Des partenaires de vie. Qu'est-ce que ça signifiait ?

Oh, putain.

— Tous les trois ?

Il acquiesça.

— Oh.

— Alors, même si j'apprécie cette petite réunion de famille, peux-tu me dire pourquoi tu viens me retrouver maintenant après toutes ces années ?

— Je... euh.

— Oh, pour l'amour du ciel... marmonna le grand homme en face d'elle, ses mains se crispant sur la table.

— Gryff, dit doucement Rayne. Donne-lui une chance.

Les yeux de Liv dévièrent vers Rayne, vers Gryff, puis revinrent vers son frère.

— Je... je ne devrais pas être ici.

Son frère était heureux, établi, prospère. Elle n'avait pas besoin de l'entraîner dans son bordel.

Elle pouvait s'en sortir toute seule. Elle le pouvait.

Putain. Elle en était incapable.

Elle ne pouvait faire confiance à personne. Elle n'avait nulle part où aller. C'était précisément pour cette raison. Elle n'avait pas le choix.

— J'ai besoin d'aide.

— Tu l'as déjà dit, répondit Trey, les sourcils froncés. Une aide juridique ?

— Oui... Non...

Elle secoua la tête. Son cerveau était tellement confus.

— Je ne sais pas.

— Tu ne sais pas ? demanda Gryff en fronçant les sourcils.

— J'ai des ennuis.

Gryff se remit dans sa chaise, les bras tendus, les paumes posées à plat sur la table devant lui.

— Sans déconner.

Ce n'était pas une bonne idée de venir ici. Elle avait eu tort. Elle devait partir. Elle n'avait pas le droit de demander de l'aide à son frère. Elle n'avait pas le droit de débarquer dans sa vie. Il ne lui devait rien.

— Je suis désolée, murmura-t-elle en croisant le regard de son frère.

Il avait exactement les mêmes yeux qu'elle. La même couleur de cheveux. Ils se ressemblaient tellement, mais étaient de parfaits étrangers.

— Ne sois pas désolée, dit doucement Rayne. Parle-nous. On peut t'aider.

— Je n'en suis pas si sûre.

— Alors pourquoi t'es venue ici ? lui demanda Trey.

— Parce que je n'ai nulle part où aller.

Les mots lui échappèrent d'un coup. C'était vrai, mais elle détestait l'admettre.

— T'as trouvé un endroit où partir, il y a seize ans, rétorqua doucement son frère, un chagrin évident dans la voix.

Liv ferma les yeux et inspira.

— À l'époque, je n'avais nulle part où aller non plus.

— Tu vas en venir au fait ou tu vas continuer à nous énerver ? dit enfin Gryff.

— Patron, murmura Rayne, en posant une main sur l'une des siennes.

Gryff baissa les yeux pour les observer, puis il regarda Liv.

— On ne peut pas t'aider si tu ne nous dis pas quel est le problème.

Elle ouvrit la bouche, la referma, puis l'ouvrit à nouveau. Même s'ils ne pouvaient pas l'aider, elle avait besoin de vider son sac. Elle aspira une nouvelle bouffée d'air.

— J'ai été témoin d'un meurtre.

Autour de la table, un silence assourdissant accueillit sa déclaration. Elle fixa ses mains jointes, craignant d'apercevoir leurs expressions.

— Il te suffit d'aller voir la police et de leur raconter de quoi t'as été témoin, dit Trey, comme s'il entendait tous les jours ce genre de confession.

Si seulement c'était aussi simple.

— C'est impossible.

— Pourquoi ? demanda Gryff, sa voix grave maintenant teintée de suspicion.

— À cause des personnes impliquées, expliqua-t-elle.

— Merde, grommela Gryff.

— Qui était concerné ? s'enquit doucement Rayne.

Liv craignait même de prononcer son nom.

— Randall Dean, chuchota-t-elle, l'effroi transperçant son ventre.

Si quelqu'un l'entendait, découvrait ce qu'elle savait, ce qu'elle avait vu...

Rayne eut le souffle coupé, et Gryff fit un bruit. Liv leva les yeux vers Trey, qui secouait la tête, l'air confus.

— Qui ?

Gryff lança un regard noir à Trey.

— Randall Dean, répéta-t-il, comme si cela allait éclairer son frère.

— Je n'ai aucune de putain d'idée de qui c'est, confia Trey.

— Il était impliqué ? demanda Gryff en se penchant, le corps raide.

— Oui, répondit Liv.

— Comment ?

— Il l'a tuée.

Mon Dieu, il avait assassiné Peggy.

— Qui ?

Une femme qui remettait de l'ordre dans sa vie, une existence qu'elle essayait d'améliorer. Liv savait exactement ce que c'était. Autrefois, elle avait été à sa place.

— Une femme que je connaissais.

— Comment tu sais que c'était lui ?

Il avait enveloppé ses putains de mains autour de la gorge de Peggy jusqu'à ce que toute vie la quitte.

— Je l'ai vu faire.

— Putain ! aboya Gryff vers le plafond.

Il saisit le téléphone posé au centre de la table de conférence et le ramena vers lui. Il décrocha l'appareil et composa quelques chiffres.

— Eli, ici, tout de suite, grommela-t-il, avant de claquer le combiné.

— Putain de merde, murmura Rayne.

Elle tourna des yeux inquiets vers Liv.

— T'es sûre ?

— Oui.

Oui, elle en était certaine. Elle n'oublierait jamais ce qu'elle avait vu. Jamais. C'était gravé dans son cerveau et le resterait toute sa vie.

— Alors pourquoi elle ne peut pas aller voir la police ? s'enquit Trey, toujours aussi confus.

La porte de la salle de conférence s'ouvrit brusquement, et son ancien ravisseur entra, refermant la porte, les yeux rivés sur elle. Soudain, la pièce manqua cruellement d'oxygène. Elle eut du mal à respirer.

— Ça va ? demanda Rayne, l'inquiétude s'insinuant dans sa voix.

Non, non, elle n'allait pas bien.

Elle avait chassé de son esprit ce qu'elle avait vu pour réfléchir à la façon de fuir, à la manière dont elle pouvait se sauver, à la façon dont elle pourrait survivre. Une fois de plus.

Soudain, tout s'écroulait à nouveau sur elle.

Être clouée par les yeux sombres et intenses de l'homme qui se tenait à côté d'elle n'arrangeait rien.

— Patron, grommela Eli.

— Assieds-toi, dit Gryff.

— C'est bon...

Il devait s'asseoir. Pour la laisser respirer.

— S'il vous plaît, croassa Liv. S'il vous plaît.

Eli la regarda, les sourcils froncés. Mais il finit par s'installer sur la chaise à côté d'elle, laissant un siège vide entre eux. Elle lui en fut reconnaissante.

La prestance de l'homme semblait l'accabler. Elle n'aurait pas été capable de parler, de répondre aux questions, s'il avait été plus près.

— Qu'est-ce qui se passe ? s'enquit Eli, ses yeux déviant vers Gryff, puis revenant sur elle.

— Elle a vu un certain Randall Dean tuer quelqu'un, expliqua Trey depuis l'autre bout de la table.

— Quoi ? s'exclama Eli, dont le regard se porta sur Trey.

— Tu sais qui c'est ? demanda son frère.

— Putain de merde, souffla Eli.

— Ouais, grogna Gryff.

— C'est un bordel, ajouta Rayne.

— Attendez, dit Eli en levant la main. Il faut qu'on rembobine. J'ai besoin de tout entendre depuis le début.

— Je pense que c'est le cas pour tout le monde, confirma Gryff.

Puis tous les regards se posèrent sur elle. *Merde.*

Chapitre Deux

Eli étudia la sœur de Trey Holloway. Elle ressemblait à l'ancien champion du Super Bowl. Il aurait dû s'en apercevoir dès le départ.

Trey était bel homme. Eli devait admettre qu'il était sexy, et l'ancienne star de football le savait. Mais Olivia était plus que jolie, elle était ravissante. Stupéfiante, même. Mais sa beauté semblait tourmentée.

Après ce qu'il venait d'entendre, il pouvait comprendre les cernes sous ses yeux, ses pupilles inquiètes, son agitation.

Mais son regard hanté allait plus loin.

Cependant, il doutait que ce soit en rapport avec les informations qu'on venait de lui fournir.

— Prenez une gorgée, dit-il en lui tendant la bouteille d'eau. Respirez. Puis recommencez.

D'une main tremblante, elle dévissa le bouchon et porta la bouteille en plastique à ses lèvres. Eli regarda sa gorge bouger quand elle avala.

Nom de Dieu ! Il ressentit quelque chose qui ne s'était pas produit depuis des lustres.

Il n'avait pas éprouvé d'attirance pour une femme depuis très longtemps. C'était peut-être parce qu'elle était une version féminine de Trey ? D'accord, Trey était sexy. Mais quand même...

Le plus dingue, c'était qu'un besoin irrépressible de la protéger s'était emparé de lui au moment où il l'avait aperçue dans l'entrée se comporter comme une donzelle apeurée.

Cela faisait longtemps qu'il n'avait pas ressenti cela, car son mari, Grant, savait très bien s'occuper de lui.

Lorsque la femme avait été prête à s'enfuir, il l'avait arrêtée. Il n'avait pas voulu qu'elle parte. Il n'aurait jamais empêché un client, ou un prospect, de quitter le cabinet. Ce n'était pas son rôle.

Mais Olivia Holloway n'était pas une cliente.

Le nom que Trey venait de prononcer lui fit froid dans le dos.

Randall Dean.

Putain de merde.

— Randall Dean est un sénateur, révéla-t-il en se tournant vers Trey. Très puissant, super conservateur. Il a des relations. La plupart d'entre elles sont douteuses.

— C'est lui qui s'oppose toujours aux droits des femmes. Comme celui de choisir. Il est même contre la pilule. C'est le genre d'homme qui enlèverait le droit de vote aux femmes, s'il le pouvait. Il supprimerait les voix des femmes. L'égalité des salaires ? On peut oublier. Sa femme ressemble à une souris apeurée qui lui sert de marionnette, expliqua Rayne à Trey, la voix aussi froide que de la glace. Elle lui apporte probablement ses pantoufles, une pipe et un putain de bourbon avec des glaçons quand il passe la porte. Elle s'habille avec des perles et une robe recouverte d'un tablier.

Le regard de Trey se posa sur sa sœur.

— Alors, tu l'as vu tuer quelqu'un.

Ce n'était pas une question, mais une affirmation.

Eli avait encore besoin qu'Olivia reprenne son histoire. Il devait entendre tous les détails.

— Encore une fois, Olivia. Commence du début.

— Liv, corrigea-t-elle en remettant le bouchon sur la bouteille d'eau.

Puis ses yeux bleus croisèrent les siens et les fixèrent. Non, il se trompait. Il avait peut-être pensé qu'elle était craintive, et c'était peut-être vrai dans la situation actuelle, mais il voyait une force cachée derrière ces yeux inquiets. Elle était forte, coriace, une survivante.

Comme Eli. Comme Gryff. Comme son frère, Trey.

Il savait comment elle avait grandi parce qu'il avait enquêté sur Trey quelques années plus tôt, et avait découvert son passé, y compris sa mère. Curieusement, il avait raté l'existence d'Olivia. Mais bon, ce n'était pas ce qu'il cherchait à l'époque.

Mais maintenant, elle se tenait devant lui.

Elle était peut-être dure au fond, mais il devait lui soutirer des informations en douceur. Il avait besoin de tous les détails dont elle se souvenait, et il ne voulait pas qu'elle se bloque.

Pas si elle avait besoin de leur aide. De son aide. Parce qu'il avait le sentiment que l'affaire allait lui retomber sur les épaules. Bon sang ! Il allait se porter volontaire pour l'aider, qu'importe ce qui sortirait de sa bouche, qu'importe le pétrin dans lequel elle se trouvait. Avec l'implication de Randall Dean, pétrin était peut-être un euphémisme.

— Jusqu'où voulez-vous que je remonte ? Demanda-t-elle en le contemplant.

Ce n'était ni le moment ni l'endroit pour que cette femme éveille son attention. Il ne parlait pas de ses problèmes, mais plutôt de l'intérêt qu'il portait à sa personne. Tout ce qui faisait d'Olivia Holloway ce qu'elle était.

Il souhaitait tout savoir sur elle. Ce qu'elle avait fait chaque seconde depuis qu'elle avait fui le cauchemar de son enfance, laissant son frère derrière elle.

— Tout d'abord, comment connaissez-vous cette femme ?

— Je l'ai rencontrée dans la rue quand elle se prostituait.

Bon sang ! La sœur de Trey se prostituait-elle aussi ? Cela ne le surprendrait pas. La plupart des jeunes fugueurs finissaient par tout faire pour tenter de survivre. Y compris vendre leur corps, vendre leur âme.

Eli jeta un rapide coup d'œil à Trey, mais son visage était impassible. Celui de Gryff semblait identique. Son chef attendrait d'avoir plus de détails avant de juger la situation, mais c'était également le tempérament de Gryff. Sérieux et stoïque, la plupart du temps. Rayne avait l'air triste. Les yeux d'Eli dévièrent à nouveau vers Liv.

— OK... dit-il, encourageant Olivia à continuer.

— Je l'ai aidée à trouver un appartement décent et un travail. Ce n'était pas grand-chose, mais c'était un début.

— Pourquoi as-tu fait ça ? demanda Gryff, mais Eli leva la main.

— Ça n'a pas d'importance, assura Eli à Liv. C'est une autre histoire. Pour l'instant, concentrons-nous sur l'essentiel.

— Je... euh... Je passais une fois par semaine pour prendre de ses nouvelles. Je l'emmenais déjeuner. Je vérifiais qu'elle restait sur la bonne voie, qu'elle ne traînait pas dans la rue...

— Comment a-t-elle connu Dean ?

— C'était l'un de ses clients, révéla Liv en secouant la tête.

Rayne fit un bruit, ce qui poussa Liv à jeter un coup d'œil dans sa direction.

— Depuis combien de temps ? demanda Eli.

— Je ne sais pas. Depuis longtemps. Avant que je la rencontre. C'était un habitué.

— Monsieur l'intègre qui craint Dieu. Trou du cul d'hypocrite, grommela Rayne.

Eli fit un regard à Rayne et secoua légèrement la tête. Elle devait garder son sang-froid. Il pouvait comprendre pourquoi un grand nombre de femmes n'aimaient pas Dean, il voulait revenir aux années cinquante, à l'époque où une femme était encore sous la coupe de son mari.

Cet homme pensait que le mariage homosexuel était une abomination. Il était du genre « Dieu a créé Adam et Ève, pas Adam et Steve ». L'égalité ne faisait pas partie du vocabulaire de cet homme.

— Il a continué à la voir après qu'elle soit sortie de la rue et qu'elle ait arrêté de se prostituer ?

— Oui. Je pense qu'elle gardait espoir, un peu comme dans le film *Pretty Woman*. Elle s'attendait à ce qu'il la sorte de là. Qu'il quitte même sa femme. Je lui ai dit que ça n'arriverait jamais, qu'elle se faisait des illusions. Il allait la voir seulement parce qu'il aimait...

Elle saisit sa bouteille d'eau, dévissa le bouchon et la vida.

— Aimait ? insista Eli.

Il ne manqua pas de remarquer quand elle déglutit.

— Il aimait certaines choses, poursuivit-elle, à voix basse. Des trucs qu'il ne pourrait jamais demander à sa femme. Des choses que Peggy était prête à faire pour le garder près d'elle, pour l'appâter. Mais c'est la seule raison pour laquelle il venait. Il ne la désirait pas. Il ne voulait pas d'un avenir avec elle.

— Bien sûr que non, murmura Eli.

— Quel genre de conneries l'intéressait, mais que sa femme ne ferait pas ? demanda Trey.

— Je ne pense pas que ce soit déterminant… commença Eli.

— Elle ne m'en a raconté qu'une partie. Je l'ai arrêtée avant qu'elle me dise le reste, dit-elle à son frère.

— Encore une fois, ce n'est pas important pour l'instant. Si et quand ça le sera, tu pourras nous l'exposer, lui assura Eli.

Liv acquiesça.

Il continuait d'éviter qu'elle déraille.

— Alors, le jour où elle a été assassinée, qu'as-tu vu ? Comment as-tu tout vu ? Qu'est-ce qui t'a amenée là-bas ?

— Je suis passée parce que j'étais dans le coin. J'ignorais qu'il serait là. Elle ne savait pas que je venais. Je me suis dit que je pouvais l'inviter à déjeuner… Je…

Elle ferma les yeux. La main qui tenait encore la bouteille d'eau vide se crispa jusqu'à ce que le contenant en plastique soit broyé entre ses doigts.

Eli la lui arracha et la mit de côté, saisissant sa main. Il pouvait sentir sa tension alors qu'elle serrait les doigts du détective privé d'une poigne ferme.

— J'ai frappé, mais elle n'a pas répondu. J'ai toqué une seconde fois à la porte. Pas de réponse. Mais je l'entendais à l'intérieur. J'ai même appelé son nom. Elle n'est pas venue à la porte et je me suis inquiétée. J'ai perçu de l'agitation et une voix. Je… J'ai cru qu'elle était blessée.

Elle s'arrêta, les yeux toujours fermés, le visage pâle. Ses doigts serraient toujours ceux d'Eli.

— Putain, chuchota-t-elle, puis elle ouvrit les yeux et scruta Eli.

La hantise dans son regard était visible, plus intense que jamais.

— J'ai essayé la poignée. La porte n'était pas fermée. Pourquoi n'a-t-il pas verrouillé la porte ?

— Je ne sais pas, murmura Eli. Qu'as-tu vu ?

— Elle était au sol.

— Où était-il ?

— Sur elle.

— Il la baisait ?

— Non, répondit-elle en agitant la tête.

— Alors quoi ?

— Il avait ses mains autour de son cou.

Merde.

— Elle se débattait ?

— Non. Son visage était violet. Elle ne luttait pas du tout. Je crois qu'elle était déjà morte.

— Bon Dieu ! s'exclama Gryff à l'autre bout de la table.

— Une sacrée merde, murmura Rayne.

— Pourquoi tu penses qu'il l'a tuée ? demanda doucement Eli.

Elle ne le savait probablement pas. Il aurait pu s'agir d'une simple querelle d'amoureux dont l'un d'eux avait un tempérament capricieux. Cependant, elle le surprit par sa réponse.

— Je sais pourquoi il l'a assassinée, déclara Liv d'une voix monocorde.

— Pourquoi ?

— Elle était enceinte. Il voulait qu'elle se fasse avorter.

Rayne eut le souffle coupé et Liv tourna son attention vers elle.

— Elle a refusé. Elle souhaitait garder le bébé. Elle pensait que ça les rapprocherait.

— Eh bien, ça s'est retourné contre elle, n'est-ce pas ? commenta Trey en passant, d'un air agité, une main dans ses cheveux blond cendré.

— Trey, chuchota Rayne.

— Eh bien, c'est le cas, déclara-t-il en tournant son attention vers Rayne. Mais je ne comprends toujours pas pourquoi la police n'est pas impliquée.

— Je suis sûr qu'ils sont sur le coup, dit Gryff.

— Alors pourquoi elle ne va pas les voir ? demanda Trey, qui ne comprenait toujours pas la gravité de la situation.

— Est-ce qu'il t'a vue ? s'enquit Eli à Olivia.

— Oui.

Putain. C'était pire que ce qu'il pensait.

— Qu'est-ce qu'il a fait ?

— Je ne sais pas parce que je me suis enfuie.

Eli hocha calmement la tête, même s'il était tout sauf calme. Elle avait vu un puissant politicien tuer une femme qui portait son enfant. Un politicien *marié* tuant sa maîtresse, anciennement prostituée, qu'il voulait faire avorter, sujet contre lequel il s'était publiquement dressé et qu'il essayait de rendre illégal. Il s'adonnait à une sorte de pratique perverse. C'était une situation propice au chantage.

— Une fois, Peggy m'a dit qu'il avait la police dans sa poche. Il est puissant. Il sait qui je suis puisqu'elle lui a parlé de moi. Il sait que je l'ai vu. Je suppose qu'il sait maintenant où se trouve mon appartement. Je ne peux pas y retourner. Je ne peux pas aller voir la police parce que j'ignore à qui faire confiance.

— La police n'est pas la seule dans sa poche, dit Eli à Gryff et Rayne.

— C'est vrai, confirma Gryff. C'est un problème.

— Un gros, ajouta Rayne.

— Qu'est-ce qu'on fait maintenant ? demanda Trey. Qu'est-ce qu'on peut faire ?

Eli passa une main sur son crâne chauve. Il devait y réfléchir. Devaient-ils contacter les fédéraux ? Devait-il aller voir le procureur ?

Bon sang ! Le problème, c'était qu'Eli ignorait qui Dean

avait dans sa poche. Il était intelligent et impitoyable. Il n'allait pas se laisser abattre par une femme. Pas une ancienne prostituée, pas Olivia.

— T'as bien fait d'éviter ton appartement, dit-il enfin.

— Je n'ai nulle part où aller. J'ai passé quelques nuits dans un motel, mais je n'ai pas les moyens de...

— Je peux payer, dit Trey.

— Non. Elle ne doit pas rester seule, déclara Gryff. Elle pourrait séjourner chez nous. Elle a besoin d'être protégée pendant qu'on règle tout ça.

— Ou au moins jusqu'à ce qu'il soit attrapé et jeté en prison, ajouta Rayne. Je suis sûre qu'ils ont recueilli des preuves sur la scène de crime. Ils doivent avoir son ADN.

— L'appartement de cette femme est chargé de son ADN, Rayne, lui rappela Gryff.

— C'est vrai. Ça devrait donc le placer en haut de la liste des suspects, répliqua-t-elle.

— C'est ce qu'on pourrait croire, ricana Gryff. Encore une fois, ça dépend de qui est dans sa poche.

— Merde, murmura Rayne.

— Je ne veux pas être un poids, dit Liv. Je peux rester dans un motel. Bon sang, je peux quitter l'État.

— Non. Tu ne peux pas. Tu viens de réapparaître dans ma vie, tu ne t'en vas pas, protesta rapidement Trey, mais avec détermination. Je suis la seule famille que tu aies. Tu peux rester avec nous.

— Non, intervint Eli. Elle ne peut pas.

Tous les regards se tournèrent vers lui. Grant allait le tuer.

— Elle peut rester avec nous.

— Quoi ? Pourquoi ? demanda Trey, surpris.

— S'il découvre qu'elle est ta sœur, et il le sait peut-être déjà, quel est le premier endroit où il va chercher ?

— Putain, grogna Gryff.

— Exactement, confirma Eli en hochant la tête. Trey, tu n'es pas difficile à trouver. T'es trop connu dans la région. Elle peut rester temporairement avec Grant et moi jusqu'à ce que les choses se calment ou qu'il se fasse prendre. Ou qu'on détermine à quelles autorités on peut confier ces informations.

Eli sentit le regard pesant de Liv sur lui. Il tourna la tête et l'affronta.

— Pourquoi tu serais prêt à faire ça ?

Il n'en avait pas la moindre idée. Il n'avait aucune raison valable d'inviter une femme qu'il ne connaissait pas à venir séjourner dans la maison qu'il partageait avec Grant. Sans même en parler à son mari. Il ignorait pourquoi il souhaitait protéger cette femme, s'assurer qu'elle restait en sécurité.

— Eli, dit une voix bourrue de l'autre côté de la table.

Ses yeux dévièrent vers son patron qui tourna le menton en direction de la porte.

— Un mot.

Eli se leva de sa chaise et quitta la salle de conférence, Gryff sur ses talons. Dès que son patron eut refermé la porte derrière eux, il se retourna.

— Pourquoi tu fais ça ? demanda-t-il, à voix basse.

Bonne question.

— Elle a besoin d'aide.

— Oui, mais elle n'est pas sous ta responsabilité. Tu n'as aucune obligation d'intervenir de cette manière ni de vous mettre en danger, Grant et toi. Par contre, je veux que tu participes puisque t'es notre détective privé. Tu pourrais avoir des idées sur la façon de gérer cette situation délicate. Bien entendu, on te paiera pour ça.

Eli secoua la tête.

— Mais ce qu'on n'attend pas de toi, c'est que tu ailles au-delà de ce que ton travail implique, poursuivit Gryff, avant qu'il puisse répondre. Surtout pour la sœur de Trey que personne ne connaît. Même pas lui. On ne sait même pas si ce qu'elle dit est vrai.

Non, elle disait la vérité. Sinon, son instinct le mettrait en garde. Il avait un bon instinct, c'était ce qui faisait de lui l'un des meilleurs détectives privés. C'était aussi l'une des raisons pour lesquelles Gryff l'avait débauché d'un autre cabinet.

— Je la crois.

— Pour l'instant, je la crois sur parole. Mais elle a un passé douteux... Parfois, les gens qui ont ce genre d'histoire mentent comme des experts.

— Patron, on a de la place. On est tous les deux capables de la surveiller, de la protéger, et on a un excellent système de sécurité. Ce n'est pas vraiment un problème.

Gryff le fixa quelques instants. Il essayait de lire Eli. De déterminer quelle était sa motivation.

Celui-ci garda un visage neutre.

— On pourrait l'héberger dans un hôtel, suggéra Gryff.

— Elle pourrait ne pas être en sécurité là-bas.

C'était la vérité. La sécurité des hôtels n'était pas au top. Ce n'était pas comme s'ils seraient avertis de l'éventuelle venue des poursuivants. Olivia aurait besoin d'un alias et devrait rester enfermée dans sa chambre. C'était plus compliqué qu'autre chose.

— Elle pourrait rester chez Gray, proposa ensuite Gryff.

— Tu veux entraîner ton frère et sa famille là-dedans ?

— Pas vraiment, mais s'il le faut, je le ferai, répondit Gryff, dont le coin des lèvres se baissa.

— Gryff, on s'en occupe. Tout ira bien. Vous nous traitez bien et on apprécie notre boulot. On n'a pas besoin de cacher ce que nous sommes quand on travaille ici. On serait heureux de vous aider.

Gryff acquiesça et pressa le bras d'Eli.

— J'ai compris. On a de la chance de vous avoir tous les deux. Mais tu devrais peut-être d'abord en parler à Grant.

— Oui, il faut que j'aille lui annoncer la nouvelle.

— Alors, tu lui dis simplement, sans lui demander, releva Gryff, retenant manifestement un sourire.

— Grant pense que c'est lui qui porte la culotte dans cette relation, expliqua Eli en souriant. Mais je la porte aussi.

— OK. Je vais aller parler à Liv et tu fais ce que tu as à faire. Juste, ne laisse pas ça gâcher ta belle relation.

— Aussi belle que la tienne ? plaisanta Eli.

Gryff éclata de rire, donna une tape dans le dos d'Eli, puis retourna dans la salle de conférence en fermant la porte.

— Quoi ?

Grant Lane regardait son mari faire les cent pas devant son bureau. Il enleva ses lunettes et passa sa main sur son visage.

Les longues jambes d'Eli parcoururent la largeur de la pièce en quelques foulées. Avec ses allers-retours incessants, il rappelait à Grant l'un de ces stands de tir à la fête foraine. Avec ce qu'Eli venait de lui raconter, il était prêt à lui tirer dessus avec une carabine à plombs.

— Pourquoi tu l'as invitée à rester chez nous, bon sang ?

Ce n'était pas possible.

Il aimait Eli. Il l'aimait. Mais à cet instant, il le détestait.

— Grant... commença Eli en passant une main sur son crâne chauve.

— Eli...

— Je sais que j'aurais dû t'en parler avant...

— Sans déconner, murmura Grant.

— Mais je ne peux pas me débarrasser de cette envie de l'aider. En plus, c'est la sœur de Trey...

— Et alors ? Trey a plus d'argent que nous tous réunis. Il peut trouver un moyen de la mettre en sécurité. Gryff est intelligent. Rayne aussi. Ils peuvent se débrouiller tout seuls. On n'est pas un motel pour fugueurs.

— Elle a trente-deux ans, Grant. Pas seize ans.

— Exactement. Elle s'est enfuie à seize ans, et maintenant, elle est en fuite à trente-deux ans. Je vois une tendance.

Eli arrêta de faire les cent pas et fit face à Grant, le visage beaucoup trop sérieux au goût de ce dernier.

— Les deux situations étaient et sont toujours hors de son contrôle.

— Je ne comprends pas pourquoi tu la défends, protesta Grant en secouant la tête. Je ne comprends pas pourquoi tu t'intéresses à elle. Tu l'as rencontrée il y a...

Il regarda sa montre.

— Il y a une heure ? Si ce n'est moins.

Avec un soupir, Grant se leva de sa chaise et contourna son bureau pour se placer devant Eli. Même s'il ne mesurait que quelques centimètres de moins que son mari, il dut lever les yeux lorsqu'il fut devant lui. Il hissa sa main et passa ses doigts sur la mâchoire crispée d'Eli.

— Qu'est-ce qui se passe vraiment, mon grand ? demanda-t-il doucement.

— Rien.

— C'est du pipeau. Je te connais depuis bien trop longtemps pour que tu puisses t'en tirer avec un tel mensonge.

Il posa une paume sur la poitrine d'Eli. Le cœur de l'homme palpitait à un rythme effréné.

— Dis-le-moi, murmura-t-il.

Les yeux marron foncé d'Eli fixèrent les siens et ses lèvres s'entrouvrirent.

— Je t'aime, *mon amour*. Tu le sais.

Merde. Il utilisait son accent français, le point faible de Grant.

— Je sais.

— Je veux dire... t'es mon *âme sœur*.

Merde. Il trichait.

— Je sais.

Le cœur de Grant se mit à battre aussi vite que celui d'Eli.

— Je... commença Eli, puis il détourna le regard.

Grant essaya d'avaler, mais sa pomme d'Adam se bloqua. Il finit par réussir.

— Qu'est-ce qui se passe, Eli ?

— Putain, marmonna Eli. J'ai juste besoin de l'aider. *On* doit l'aider.

— Pourquoi ?

— Je ne sais pas pourquoi, Grant. Je ne sais pas, putain. Je sais juste que je dois... J'ai ce... Je... Merde !

Il expira.

— À la seconde où je l'ai vue, j'ai ressenti le besoin de prendre soin d'elle. Comme si elle m'appartenait. À nous, même. C'est dingue. Je ne sais pas comment l'expliquer.

— À nous, répéta Grant. Bizarrement, je n'ai pas ce désir fou, Eli. Je l'ai rencontrée brièvement. Je comprends l'envie d'aider quelqu'un dans le besoin. T'es un homme attentionné et aimant. C'est l'une des raisons pour lesquelles je suis tombé amoureux de toi. Mais quand même... Ce n'est pas un chiot errant que tu ramènes à la maison.

Eli s'écarta de lui et se dirigea vers les fenêtres, tournant le dos à Grant.

— Honnêtement, tu veux vraiment ramener quelqu'un dans notre maison, dans notre vie, une personne pour laquelle tu ressens cette étrange envie de protéger. Tu risques de semer le trouble dans notre relation et notre mariage ? Tu souhaites prendre ce risque ?

Le cœur de Grant battit la chamade quand il vit Eli pivoter sur ses talons et son visage passer par toute une gamme d'émotions.

— Oui, je dois le faire.

— Bon Dieu, Eli, murmura Grant.

Il passa les doigts dans ses cheveux et baissa la tête pour fixer le sol pendant un moment. Il finit par relever la tête.

— Je ne comprends pas.

— Je sais. Je ne suis pas sûr de comprendre non plus.

— Pourquoi j'accepterais, bon sang ?

— *Parce que tu m'aimes.*

Parce que tu m'aimes. Grant laissa échapper un rire amer.

— Je *nous* aime aussi.

C'est juste pour un petit moment, *mon amour*. Jusqu'à ce qu'on trouve une solution. On la cache. On la garde en sécurité. C'est tout ce que je demande.

— Ce n'est pas tout ce que tu demandes, Elliott. C'est des conneries. Qu'est-ce qu'on cherche comme solution ? J'ai l'impression que ta signification est différente de la mienne.

Grant fut saisi d'effroi. Si Eli était gay, et non bisexuel comme Grant, il s'en moquerait qu'une femme vienne habiter chez eux. Ce serait gênant, bien sûr. Mais il y avait quelque chose chez cette femme, qui leur était totalement inconnue, qui bouleversait son mari. Il ne parvenait pas à comprendre pourquoi. Il avait peut-être besoin d'apprendre à la connaître. D'observer leurs échanges. Eli souhaitait peut-être simplement jouer le grand frère.

Mais il en doutait. C'était impossible qu'Eli s'attache à une étrangère en si peu de temps.

Pourtant, c'était ce qui était arrivé entre eux. Une connexion instantanée.

Merde.

— Je ne veux pas que ça provoque la fin de notre histoire, dit Grant doucement.

— Ce ne sera pas le cas. Je te le promets.

Je te le promets.

— Je te fais confiance, mon grand.

C'était vrai. Il faisait confiance à Elliott à cent pour cent. Il n'avait jamais eu de raison de ne pas le faire. Il espérait que cela ne changerait pas de sitôt.

Avec un soupir, il finit par céder.

— Aidons la sœur de Trey.

Il venait peut-être de commettre la plus grosse erreur de sa vie.

Chapitre Trois

Liv déambulait dans le salon, ses doigts balayant les bords des meubles exempts de poussière et les bibelots coûteux. Certainement pas de vulgaires babioles. Il s'agissait sans doute d'œuvres d'art de grande valeur. Elle éloigna sa main d'un coup sec. Elle n'avait pas besoin de casser quoi que ce soit et n'avait assurément pas les moyens non plus de les remplacer.

La maison était silencieuse. Pas un chien, pas un chat, pas un animal de compagnie en vue. Pas d'enfants. Rien.

La bâtisse semblait immense pour deux hommes. Deux hommes qui étaient non seulement amants, mais également mariés.

Si leur poste d'avocat et de détective privé pour le cabinet de Gryff leur permettait d'acheter cette maison, elle se demandait quelle était la taille de celle de son frère. Après tout, c'était un champion du Super Bowl avec des contrats publicitaires, mais il était aussi associé dans un cabinet d'avocats prestigieux et réputé.

Il avait parcouru un long chemin depuis leur enfance

merdique. Mais elle aussi, bien qu'elle ne soit pas allée aussi loin et qu'elle n'ait assurément pas les mêmes moyens financiers.

Elle n'avait jamais vécu dans un endroit si agréable, si propre, si... différent d'elle. Elle devait se rappeler que ce n'était que temporaire, jusqu'à ce qu'ils la sortent de ce pétrin. Ou qu'elle finisse morte et enterrée afin que Randall Dean puisse protéger ses secrets.

Les réactions d'Eli et de Gryff au nom du sénateur confirmaient ses soupçons, et le peu d'informations qu'elle avait sur l'homme politique. Il était corrompu et puissant. Une combinaison effrayante.

Alors qu'Olivia Holloway n'était personne et ne faisait pas le poids face à quelqu'un comme lui.

Elle soupira et se dirigea vers la cuisine qui était immense. Une pièce digne d'un chef que n'importe quel cuisinier aimerait avoir. Elle adorait cuisiner. Elle avait appris toute seule après son départ. Comme elle n'avait pas les moyens de se payer des repas au restaurant, elle avait dégoté des ingrédients et avait appris à concocter des plats un peu plaisants. Avec des fruits et légumes abîmés. Des boîtes de conserve cabossées. Des boîtes ouvertes. Du pain périmé. Tout ce qu'elle pouvait se procurer à faible coût, ou même gratuitement, pour préparer quelque chose qu'elle était fière de manger.

À seize et dix-sept ans, elle se nourrissait mieux que lorsqu'elle vivait avec son alcoolique de mère négligente.

Elle espérait un jour avoir la chance de prendre du temps avec Trey et de savoir comment il avait survécu et s'était épanoui. Au moins, pendant ces années difficiles, il avait eu le football. Elle n'avait rien eu. C'était l'une des raisons pour lesquelles elle était partie. Si elle l'avait incité à l'accompagner, il aurait renoncé à son brillant avenir dans le football. Il n'aurait peut-être jamais fini le lycée non plus. Au revoir, l'université. Au revoir, la NFL.

— Liv, entendit-elle, à l'autre bout de la grande cuisine.

Ses narines se dilatèrent lorsqu'elle détecta les odeurs de la nourriture que Grant préparait sur le fourneau.

Lorsqu'elle l'avait vu plus tôt au cabinet, l'homme était canon dans son costume. À présent, il portait un jean Levi's usé, un T-shirt mauve à l'aspect doux, et il était pieds nus. Il n'avait plus de lunettes non plus.

Il était toujours aussi sexy. Dommage qu'il soit gay.

Et marié, se rappela-t-elle.

Eli entra dans la pièce, vêtu d'un long et ample short noir, le torse et les pieds nus. Alors qu'il se penchait vers Grant, elle put voir qu'une couche de sueur recouvrait son buste. Il pressa sa bouche contre l'oreille de son mari.

Ce qu'il chuchota incita suffisamment Grant à tourner la tête pour que leurs lèvres se rencontrent pour un rapide baiser.

Liv fut submergée par une bouffée de chaleur. Elle ne s'était pas attendue à cette réaction. Voir deux hommes s'embrasser la fit frétiller, et pas d'une mauvaise manière. Elle espérait qu'ils recommenceraient et iraient plus loin.

Malheureusement, ce ne fut pas le cas.

— Comment s'est passé ton sport ? demanda Grant.

Eli jeta un coup d'œil à la poêle pour regarder ce que Grant touillait.

— C'était bien. Je meurs de faim. On dîne bientôt ?

Grant balaya lentement Eli du regard, ouvrit la bouche, sembla se reprendre, puis jeta un coup d'œil à Liv. Elle imaginait que ses pensées étaient obscènes, et qu'il se retenait de les dire à voix haute devant une invitée.

Elle ne le lui reprocherait pas du tout. Lorsqu'Eli se tourna vers elle, le regard de Liv se porta aussi sur son buste.

Sa peau aux tons foncés brillait comme de l'ébène. Ses muscles étaient bien dessinés. Ses pectoraux, ses bras, et même son cou étaient musclés. Son ventre était également bien défini.

Elle sentit un picotement et une nouvelle vague de chaleur humide entre ses cuisses.

Encore une fois, elle se dit qu'il était dommage que de si beaux spécimens masculins soient gays. C'était une grande perte pour les femmes du monde entier. Mais au moins, elle pouvait apprécier la vue.

Les lèvres d'Eli remontèrent en un sourire lorsqu'il la surprit à le regarder, bouche bée.

— T'as faim, Liv ?

Oh, oui, elle avait faim.

— Grant est bon cuisinier. Sa nourriture ne te tuera pas. La mienne ? Je ne te garantis rien, plaisanta l'homme, ses yeux sombres se plissant aux coins.

— Je suis reconnaissante que vous me permettiez de rester ici. Vous n'étiez certainement pas obligés de le faire. C'est très généreux de votre part... à tous les deux.

— Ce sera un changement d'ambiance agréable.

— Oui, parce qu'apparemment, j'ennuie mon grand bonhomme, commenta Grant en retirant la poêle de la cuisinière et éteignant le feu.

— *Tu ne m'ennuies jamais, mon amour,* chuchota Eli.

— Mmmh mmh, murmura Grant, puis il se tourna vers elle. Tu parles français, Liv ?

— Non.

— Alors, bébé, pas de français, s'il te plaît, à moins qu'on soit en privé, dit Grant en posant une main sur le ventre d'Eli.

Quel dommage ! Le français était parfaitement agréable quand il sortait des lèvres charnues et foncées d'Eli, surtout avec ce petit accent qu'il avait, et qu'elle n'arrivait pas à situer.

— C'est une langue magnifique.

— C'est vrai, approuva Grant.

— Je peux peut-être t'apprendre des mots, suggéra Eli. J'ai enseigné à Grant tous les mots importants.

Il lui adressa un sourire malicieux.

Était-il en train de flirter avec elle ? Impossible.

— Eli, tu mets la table ?

— Je peux aider, proposa Liv en bondissant. Je dois mériter d'être ici.

Elle ne rata pas les yeux d'Eli qui glissèrent vers Grant. Ce dernier non plus. Quelque chose passa entre eux. Quelque chose d'intime. La respiration de Liv accéléra et son cœur s'emballa.

— T'es notre invitée, déclara Eli.

— Je veux aider, insista-t-elle plus fermement.

Il répondit par un haussement de sourcils, puis sourit.

— D'accord, je vais te montrer où tout se trouve.

Tandis qu'il parcourait la cuisine en ouvrant des placards et des tiroirs, Liv le colla. Lorsqu'il passa le bras au-dessus d'elle pour attraper un truc sur une étagère en hauteur, il frôla le sien et elle frissonna.

Bon sang, Liv, ressaisis-toi ! Ils sont mariés. Ils sont heureux. Tu n'es là que parce que t'es dans le pétrin. N'en rajoute pas.

— Liv, murmura Eli.

Ses yeux se levèrent vers ceux de l'homme.

— Je...

Merde. Ses mamelons étaient douloureusement durcis, et elle pouvait sentir la chaleur étouffante d'Eli. Que se passait-il, bordel ?

— Je... recommença-t-elle en déglutissant.

Grant se racla la gorge, rompant la connexion entre Eli et elle.

— La table, Eli, lui rappela-t-il.

— C'est vrai, dit Eli en clignant des yeux.

Il attrapa suffisamment de couverts et s'éloigna.

— Alors, Liv, qu'est-ce que tu fais dans la vie ? demanda Grant.

— Je travaille dans un centre de réinsertion.

Grant tourna la tête vers elle, et elle put aussi sentir le regard curieux d'Eli.

— Oh, en tant que conseillère ?

— Non, répondit-elle en secouant la tête. Un jour peut-être. Quand j'aurai terminé mon diplôme.

— Tu cherches à obtenir un diplôme universitaire ?

La question provenait de l'endroit où se trouvait la table.

— Oui, confirma-t-elle en jetant un coup d'œil à Eli. Lentement. Je ne suis qu'un cours à la fois. J'y travaille depuis un moment. J'ai commencé tard, en quelque sorte.

— Pourquoi ? demanda Grant.

Parce que je suis pauvre et que j'ai dû me battre dans la vie pour obtenir mon bac afin de trouver un emploi à peu près décent, ce que je n'ai toujours pas à trente-deux ans.

Elle chassa cette idée de sa tête.

Eli finit de mettre la table et se rapprocha d'elle, s'adossant au comptoir et croisant les bras sur sa poitrine.

— Qu'est-ce que tu fais là-bas ?

— Je ne suis qu'assistante pour l'instant.

— Assistante, répéta-t-il comme s'il savourait le mot sur sa langue. Ça ne doit pas rapporter grand-chose.

— Ça paie que dalle. C'est pour ça que je ne suis qu'un cours à la fois. Est-ce que j'aimerais aller à l'école à plein temps et obtenir mon diplôme le plus tôt possible ? Oui. Peut-être un jour, quand j'aurai rencontré un vieux plein aux as.

Elle éclata de rire, mais l'effet tomba à plat.

Une fois de plus, les regards des deux hommes se croisèrent, se fixèrent un instant, puis revinrent sur elle.

— Tu vas où à l'école ? demanda Eli.

— Juste à l'université publique. Je suis des cours en ligne. Heureusement. Sinon, tout ce bazar aurait aussi foutu ça en l'air.

— C'est vrai. Ce n'est pas une bonne idée d'aller sur le campus pour le moment, déclara Eli.

— Ni de te rendre au travail, ajouta Grant.

Merde.

— Je ne peux pas me permettre de perdre mon travail, même s'il ne paie pas grand-chose. Je ne pourrai pas payer mon loyer ni continuer mes études... Merde ! Je suis vraiment dans la merde. Je n'ai même pas mon ordinateur portable puisqu'il est dans mon appartement. Comment je vais suivre mes cours ?

La réalité de sa situation la submergea comme une avalanche.

— Randall Dean est carrément en train de foutre ma vie en l'air.

Eli fit un bruit et elle leva les yeux vers lui.

— Très bien. On peut s'occuper de l'ordinateur portable. Le boulot, on peut s'en charger. Pour l'instant, le plus important, c'est que tu disparaisses de la circulation, lui rappela-t-il.

— Je sais, mais j'ai des trucs sur mon ordi...

Ses yeux s'écarquillèrent lorsqu'elle se souvint de ce qu'il contenait.

— Merde ! gémit-elle en plaquant ses mains sur le visage.

— Quoi ?

— J'avais des messages, des photos.

— Des messages et des photos compromettantes ? demanda Grant, surpris.

— De toi ? l'interrogea Eli en fronçant les sourcils.

— Non ! s'exclama-t-elle en laissant retomber ses bras. Non. Merde ! J'ai oublié. Peggy m'a donné la carte mémoire de son téléphone portable. Je l'avais chargée sur mon ordinateur portable. Il y avait des messages entre Randall et elle. Des photos d'eux ensemble ! C'est peut-être ma seule preuve contre lui. Elle m'a dit de les garder si les choses finissaient mal entre eux.

— L'ordinateur portable est dans ton appartement ? s'enquit Eli.

— Oui.

— Qu'est-ce que t'as fait de la puce ? Tu la lui as rendue ?

— Non. J'allais le faire. Mais je l'ai cachée et j'avais oublié son existence.

— Elle n'a jamais demandé à la récupérer ?

— Non. Elle n'en avait peut-être pas besoin. Je ne sais pas.

Liv se mordilla la lèvre du bas.

— Elle est aussi dans mon appartement. Putain. Il faut que j'y retourne.

— Non, tu n'y retourneras pas. Pas maintenant. Il pourrait y avoir quelqu'un qui le surveille.

— Mais je dois...

— Non, Olivia. Tu ne peux pas y retourner. T'as eu raison de ne pas rentrer après avoir été témoin de ce que tu as vu. On trouvera un moyen d'y entrer et d'en sortir sans être vus.

— On trouvera ? répéta Grant, ses sourcils au sommet de son front.

Le regard d'Eli se porta sur lui, puis revint sur Liv.

— Je m'en occuperai.

— Eli... souffla Grant.

— Je trouverai une solution.

— Je ne veux pas, en plus, vous mettre en danger. Aucun de vous, dit Liv. J'apprécie vraiment votre aide en me laissant rester ici. Mais ça suffit. En fait, c'est bien trop. Vous ne me connaissez même pas.

— On connaît ton frère.

— Je ne connais même pas mon frère, répliqua-t-elle, avant d'enfoncer ses paumes dans ses yeux et de gémir. Quel putain de gâchis !

— On va s'en occuper, assura Eli avec fermeté.

Elle était contente que quelqu'un soit confiant, car elle ne l'était pas du tout.

— Ton assignation à résidence te donnera le temps de le découvrir, poursuivit Eli.

— Assignation à résidence ?

— Désolé, mauvaise blague. Mais c'est un peu la même chose. Pour l'instant, tu dois rester ici et ne pas aller n'importe où. On a un excellent système de sécurité. Après le dîner, je te montrerai comment l'utiliser. Mais je préférerais que tu ne sortes pas pour le moment. Au moins jusqu'à ce qu'on ait une idée de ce qui se passe.

Personne ne savait combien de temps cela prendrait. Elle n'avait rien d'autre que les vêtements qu'elle portait sur le dos.

— Mais je n'ai rien à me mettre.

— Rayne va nous aider.

Super. D'après le style de la femme, sa garde-robe ne ressemblait en rien à la sienne.

— Je n'ai pas les moyens d'acheter de nouveaux vêtements.

— C'est payé.

— Par qui ?

— Trey, Rayne, Gryff, qui que ce soit. Ce ne sera pas un problème, ils peuvent se le permettre.

— Je ne peux pas leur demander ça…

Elle ne voulait pas être un fardeau et elle risquait d'être incapable de les rembourser.

— Olivia, ça va aller, la rassura Eli.

Elle était contente que quelqu'un en soit convaincu.

Chapitre Quatre

— Eli, je ne veux pas que t'ailles dans cet appartement, dit Grant.

Eli regarda son mari enlever ses lunettes et les glisser sur la table de nuit de son côté du lit.

— *Mon amour*, j'ai la peau sombre. Je peux entrer et sortir la nuit sans que personne ne s'en aperçoive.

— Ce n'est même pas drôle.

Eli soupira.

— Je sais. Désolé.

— C'est dangereux.

Grant grimpa sur le matelas et avança jusqu'à Eli, s'appuyant contre lui. Celui-ci posa le livre qu'il lisait et passa ses doigts dans les cheveux de Grant.

— Merci, murmura-t-il.

— Pour quoi ? demanda Grant en relevant ses yeux noisette vers les siens.

— D'avoir accepté.

— Crois-le ou non, je l'aime bien.

— Je sais. Moi aussi.

— Elle n'est pas arrogante comme Trey, ajouta Grant.

— Il a changé.

— C'est vrai, mais il a toujours des moments.

— Mmm mmh, murmura Eli, laissant dériver ses doigts sur la mâchoire de Grant, descendre son cou et se poser sur sa clavicule.

La main de Grant effleura le ventre d'Eli et remonta jusqu'à sa poitrine, s'arrêtant sur son cœur.

— Tu la désires, dit Grant doucement.

Eli s'abstint de répondre. À la place, il prit le temps de rassembler ses idées. Il ne voulait pas déclencher une dispute ni blesser l'homme qu'il aimait.

En effet, Olivia l'intéressait. Pendant et après le dîner, il n'avait pas pu nier son attirance. Quand elle s'était tenue près de lui alors qu'il lui apprenait à utiliser le système de sécurité, son odeur, sa proximité avaient fait réagir son corps d'une manière qui ne se produisait, habituellement, qu'avec Grant.

— Oui, mais ça ne veut pas dire que je vais passer à l'acte. Je suis marié et heureux, tu te souviens ?

Il agita son annulaire, qui était entouré d'une large bague gravée en or. Il était aussi assez fort pour résister à ses caprices et ses désirs.

— Tu ne m'as jamais trompé, fit remarquer Grant, dont les doigts s'enfoncèrent dans la peau d'Eli.

Eli eut le souffle coupé.

— Bien sûr que non. Je n'ai pas l'intention de commencer. Je ne ferais jamais quelque chose que tu désapprouves.

— Alors... tu me demandes l'autorisation, déclara doucement Grant.

Eli resta silencieux. Il voulait que Grant la lui donne, oui.

— Je me suis dit qu'il y avait autre chose, poursuivit Grant.

— Je ne te la demande pas. Je te laisserai décider comment et quand les choses évolueront.

Eli attendit que Grant se raidisse, ou s'éloigne et s'énerve. Mais, étonnamment, il n'en fit rien. C'était bon signe.

— On ne sait même pas si elle est intéressée, dit doucement Grant.

— C'est vrai.

— Mais tu l'attires.

— Toi aussi. C'était difficile de ne pas le voir.

— Alors, qu'est-ce que t'es en train de dire ?

— Je ne sais pas, répondit Eli en secouant la tête. Enfin.... En ce moment, sa vie est sens dessus dessous, et elle est en danger. Ça ne devrait pas être la dernière chose à laquelle je pense ? Enfin, à laquelle *on* pense ?

— Sa sécurité devrait être notre priorité.

Eli n'avait pas besoin de ce petit rappel. Il le savait.

— Je n'ai jamais cru être de nouveau attiré par une femme. Ça fait longtemps.

— Moi non plus.

Eli jeta un coup d'œil à son mari, dont la tête reposait maintenant sur ses genoux. Sa bite tressaillit en voyant la bouche de Grant si proche. Il avait juste à baisser suffisamment son short...

Mais les deux mots que son partenaire venait de prononcer lui revinrent en mémoire.

— T'es attiré par elle ?

Grant laissa glisser sa main sur le sternum d'Eli, puis sur ses abdominaux jusqu'à son bas-ventre. La bite d'Eli commença à se dresser.

Grant soupira.

— Étonnamment, oui. Mais je ne devrais pas. Elle me *rappelle* Trey et cet homme est super sexy.

— Je suis d'accord, gloussa Eli.

— Mais ça fait tellement longtemps que je n'ai pas été avec une femme.

C'était le cas pour eux deux. Notamment parce qu'ils étaient en couple depuis longtemps. Plus de dix ans.

— Bon, eh bien... On peut toujours explorer ça...

Eli laissa sa phrase en suspens.

Les doigts de Grant se glissèrent sous l'élastique du short de son mari et le décalèrent légèrement vers le bas.

La bite d'Eli était au garde-à-vous, créant une tente dans son short ample.

— Tu me donnes envie, mon grand, murmura Grant.

Eli ignorait s'il tentait Grant avec l'idée d'Olivia ou avec son érection.

— Hmm, oui. C'est mon plan diabolique.

— Il n'y a rien de mal à reprendre du dessert, commenta Grant en souriant.

— Non, c'est sûr, confirma Eli.

— Si j'accepte, je domine.

— Ah, vous négociez, Maître ?

— Je suis un expert en la matière.

— Vous l'êtes certainement.

— Acceptez-vous le marché ? demanda Grant, les coins de ses lèvres recourbés, son poing agrippant fermement la bite d'Eli.

Ce dernier propulsa ses hanches en l'air.

— Je pense que ce sont des conditions raisonnables. Attends. Est-ce qu'on parle d'Olivia ou de la pipe ?

— De la pipe. Si tu veux négocier au sujet d'Olivia, il va falloir plus qu'une nuit où je suis au-dessus.

— Mmh. C'est bien ce que je craignais.

Grant descendit davantage le short d'Eli, jusqu'à ce que sa bite jaillisse hors du vêtement. Grant pressa la base avec ses doigts, et sa langue chaude et humide tourna autour de la couronne, emportant la seule perle de précum.

Eli enfonça ses mains dans les cheveux de Grant. Ils n'étaient pas assez longs pour lui permettre une bonne prise, mais ils n'étaient pas non plus trop courts. Eli aimait les cheveux de son mari, d'autant plus que lui n'en avait pas.

Grant se décala, cherchant une meilleure position pour avaler entièrement Eli dans sa bouche. Lorsqu'il le fit, les yeux mi-clos, Eli bascula la tête en arrière, fixant le plafond pendant un moment, se laissant envahir par la sensation de la bouche chaude et humide de Grant.

Oh, putain. Son mari était très doué pour les fellations. Eli baissa les yeux, regardant son partenaire monter et descendre sur sa bite, l'aspirant avec force, puis doucement, laissant sa langue arpenter la longueur et entourer la couronne.

— *J'ai hâte de te prendre*, gémit Eli.

— Hum Hum, dit Grant en levant suffisamment la tête. C'est moi qui suis au-dessus ce soir.

— Pourquoi t'ai-je appris le français ?

Grant gloussa, mais son rire fut étouffé lorsqu'il reprit Eli entre ses lèvres. Les hanches de celui-ci se soulevèrent légère-ment, avide qu'il était de la bouche de son mari. De longs doigts chauds cueillirent ses bourses, puis jouèrent sur sa fente, la pressant, la taquinant jusqu'à ce qu'un doigt se faufile plus bas.

— C'est mon tour ce soir, murmura Grant en relevant la tête.

— C'est tous les soirs à toi, *mon amour*.

— Ah bon ? s'étonna Grant en haussant un sourcil.

Eli s'esclaffa.

— Tu sais ce que je veux dire.

Puis Grant baissa de nouveau la tête. Lorsqu'il fit un

« mmmh » autour de la bite d'Eli, les vibrations contractèrent les couilles du détective privé.

Putain, il allait éjaculer dans la bouche de Grant s'il ne se calmait pas.

— *Mon amour...*

— Mmmh ?

— Putain... Je vais jouir.

Un autre *mmmh* ondula autour de sa longueur.

— Pas encore. Je ne veux pas déjà venir...

Eli respira, les yeux révulsés, tandis que la langue de Grant parcourait les veines épaisses, taquinait la zone où ses couilles rejoignaient sa bite, puis s'agita sur le gland une fois de plus.

Grant était doué avec sa bouche, qu'il s'agisse de plaidoyer au tribunal ou d'y accueillir le manche d'Eli. Ou même simplement d'embrasser.

Il était heureux d'avoir un amant aussi intelligent et attentionné. Il ne pouvait pas tout gâcher.

Il ne le ferait pas.

Mais il avait tout de même besoin d'explorer cette attraction avec Olivia. Pendant un instant, il imagina que c'était elle qui le suçait, qui caressait la peau délicate de ses bourses, et qui pressait ses couilles doucement, mais fermement.

Putain de merde. Ses yeux s'ouvrirent brusquement. Il ne s'était même pas rendu compte qu'il les avait fermés à cause de son petit fantasme. Il baissa les yeux vers son amant qui faisait de son mieux pour lui donner du plaisir, pour l'amener vers l'extase et...

Ses mains se contractèrent dans les cheveux de Grant alors qu'il s'élançait vers le haut et venait dans la bouche de son mari, dans sa gorge. Les yeux de Grant ne quittèrent pas ceux d'Eli tandis que sa bite pulsante se soulageait jusqu'à la dernière goutte. Son partenaire avala tout, comme il l'avait toujours fait.

Grant le relâcha et lui adressa un petit sourire.

— T'as toujours si bon goût.

— Parce que tu me nourris bien, *mon amour*. Tu sais que ça fait la différence.

— C'est ce que tu dis. Maintenant, à mon tour, dit-il, les yeux brillant d'impatience.

— Comment tu veux me prendre ? demanda Eli.

Son cœur, qui avait commencé à ralentir après son éjaculation, se remit à battre la chamade.

— Mmmh. J'adore cette question.

Eli gloussa, passant son pouce sur la lèvre inférieure de Grant. Son mari se releva et pressa ses lèvres sur celles de son amant, qui ouvrit la bouche et laissa Grant y glisser sa langue, lui donnant ainsi le contrôle. Mais pas pour longtemps. Eli lutta, et leurs langues s'emmêlèrent, leur arrachant un gémissement à tous les deux. Le manche dur de Grant poussait la cuisse d'Eli. Le détective avait hâte de la sentir contre lui, et à l'intérieur de lui.

Eli aimait soumettre Grant, mais il adorait aussi que Grant le domine. Cela lui donnait un sentiment de plénitude, comme s'ils ne faisaient qu'un. Partenaires, amants, deux moitiés d'un tout.

— Finis de retirer ton short, murmura Grant contre les lèvres d'Eli, son souffle plus rapide que d'habitude. Ensuite, enlève le mien.

— Ah ! Non seulement tu vas être au-dessus, mais tu vas aussi être autoritaire.

— Juste un peu.

— Quand t'es directif, il n'y a pas de *demi-mesure, mon Napoléon.*

— Mais ça t'excite.

— C'est vrai. Comme quand je parle français pour toi.

— C'est vrai, répéta Grant.

L'amusement dans sa voix disparut rapidement.

— Maintenant... enlève ton short.

Lorsque Grant s'écarta, Eli souleva ses hanches et retira complètement son short de ses jambes avant de le jeter sur le côté du lit.

Puis il plaqua Grant en grognant, le renversant sur le dos, enfonçant ses doigts dans la ceinture de son bas de pyjama et le descendant jusqu'à faire jaillir la bite de son mari.

D'un rapide coup de langue sur la couronne, Eli finit d'abaisser le pantalon en coton tenu par un cordon et l'arracha de ses pieds. Il le jeta également de côté.

Il remonta lentement son corps sur celui de Grant, faisant attention à garder leurs peaux collées. Lorsqu'ils furent enfin face à face, Eli déposa un autre baiser sur les lèvres de son amant, faisant dériver ses mains le long des bras de Grant pour attraper ses poignets. Avant que le détective ait la chance de les retenir au-dessus de la tête de Grant, son amant pivota, l'entraînant avec lui. En une seconde, Eli se retrouva sur le dos, son mari au-dessus de lui.

— Vilain garçon, le taquina Grant, les coins de ses yeux plissés.

Il inclina ses hanches, frottant sa bite à l'intérieur de la cuisse d'Eli.

— Ce soir, c'est à moi.

— Tu ne peux pas me reprocher d'essayer, dit Eli en se retenant de sourire.

— Le dos ou le ventre ?

Grant donnait un choix à Eli. Un choix difficile parce qu'il aimait le faire des deux façons. Alors, pourquoi ne pas faire les deux ?

— *Les deux.*

— Mmm, murmura Grant en se décollant d'Eli et se mettant sur le côté. Sur le ventre pour commencer. Je vais chercher le lubrifiant.

La chaleur irradia du ventre d'Eli vers sa poitrine, puis redescendit vers son aine. S'il ne venait pas d'avoir un orgasme, les mots de Grant l'auraient durci comme la pierre.

Son amant ne manquait jamais de l'exciter.

Pendant que son mari fouillait dans le tiroir de la table de nuit, Eli se coucha sur le ventre. Un frisson le parcourut à l'idée de ce qui allait se produire. Il tourna la tête pour voir Grant ouvrir le bouchon du tube de lubrifiant et en répandre une généreuse quantité dans sa paume. Ensuite, celui-ci empoigna sa bite, étalant le gel de haut en bas de sa longueur.

— Tu crois qu'elle va nous entendre ? demanda Grant, en se caressant si lentement, si méthodiquement, qu'Eli ne put détacher son regard.

— Elle est à l'autre bout du couloir.

— Quand même...

— Réduis tes gémissements au minimum, suggéra Eli avec un sourire en coin.

— Moi ? Ce n'est pas moi... Bon, d'accord, parfois, si. Quand je sombrerai dans ton petit trou, il se pourrait bien que ce soit moi ce soir.

— Tu veux que je te bâillonne ?

— Non, j'essaierai de ne pas faire de bruit, rit Grant.

— Je pense que tu l'as assez frottée, *mon amour*.

— Oui, en effet, répondit Grant en baissant les yeux vers sa verge. C'est bon, mais ton cul sera bien meilleur.

— Oui, prends-moi.

— Avec plaisir, dit Grant en s'agenouillant entre les jambes ouvertes d'Eli. Montre-moi ce que tu m'offres.

— Quelque chose juste pour toi, déclara Eli en tendant la main vers l'arrière et écartant ses fesses.

— Oui, moi et seulement moi, mon grand. Ne l'oublie pas, murmura Grant en faisant couler le lubrifiant dans la fente d'Eli.

Lorsque Grant palpa son anus, appliquant le gel autour de l'entrée et plongeant un peu son doigt dans le trou, un frisson traversa Eli sous l'effet de l'anticipation.

— T'es un allumeur, grommela Eli.

— T'es impatient. Maintenant, je suis tenté de te faire attendre et de fesser ton beau cul noir.

— Oui, dit Eli d'une voix sifflante. Tu pourrais. Mais je crois que tu n'as pas envie de patienter non plus.

— Ah, mais tu sais que l'attente représente la moitié du plaisir.

C'était aussi vrai. Mais il doutait que Grant attende.

— La prochaine fois, chuchota Grant en se plaçant au-dessus de lui.

Les poumons d'Eli se vidèrent, son corps frissonna légèrement. Sa prise sur ses fesses se tendit lorsqu'il sentit la tête lisse et bombée de la bite de Grant à son entrée.

Il inspira profondément tandis que Grant faisait doucement pression.

— Détends-toi, bébé. Laisse-moi entrer.

Lorsqu'Eli expulsa le souffle qu'il retenait, Grant inclina ses hanches et viola l'anneau serré, pénétrant son corps avec une extrême lenteur.

Eli relâcha ses fesses et agrippa les draps, fermant les yeux alors que Grant le remplissait. Eli l'accueillit en entier, chaque centimètre, puis Grant se figea.

— Bébé, grogna Grant. Putain... C'est...

— *Exquis*, gémit Eli.

— Oui, exquis. C'est la façon parfaite de le décrire.

— Je ne me lasserai jamais de toi, réussit à dire Eli.

— Moi non plus, bébé. Jamais, souffla Grant, puis il se

pencha et déposa des baisers le long de la colonne vertébrale d'Eli.

Quand Grant commença à se mouvoir, Eli bougea avec lui, soulevant ses hanches, répondant coup pour coup.

Exquis était le mot juste. La pression, la sensation de la bite de Grant contre sa prostate, c'était parfaitement décrit. Grant le pilonna et Eli cria. Sa propre verge se réveillant lentement, elle aussi.

Grant était l'un des meilleurs amants masculins qu'il ait connus. Il avait de la chance de l'avoir trouvé. Qu'ils se soient trouvés l'un l'autre.

— Sur le dos, mon grand, exigea Grant. Je ne sais pas combien de temps je vais tenir. Je veux voir ta tête quand je jouirai.

Dès que Grant se retira, Eli roula sur le dos.

— Les genoux contre ton torse, indiqua Grant en tapotant la cuisse d'Eli.

Dès que celui-ci s'exécuta, l'entrée de Grant fut tout sauf lente cette fois-ci. D'une poussée vigoureuse, il pénétra Eli, se pencha sur lui et le fixa dans les yeux.

Les lèvres de son mari étaient entrouvertes, ses yeux regardaient dans le vide et sa respiration était saccadée, alors qu'il pilonnait Eli avec force, encor et encore.

Eli garda ses genoux pliés et écartés pour accueillir le corps de Grant entre.

— C'est ça, *mon amour*, donne-moi tout ce que t'as, dit-il, les yeux rivés dans ceux de son partenaire.

Grant grimaça et expira un souffle tremblant.

— Prends tout ce que je te donne.

— C'est ce que je fais. J'en veux plus, gémit Eli.

Un grognement se forma au fond de la gorge de Grant. Il baisa Eli plus fort et plus vite, leur chair se heurtant l'une contre l'autre.

— Plus, *mon amour*.

— Eli, souffla Grant en signe de protestation, son rythme hoquetant.

Eli passa sa main entre eux et saisit sa bite, qui était de nouveau en pleine érection. Il se caressa à la même vitesse que Grant l'enculait.

— Tu veux jouir à nouveau ? demanda Grant, la voix un peu étranglée.

— Oui.

— Avec moi ?

— Oui.

— Dis-moi quand. Je ne pourrai pas me retenir très longtemps, le prévint Grant.

C'était inutile, mais Eli ne parvint pas à formuler les mots. Il respirait trop fort, sa main bougeait frénétiquement pour qu'il puisse jouir lorsque son mari se déverserait en lui.

Il souhaitait aussi qu'ils atteignent ensemble l'orgasme.

— Comme ça... haleta Eli. Oui, comme ça... *Putain...* Grant.

— Bébé, je vais jouir.

— Moi aussi. Embrasse-moi.

Grant se pencha davantage et Eli le rejoignit à mi-chemin, leurs bouches s'entrechoquant. Leurs langues se trouvèrent tandis qu'ils se raidissaient tous les deux. Eli ne put ignorer la force des pulsations provoquées par l'éjaculation de Grant au plus profond de lui. Son amant avala le gémissement d'Eli lorsqu'il jouit une nouvelle fois, son sperme chaud giclant et atterrissant sur son propre ventre.

Eli laissa tomber ses jambes. Avec un soupir, Grant s'écroula sur lui, sans se soucier du foutre, puisqu'ils allaient tous les deux prendre une douche sous peu.

— Reste en moi aussi longtemps que possible, *mon cher*

mari, murmura Eli en déposant un baiser sur la joue de Grant.

— Tu ne sais pas à quel point je t'aime, lui dit doucement Grant à l'oreille.

— Si, *mon amour.* Je ressens la même chose.

Chapitre Cinq

Le cœur d'Eli faillit sortir de sa poitrine lorsqu'il ouvrit les yeux et ne vit rien d'autre que l'obscurité.

— C'est quoi ce bordel ? grommela-t-il.

— Qu'est-ce que c'était, bon sang ? s'exclama Grant en bougeant et se redressant à côté de lui.

— Je ne sais pas, répondit doucement Eli, puis il écouta plus attentivement.

— Peut-être que...

— Chut, lui dit Eli.

Puis ils l'entendirent. Un cri perçant. Un hurlement qui dressa tous les poils de son corps. Il sortit du lit à toute vitesse et, attrapant son short au sol, l'enfila prestement. Grant fit de même.

Quand Eli atteignit la porte de la chambre, Grant était sur ses talons.

— Qu'est-ce que tu...

Un autre cri, moins fort, mais tout aussi inquiétant, parce qu'il ressemblait, cette fois-ci, à un « Non ! ».

Eli eut le sang glacé alors qu'il ouvrait brusquement la

porte et courait dans le couloir jusqu'à la chambre d'amis. Il essaya la poignée, mais la trouva bloquée.

Elle avait verrouillé la porte de sa chambre !

Levant son pied nu, il donna un coup de pied près de la poignée et le loquet se délogea sans trop de dommages. Il pénétra dans la chambre, Grant juste derrière. Eli se précipita vers le lit tandis que Grant appuyait sur l'interrupteur, éclairant la pièce.

Sur le matelas, Olivia se redressa pour les regarder, clignant des yeux, la bouche ouverte en O.

— Qu'est-ce qui se passe ?

Sa voix était tendue, son visage pâle, un filet de sueur couvrant son front.

— Tu criais, expliqua Eli en s'asseyant sur le bord du sommier et pressant le dos de sa main contre le front de Liv. Qu'est-ce qui s'est passé ?

— Je... je ne sais pas ! répondit-elle en clignant des yeux.

— Un cauchemar ? demanda Grant en s'approchant de l'autre côté du lit.

— Oui... peut-être, dit-elle alors que son regard déviait vers lui. Je ne m'en souviens pas.

— Tu trembles, souligna Grant en posant une main sur le bras de la jeune femme.

Liv baissa les yeux vers la main de l'homme, puis les releva.

— Tu ne te souviens de rien ? demanda Eli en écartant les cheveux de son front humide.

Elle détourna les yeux et ne dit rien.

— Tu te souviens.

— Bébé, elle a vu quelqu'un se faire assassiner. Moi aussi, je ferais des cauchemars.

Eli jeta un coup d'œil à son mari. Il avait raison. Cela suffirait à perturber le sommeil de n'importe qui.

— Tu nous as fait peur, admit Grant.

— Désolée.

— Inutile de t'excuser. On voulait juste s'assurer que t'allais bien.

— Votre porte est cassée, remarqua-t-elle.

— On peut la réparer, indiqua Eli, qui se retenait de sourire.

— Je ne veux vraiment pas être un fardeau, se plaignit-elle en secouant la tête.

— Ce n'est pas le cas, la rassura rapidement Eli. Maintenant qu'on sait que tu vas bien, on peut retourner se coucher. Ça va, n'est-ce pas ?

— Tu vas pouvoir te rendormir ? demanda Grant en tendant la main et passant un doigt sur la joue de la femme.

— Bien sûr, répondit Olivia, après une longue hésitation.

Les yeux d'Eli croisèrent ceux de Grant au-dessus du lit. Elle mentait.

— OK, dit Eli en se levant, mais avant qu'il puisse se redresser, Olivia tendit la main et attrapa son bras.

— Attends...

Il baissa le regard vers elle et patienta.

— Je...

Il attendit.

— Je n'ai jamais eu besoin de qui que ce soit. J'ai toujours été seule depuis le jour où j'ai laissé... Trey derrière... Je ne sais pas comment demander...

— De l'aide ? termina Grant pour elle.

— Honnêtement, je ne sais pas ce que je demande... Je ne sais pas ce dont j'ai besoin. Mais...

— Mais quoi ? insista Eli.

— Je ne peux pas vous demander ça, chuchota Olivia en secouant la tête et fermant les yeux.

— Quoi ? l'encouragea-t-il tendrement.

— Il suffit de le formuler, Liv, assura Grant, tout aussi doucement. Si l'on peut t'aider, on le fera.

— Vous pouvez rester ?

Eli ne l'entendit presque pas. Il eut l'impression qu'elle avait soufflé les mots.

— Juste pour un petit moment... s'il vous plaît.

Eli croisa le regard de Grant et se rendit compte que son mari le scrutait, observant attentivement la réaction d'Eli.

— Ce lit est trop exigu pour nous trois, dit Grant, sans quitter Eli des yeux. Mais si tu veux venir dormir avec nous, t'es la bienvenue.

Pendant quelques longs instants, personne ne dit un mot. Finalement, Eli détacha son regard de celui de Grant et déglutit en étudiant Olivia qui, pour l'instant, ressemblait à une gamine dans le lit de la chambre d'amis. Elle était enveloppée dans l'un des T-shirts de Grant, les cheveux en désordre, les yeux d'un bleu brillant écarquillés.

Ce n'était pas une bonne idée.

Pas du tout.

Il se rendit compte que Grant l'invitait seulement à venir dormir dans leur lit. Mais c'était un pas inattendu, surtout si tôt.

Il ne voulait pas qu'Olivia pense qu'ils profitaient de sa vulnérabilité. Parce que ce n'était pas le cas.

N'est-ce pas ?

— Encore une fois, je ne veux pas être un fardeau, rappela-t-elle, les couleurs de ses joues revenant lentement.

— En quoi serait-ce un fardeau d'avoir une belle femme lovée entre nous ? commenta Grant.

Eli fronça les sourcils. À quoi jouait Grant ? L'homme n'avait pas été emballé par l'idée d'amener Olivia dans leur maison, et maintenant, quelques heures plus tard, il l'encourageait à venir partager leur lit ?

Pourquoi ?

— Je ne trouverais pas meilleure sécurité qu'entre deux hommes gays, n'est-ce pas ? dit-elle, la voix pleine d'espoir.

Oh, putain.

— Euh... commença Eli, essayant de maîtriser ses pensées qui s'enflammaient.

— Bien sûr, répondit rapidement Grant en tendant la main à Oliva.

Elle la prit, et Eli regarda son mari aider la jeune femme à sortir du lit.

— Grant, retenta Eli jusqu'à ce que son amant lui lance un regard.

Eli resta figé sur place, l'observant escorter Olivia dans le couloir.

— Oh putain, murmura Eli.

L'idée que cette femme puisse se mettre dans leur lit, ne serait-ce que pour dormir, lui faisait monter le sang aux oreilles et battre son cœur dans sa poitrine. Ce même sang se ruait également jusqu'à sa bite. Il ajusta son short et les suivit doucement dans le couloir, jusqu'à leur chambre.

Lorsqu'il entra dans la chambre principale, Olivia avançait déjà à quatre pattes sur leur grand matelas californien. Le T-shirt de Grant remontant le long de ses cuisses et moulant ses fesses.

Oh, putain.

Grant s'était décalé vers le côté opposé du lit, celui où il dormait. Il avait tiré les couvertures, incitant Olivia à s'installer au milieu.

Oh, bon sang !

— Grant, répéta Eli, la voix fêlée.

Grant lui lança un regard disant « tu le voulais, tu l'as ».

— Bébé, viens te coucher, dit son mari, d'une voix n'égalant pas son regard.

Puis il tapota le lit.

Eli le scruta en fronçant les sourcils et Grant lui rendit la pareille. Puis le partenaire d'Eli, un vrai emmerdeur, gonfla son oreiller après en avoir donné un à Olivia, et s'installa sur le dos en soupirant.

— Eli, retentit l'avertissement d'une voix grave.

Eli se défigea et grimpa prudemment dans le lit, s'assurant de ne pas heurter accidentellement Olivia avec son érection déchaînée.

Leur sommier était grand, mais pas autant. C'était tout de même un peu juste pour trois adultes, surtout quand deux d'entre eux mesuraient plus d'un mètre quatre-vingt.

Eli tourna la tête vers Olivia, étudiant son profil alors qu'elle fixait le plafond.

— T'as besoin d'un autre oreiller ?

— Ça va, merci.

— Je prends ton deuxième oreiller, dit Grant en lui tendant la main.

Eli le lui donna en fronçant les sourcils. Il avait vraiment envie de frapper Grant sur la tête pour avoir proposé cette connerie.

— La lumière, Eli.

Eli tendit la main et éteignit la lampe, puis s'allongea dans le lit, le corps raide, jusqu'à ce que le sommeil l'emporte une heure plus tard.

ELLE DEVAIT DEMANDER au concierge de baisser le chauffage dans son immeuble. Les radiateurs étaient beaucoup trop chauds. Liv ouvrit les yeux en clignant des paupières.

Oh, merde.

Elle n'était pas dans son appartement.

Elle n'était pas dans son lit.

Elle n'était même pas dans la chambre d'amis d'Eli et Grant.

Elle était entre les deux.

Non. Non, ce n'était pas tout à fait exact.

Elle était blottie contre Grant, sa cuisse nue contre la sienne, sa main se levant et s'abaissant à chaque bouffée de l'homme, puisqu'elle était posée sur son ventre. Le bras viril de Grant entourait ses épaules, la tête de Liv appuyée en haut.

Quelque chose était coincé contre son dos et ses fesses. Quelque chose de chaud, de gros et de très ferme.

La respiration d'Eli était lente et régulière, soufflant sur une mèche de ses cheveux et lui chatouillant l'oreille. Son bras à lui s'enroulait autour de la hanche d'Olivia, son érection s'enfonçant dans la raie de ses fesses. Le grand T-shirt qu'elle portait au lit était remonté au niveau de sa taille et sa culotte était de travers. Il n'y avait rien entre la fente de son cul et l'érection brûlante d'Eli, à part le tissu fin et soyeux du short de l'homme.

La respiration de Liv s'accéléra et ses tétons durcirent.

Bon Dieu !

Elle ne s'attendait pas à se réveiller dans cette position. Oui, elle s'était mise au lit avec deux hommes qu'elle venait à peine de rencontrer. Mais ce n'était pas pour le sexe. C'était pour chercher du réconfort. Quelque chose qu'elle n'avait jamais eu de toute sa vie.

Étonnamment, elle n'avait jamais aussi bien dormi.

Les cauchemars qui l'avaient hantée ces dernières nuits avaient été chassés. Du moins, temporairement.

Elle se sentait en sécurité entre les deux hommes. Ce qui était étrange. Cela ne lui ressemblait pas. D'habitude, elle ne faisait pas confiance aussi rapidement. Il lui fallait un certain temps pour se rapprocher de la plupart des gens.

Elle avait tendance à être plus méfiante lorsqu'elle rencontrait quelqu'un pour la première fois, érigeant une carapace dure et protectrice jusqu'à ce qu'elle sache qu'elle pouvait baisser sa garde. Ce qui n'était pas souvent le cas.

Elle faisait confiance à peu de personnes. Maintenant, avec l'affaire Randall Dean, elle devait faire encore plus attention à la confiance qu'elle accordait.

Malgré la première altercation qu'elle avait eue avec le détective privé du cabinet d'avocats, elle avait vu à quel point son frère lui faisait confiance, se fiait à lui, ainsi qu'au mari d'Eli. Elle avait donc rapidement laissé son instinct prendre le dessus. Si elle était honnête avec elle-même, elle était soulagée qu'ils aient proposé de l'aider.

Car, à part Eli, Grant, Trey, Rayne et Gryff, elle n'avait personne d'autre. Pourtant, en y réfléchissant, elle serait la plus chanceuse d'avoir ces cinq-là dans sa vie. S'ils y restaient.

Certaines personnes n'avaient même pas un seul être sur qui compter. Pas un seul. Elle l'avait elle-même expérimenté pendant très, très longtemps.

Elle n'aurait jamais dû demeurer si longtemps en dehors de la vie de son frère. C'était une chose avec laquelle elle devait vivre. Trey aussi.

Mais ce n'était pas son problème le plus urgent. Non. Il était tôt, elle avait un ravissant homme noir pressé contre son dos, sa bite prête à l'action, et un homme tout aussi beau pratiquement bloqué sous elle. Et...

Elle descendit sa main, juste assez pour sentir l'endroit où le tissu du pyjama de Grant commençait à se relever. Ouais. Il avait également la gaule du matin.

Merde.

Une fois de plus, elle se dit que c'était dommage qu'ils soient gays. Parce que, honnêtement, elle avait envie de glisser sa main encore plus bas et d'enrouler ses doigts autour de son membre.

Liv laissa échapper un souffle frémissant.

C'était vraiment dingue.

Elle n'avait aucune idée de l'heure qu'il était, mais il fallait quand même qu'elle s'extraie du lit avant qu'ils se réveillent. Elle n'avait pas besoin de se retrouver au milieu d'un moment privé entre les deux époux. Ils ne voulaient pas d'elle. Ils se désiraient l'un l'autre. Elle était heureuse pour eux. Oui, elle l'était vraiment.

Elle devait donc retourner dans sa chambre, grimper sur son matelas, même s'il n'était que provisoirement à elle, et essayer de poursuivre sa nuit. Elle n'avait pas beaucoup dormi depuis le meurtre de Peggy.

Elle avait aussi à peine mangé. Hier soir, ce que Grant avait préparé était le premier vrai repas qu'elle avait pu avaler depuis un certain temps. En fuite, l'inquiétude l'avait rongée de l'intérieur, si bien que la nourriture et le sommeil avaient été réduits au minimum.

Elle se demanda si elle parviendrait à s'extirper délicatement. Retenant son souffle, elle retira lentement sa cuisse et sa main du corps de Grant, et releva la tête. Puis elle souleva prudemment le bras d'Eli de sa hanche et le replaça sur la jambe de celui-ci. Avec précaution, elle se glissa du lit, en se tortillant entre eux. Eli grogna et se décala dans l'espace vide qu'elle avait laissé, se pelotonnant contre Grant.

Elle reprit finalement son souffle lorsqu'elle ne toucha plus aucune partie de leur corps. Quand ses pieds entrèrent en contact avec le sol, elle se leva et sortit en douce de la pièce, fermant doucement la porte de la chambre derrière elle.

Elle s'arrêta pour faire une petite pause pipi dans la salle de bain située dans le couloir, près de sa chambre. Peu de temps après, elle grimpa dans le lit de la chambre d'amis, se lovant sous les couvertures.

Puis elle resta étendue là, bien éveillée. Ses tétons lui faisaient encore mal, et sa chatte ne cessait de se contracter, affamée. Elle ne s'était pas retrouvée dans cet état depuis longtemps. Cela faisait des années qu'elle n'avait pas fait confiance à quelqu'un au point de sortir ou même de coucher avec. Elle n'avait jamais eu de coup d'un soir et n'avait jamais couché avec un inconnu. Elle n'avait jamais baisé avec quelqu'un le soir du premier rendez-vous.

Non, elle avait été très sélective quant aux personnes qu'elle laissait s'approcher.

— Ils sont gays, murmura-t-elle, espérant que son corps comprendrait.

Elle glissa une main sous le grand T-shirt que Grant lui avait prêté, puis laissa ses doigts se faufiler sous sa culotte. Elle était mouillée, c'était certain. Son dos se courba dès qu'elle toucha son clito. Elle était super sensible et prête, elle aussi.

De l'autre main, elle remonta le T-shirt et découvrit son mamelon, encore durci comme un bourgeon clos. Elle le pressa du bout des doigts, l'attrapa entre son pouce et son index pour le pincer très fort.

Elle haleta et ses hanches basculèrent. Sa respiration devint saccadée, et elle déglutit avant d'ouvrir la bouche. Malaxant le téton entre ses doigts, elle gémit et ferma les yeux. Elle ne pouvait qu'imaginer que l'un des hommes, ou même les deux, le faisait pour elle. Mais ce ne serait pas le cas, ils ne le feraient jamais, alors elle devait se débrouiller seule.

Son doigt glissa entre ses plis trempés, les caressant de

bas en haut, encerclant son clito, puis redescendant. Elle répéta le mouvement à maintes reprises, ses hanches bougeant légèrement à chaque passage. Elle titillait son sexe d'une main pendant que l'autre continuait à malaxer son sein, le prenant, le pressant, le pinçant, le tirant.

Putain ! Elle voulait la bouche d'Eli sur l'un, celle de Grant sur l'autre. Elle souhaitait les regarder s'embrasser à nouveau. Derrière ses paupières closes, elle les imagina dans la cuisine, mais dans son esprit, ils allaient plus loin, étaient plus sauvages. Elle les visualisait en train de se toucher, de gémir, de caresser leurs queues.

Elle enfonça ses dents dans sa lèvre inférieure lorsqu'elle glissa finalement deux doigts à l'intérieur de sa chatte. Poussant un cri, ses hanches décollèrent du lit.

Elle était tellement prête, si mûre, qu'il ne lui faudrait pas grand-chose pour atteindre l'orgasme. Son fantasme de voir les deux hommes ensemble la faisait encore plus mouiller, la laissait encore plus excitée.

Elle désirait être prise en sandwich entre les deux, leurs mains explorant son corps et leurs bouches effleurant ses endroits les plus sensibles. Leurs bites prêtes à la pénétrer. Elle était ouverte, prête à sentir leurs longueurs, leurs épaisseurs au plus profond d'elle.

Elle enfonça ses doigts plus profondément et plus rapidement, son pouce actionnant son clito.

— Oh, baisez-moi, gémit-elle.

Le moment arriva alors. Ses orteils se recourbèrent, les ondulations la traversèrent, irradiant de son centre vers l'extérieur. Sa chatte se mit à palpiter autour de ses doigts mouillés, sa tête bascula en arrière, et un cri rauque lui échappa tandis qu'elle jouissait avec violence.

EN GÉMISSANT, Grant jouit violemment dans la bouche d'Eli. Entre son mari qui le suçait et le long gémissement de Liv au bout du couloir, il était incapable de se retenir.

Au bout d'un moment, Eli releva la tête pour regarder le corps nu de Grant.

— Je veux aller la voir.

Lui aussi. Ils avaient tous les deux été éveillés, feignant de dormir, lorsque Liv s'était glissée du lit peu de temps auparavant. À ce moment-là, ils bandaient tous les deux comme des bêtes. Tous deux savaient qu'il était bien trop tôt pour aller plus loin. C'est-à-dire, plus loin que la laisser dormir entre eux.

Dès que Liv avait fermé la porte de la chambre derrière elle, Eli était passé à l'action, avait baissé le bas du pyjama de Grant et l'avait pris dans sa bouche.

Bien sûr, Grant ne l'avait pas repoussé. Il avait besoin de se soulager et Eli était impatient de lui rendre ce service.

Pourtant, Eli était encore dur comme la pierre. Il s'attendait probablement à le dominer ce matin.

— Je sais, répondit finalement Grant. Moi aussi.

— Alors tu la désires.

Eli l'avait formulé plus comme une affirmation qu'une question.

— Oui.

— Je n'étais pas sûr de tes intentions hier soir quand tu l'as invitée dans notre lit.

— Je voulais voir si j'étais autant intéressé que toi.

— Et alors ?

— C'est le cas.

— Alors qu'est-ce qu'on va faire ? demanda Eli en souriant.

Eh bien, il y avait une solution facile, mais qui finirait par compliquer les choses encore plus qu'elles ne l'étaient déjà.

— Il faut y aller doucement, Eli. Sa situation est loin d'être idéale.

— C'est vrai.

— En plus, on n'a pas de préservatifs dans la maison. Ça fait des années qu'on n'en a aucun.

— C'est vrai, répéta Eli.

— Enfin, si on va jusque-là, commenta Grant en passant une main sur la tête d'Eli. Mais si c'est le cas, on devrait s'y préparer.

— On dirait qu'elle s'est occupée d'elle, donc je suppose que ça l'a excitée de se réveiller entre nous.

— J'en ai bien l'impression. Les fantasmes et la réalité sont deux choses différentes.

— C'est vrai, dit Eli en jetant un coup d'œil vers la porte fermée de la chambre. Tu penses qu'elle fantasme sur nous ?

— Tu crois ?

— J'espère que oui.

— Moi aussi, bébé.

— C'est fou, songea Eli en souriant.

— Je sais.

— J'irai chercher des préservatifs pendant la pause déjeuner d'aujourd'hui.

— Prends-en une grosse boîte, suggéra Grant avec un sourire.

Eli gloussa en saisissant son érection et la pressant.

— Alors maintenant, occupons-nous du problème présent.

— Lequel ? le taquina Grant.

— Ce que je tiens dans ma main.

— Une belle bite, c'est sûr.

— *Merci, mon amour.*

— Oui, eh bien, tu me remercieras quand t'auras enfoncé ce magnifique objet en moi, mon grand.

— Certainement, confirma Eli en remontant sur le corps de Grant et déposant un petit baiser sur ses lèvres.

— C'est tout ce que tu me donnes ?

— Non, *mon cher mari*, tu vas m'avoir en entier.

— Mmmh. J'ai hâte.

— Alors, passe-moi le lubrifiant.

Grant rit et tendit le gel à son *mari*.

Chapitre Six

Liv regarda Trey arpenter la cuisine.

— T'as vécu aussi près sans dire un mot ? Tu ne m'as pas cherché ? Jamais appelé ? Tu n'es jamais venue à un match ?

— Je n'avais pas les moyens d'aller voir un match de la NFL, Trey.

— Je dis juste que... commença-t-il en agitant la main dans sa direction.

— Je sais ce que tu cherches à dire, assura-t-elle doucement. J'avais seize ans. Je n'avais pas d'argent. J'ai fait ce que j'avais à faire, Trey.

— Moi aussi, déclara-t-il en arrêtant de faire les cent pas et pivotant sur ses talons pour faire face à sa sœur.

— J'aimerais qu'on en parle.

— Maintenant ?

— Quand tu seras prêt.

— Olivia...

— Liv, corrigea-t-elle.

— Je suis plus âgé que toi, j'aurais dû m'occuper de toi,

grommela-t-il en passant une main agitée dans ses cheveux. J'étais censé être l'homme de la famille.

Liv ferma les yeux un instant, puis secoua la tête.

— C'est ridicule. T'étais ado, comme moi. On avait que onze mois d'écart.

Elle se leva de sa chaise et s'approcha de lui, posant une main sur le bras de son frère.

— Je ne voulais pas être un fardeau pour toi.

— Mais t'aurais dû me prévenir que tu partais.

— T'avais le football. C'était ton moyen de t'échapper de notre situation.

— T'avais...

— Rien.

— Non. Tu m'avais, moi.

— Non, rétorqua-t-elle en secouant la tête. Encore une fois, tu te débrouillais bien au football. Même en première année, tu jouais dans l'équipe universitaire. Ton entraîneur était sûr que t'obtiendrais une bourse pour l'université. Pourquoi j'aurais voulu que tu viennes avec moi ? T'avais ça. T'avais quelqu'un qui s'intéressait à toi.

— Ouais, ricana-t-il.

— Qu'est-ce que ça veut dire ?

— Il s'est occupé de moi.

Le cynisme dans sa voix la refroidit. Elle patienta. Trey resta figé, le corps de son frère se raidissant sous sa paume.

— Que s'est-il passé ?

— Rien, répondit rapidement Trey.

— Dis-le-moi, insista Liv d'une voix douce.

— Rien que je n'avais pas souhaité.

Soudain, le cœur de Liv se mit à battre fort dans sa poitrine.

— Qu'est-ce que ça veut dire ?

— J'ai fait ce que j'avais à faire, et toi aussi. Est-ce qu'on peut laisser tomber pour le moment ?

— Trey...

— Sérieusement, Liv, ça fait seize ans que tu ne fais pas partie de ma vie. Ne reviens pas maintenant en faisant comme si tu t'inquiétais des trucs que j'ai vécus.

— C'est un peu dur, Trey, dit une voix grave derrière Liv.

Elle regarda par-dessus son épaule et vit Eli entrer dans la cuisine, un sac d'une chaîne de pharmacie à la main, ses yeux sombres posés sur Trey.

Celui-ci fixa Eli un instant, puis s'éloigna de Liv. Sa pomme d'Adam rebondit alors qu'il déglutissait.

— Je m'en suis bien sorti, Liv. Je m'en sors bien. Je ne suis pas tourmenté. J'ai Rayne et Gryff dans ma vie. Je suis aimé. Je suis désiré. J'ai réussi. J'ai tout ce qu'il me faut, maintenant.

Il ne disait pas du tout cela avec arrogance, mais plutôt avec amertume. Liv ne pensait pas que Trey avait tout. Il avait un passé qui le hantait, tout comme elle. Elle était la seule à pouvoir le comprendre puisqu'elle avait vécu en grande partie la même chose que lui.

— Comment ça se passe ici ? demanda Trey à Eli, semblant vouloir à tout prix changer de sujet.

— Très bien. Olivia est à l'aise, n'est-ce pas ?

Les yeux sombres de l'homme se tournèrent vers elle.

— Liv, lui rappela-t-elle.

Il ne tint pas compte de sa rectification.

— Grant nous a préparé un excellent repas hier soir. Il répétera probablement ça dès qu'il aura ramené ses fesses à la maison.

— Je suis désolé, j'étais occupé aujourd'hui au bureau et je n'ai pas pu demander... commença Trey. T'as trouvé quelque chose ?

Liv ne manqua pas de remarquer que les yeux d'Eli dévièrent vers elle, puis revinrent rapidement sur Trey.

— Non. Pas encore.

— J'ai apporté des vêtements pour Liv, indiqua Trey en hochant la tête. Des trucs basiques que Rayne a récupérés. Mais elle devrait peut-être appeler Rayne pour lui donner une meilleure idée de ce dont elle a besoin.

— Eh bien, dis-le à ta sœur, pas à moi, suggéra Eli.

Trey jeta un coup d'œil à Liv.

— Je vais le faire. Merci, répondit-elle. Avec un peu de chance, je ne resterai pas longtemps ici, donc je n'aurai pas besoin de grand-chose. Mais j'ai besoin de mon ordinateur portable.

— Je peux t'acheter un ordinateur portable, dit Trey.

— J'ai des documents pour l'école sur le mien.

— L'école ? s'étonna Trey en fronçant les sourcils.

— Oui, elle suit des cours universitaires en ligne, expliqua Eli.

— Un seul cours à la fois, s'empressa-t-elle d'ajouter.

— Pourquoi un seul ?

— J'ai un travail... ou j'en avais un. Je suis sûre de le perdre puisque je ne les ai pas prévenus de mon absence. Mais même avec ça, je ne peux pas me permettre de suivre plus d'un cours à la fois.

— Le semestre prochain, tu pourras étudier à plein temps. Je paierai.

— Trey... murmura-t-elle.

— Je m'en occupe, s'entêta son frère en levant la main. C'est le moins que je puisse faire.

— Je ne veux pas qu'on m'aide, protesta-t-elle en secouant la tête. Je me débrouille très bien toute seule depuis longtemps.

— Tu n'es plus seule, Olivia, insista Eli en fronçant les

sourcils. Accepte sa générosité. Il a plus d'argent que de raison.

— Gryff ne me laisse pas le dépenser comme je le souhaite.

— Eh bien, oui, rit Eli. Tu dois l'investir judicieusement et arrêter d'acheter tes conneries.

— Ce n'est pas une connerie d'acheter une Maserati.

— C'est vrai, dit Eli en penchant la tête. Je suis d'accord avec toi sur ce point. Mais d'autres trucs...

— Je l'ai mérité.

— C'est vrai aussi, confirma Eli en se tournant vers Liv. Alors, s'il te plaît, laisse-le t'aider à payer tes études. C'est ça ou un autre fauteuil de massage à dix mille dollars.

Un quoi ? Son frère dépensait dix mille dollars pour une chaise ?

— C'est super agréable, insista Trey.

— Un vrai gâchis.

— D'accord, *Gryff*, se moqua Trey.

Eli gloussa et secoua la tête.

— Je suis sûr que Gryff n'était pas content quand il a été livré.

— Il ne l'a même pas remarqué pendant deux semaines.

— Ouais, rit à nouveau Eli. Alors t'as dû le cacher au sous-sol parce que c'est difficile de rater cette atrocité.

— J'ai fait asseoir Rayne sur mes genoux quand...

Les yeux de Trey se tournèrent vers Liv.

— Peu importe.

— Oui, c'est mieux, approuva Eli. Je suis sûr que ta *sœur* n'a pas besoin de connaître les exploits sexuels de son *frère*.

— Ouais, je passe mon tour, confirma Liv. Merci beaucoup.

Grant entra dans la cuisine, se plaça derrière Liv et posa ses mains sur ses épaules.

— J'ai cru entendre un bel étalon dans la cuisine.

— Qui est le bel étalon ? l'interrogea Liv.

— Moi, répondirent en même temps Eli et Trey.

Grant rit et pressa les épaules de Liv.

— Vous pouvez déterminer lequel de vous deux pendant que je prépare le dîner. Une envie particulière ?

— Un steak, suggéra Eli.

— Faux-filet ou entrecôte ?

Liv n'avait pas mangé de steak depuis longtemps. Elle eut l'eau à la bouche à cette idée. Ces dernières années, la seule viande bovine qu'elle avait achetée était un hamburger bon marché. Ce devait être agréable d'avoir le choix entre des morceaux de première qualité.

— Liv ? demanda Grant.

— Oh, je... Ne gaspillez pas un steak pour moi.

Tous les regards se tournèrent vers elle.

— Quoi ? chuchota Trey, les yeux écarquillés.

— C'est absurde, dit Grant en se ressaisissant le premier. Tu décides. Filet mignon ou faux-filet ?

— Je... Lequel est le moins cher ?

— Liv, souffla pratiquement Grant.

Elle essaya de ne pas grimacer en entendant la tristesse dans sa voix.

— Des filets, s'il te plaît, *mon amour*, intervint Eli, prenant les choses en main.

— Parfait, murmura Grant avant de se tourner vers Trey. Tu restes ?

— Non. On a des réservations au truc de la fourchette d'or, précisa-t-il en agitant la main.

— La Fourchette D'Or ? demanda Eli, visiblement impressionné.

— Oui, qu'importe. Gryff s'est occupé des réservations.

— Vous fêtez quelque chose ? s'enquit Grant par-dessus

son épaule. Personne n'a rien dit au bureau. Ce n'est pas ton anniversaire, n'est-ce pas ?

— Probablement, répondit Trey en haussant les épaules. Je suppose que je le découvrirai là-bas.

Eli gloussa et secoua la tête. Il regarda Grant déambuler dans la cuisine, sortant des choses du réfrigérateur et des placards.

— Ils ne lui disent sans doute rien pour éviter qu'il achète d'autres chaises à dix mille dollars.

— J'adore ce fauteuil.

— À moins qu'il ne te suce, te baise et te fasse des bébés, il ne vaut pas dix mille dollars, *mon ami*, dit Eli.

— Hmm. Gryff a dit un truc similaire à propos de ma Maserati.

— Pas étonnant, répliqua Eli en souriant. À quelle heure est votre réservation ?

— Putain ! s'exclama Trey en regardant son portable. Dans vingt minutes.

Grant se tourna et mit les mains sur ses hanches.

— Tu sais que c'est à environ quarante minutes d'ici, n'est-ce pas ?

— Putain ! Je dois y aller, cria-t-il avant de courir vers Liv et de l'entourer de ses bras.

La colonne vertébrale de celle-ci se raidit quand son frère la serra contre lui et déposa un baiser sur sa joue.

— Je dois y partir, frangine. Je t'aime.

Puis il disparut.

Elle resta figée là, à observer son dos qui s'éloignait. Même après qu'il eut disparu de son champ de vision, elle ne put se résoudre à bouger.

Eli s'approcha d'elle et, d'un doigt sous son menton, ferma sa bouche béante.

— Les frères et sœurs ont tendance à se serrer dans les

bras et à se dire qu'ils s'aiment. Du moins, après que la rivalité fraternelle de l'adolescence soit passée.

— Je... je suppose que oui. C'est juste que je n'ai jamais...

— Je sais, dit doucement Eli. Ça fait longtemps. D'après ce que j'ai découvert sur votre mère, vous n'avez reçu ni amour ni affection de sa part. En plus, votre père est mort avant ta naissance.

— Oui, confirma Liv en le contemplant, choquée.

— Vous n'aviez que l'un et l'autre.

— Oui, répéta-t-elle, puis elle ferma les yeux. Et je l'ai laissé.

— Olivia... murmura Eli.

Elle ouvrit les yeux.

— C'est fait, c'est fini. Passe à autre chose. T'es ici. Ton frère est de retour dans ta vie. Profites-en.

— J'essaierai, répondit Liv en jetant un coup d'œil par-dessus son épaule dans la direction dans laquelle Eli s'était éloigné.

— C'est tout ce qu'il souhaite, assura Eli en lui faisant un sourire tendre.

— Maintenant, annonça Grant d'une voix forte. Des steaks, et quoi en accompagnement ?

— On va demander à Trey de lui acheter un nouvel ordinateur portable, déclara Grant, la tête sur les genoux d'Eli.

Ils se détendaient sur le canapé en regardant le football du jeudi soir sur l'écran géant du salon, qui se trouvait à côté de la cuisine.

— *Mon amour*, t'as entendu ce qu'elle a dit. Elle a ses cours sur celui qu'elle a. En plus, elle a peut-être des dossiers compromettants qui pourraient relier Randall au meurtre. On a besoin de ces dossiers.

— Je n'aime pas ça.

— Je le sais. On n'a pas le choix, lui rappela Eli.

Il passa ses doigts dans les cheveux bruns de son mari, veillant à ne pas faire tomber les lunettes de son visage. Il adorait quand Grant les portait, ce qu'il devait faire pour regarder la télévision.

— Qu'est-ce qu'elle fait en ce moment ?

— Elle est à l'étage, en train de lire. Elle a trouvé un livre dans le bureau. Je pense que c'est une excuse pour ne pas rester dans nos pattes. Elle s'inquiète toujours d'être un « fardeau » et de nous déranger.

— C'est absurde, ricana Grant en passant sa main sur la cuisse d'Eli.

— *Je suis d'accord.*

Évidemment, il était d'accord. Il désirait en savoir plus sur Olivia. Pendant le dîner, elle avait à peine parlé d'elle, posant plutôt des questions générales sur leur relation, sur le cabinet et sur leurs responsabilités respectives. Il aimerait qu'elle en dise plus sur son passé et sur ce qu'elle avait vécu. Il ne voulait vraiment pas avoir à enquêter lui-même sur elle, il préférait que cela vienne d'elle.

— T'as acheté des préservatifs ?

— Oui.

Il l'avait évidemment fait. Grant et lui n'avaient pas utilisé de préservatifs depuis des années. Ils étaient en couple depuis dix ans, mariés depuis deux ans et bien que chacun était sûr que l'autre était fidèle, ils se faisaient dépister chaque année.. Cependant, ils ignoraient le passé d'Olivia et... Et quoi ?

Eli soupira. Pourquoi ne pouvait-il pas se sortir de la tête Olivia et l'idée qu'elle rejoigne Grant et lui dans leur lit ?

Si elle savait, elle pourrait être choquée ou, pour le moins, très mal à l'aise. Elle pourrait même souhaiter partir.

Pourtant, elle s'était occupée d'elle ce matin, après avoir quitté leur lit. Toute la journée, il l'avait imaginée se toucher et se faire jouir. Toute la journée, il avait lutté contre son érection. À un moment donné, il était tellement dur qu'il s'était enfermé dans son bureau et avait regardé des vidéos de chatons sur son ordinateur jusqu'à ce qu'il se reprenne. Il n'aimait même pas les chats.

Il trouvait toujours que la réaction qu'il avait en pensant à Olivia était dingue.

— Eli...

— Hmm ?

— Je veux la baiser.

Ce n'était peut-être pas si fou, puisqu'il n'était pas le seul dans cet état d'esprit. Néanmoins, c'était un peu déroutant d'entendre un truc pareil sortir de la bouche de son mari. Bienvenu, mais inattendu.

Sérieusement, qui était excité que son conjoint lui annonce qu'il désirait coucher avec quelqu'un d'autre ?

— Étant donné qu'on envisage vraiment de le faire, je n'arrive pas à me la sortir de la tête, poursuivit Grant.

— Moi non plus, murmura Eli en passant une main sur le torse de son mari.

Il effleura l'un de ses mamelons avec son pouce, puis le deuxième, incitant Grant à presser la cuisse d'Eli.

Ce dernier gigota sur le canapé parce que, juste comme ça, il bandait à nouveau.

— Tu me provoques, rit Grant.

— Désolé, dit Eli en baissant les yeux vers son mari.

— Dans qui tu fantasmes de t'enfoncer ? Liv ou moi ?

— *Les deux.*

Parce que, oui, il les désirait tous les deux.

— Je m'inquiète encore, bébé. Notre relation est forte, oui. Mais...

Grant marqua une pause et fronça les sourcils.

— Je m'inquiète encore.

— *Tu seras éternellement mon cher mari. Je t'aimerai toute ma vie.*

— Tu seras toujours mon mari et je t'aimerai aussi pour l'éternité, répondit Grant.

Il se dégagea des genoux d'Eli pour s'asseoir et se pencha vers lui.

— Tu sais que ton français m'excite au plus haut point.

— Je sais, dit Eli, dont les lèvres se relevèrent.

— Tu triches toujours.

— T'adores ça, le taquina Eli.

— C'est vrai, confirma Grant en hochant la tête et traçant le bord extérieur de l'oreille d'Eli du bout du doigt. Avant que je m'affaire à te séduire, on peut terminer cette discussion concernant l'ordinateur portable ?

— Quoi qu'il arrive, on demandera à Trey de lui en acheter un nouveau. Je suis sûr que le sien est dépassé et lent, sans compter qu'il s'agit d'une preuve. Je dois tout de même récupérer l'ancien, *mon amour*. Je sais que ça ne te plaît pas. Mais il faut le faire. Trey pourra lui acheter un truc neuf et lui payer des cours supplémentaires au début du prochain semestre. Il se peut qu'elle n'aime pas qu'on le lui offre. Mais, honnêtement, elle devra s'en remettre.

Eli secoua la tête.

— Elle a un frère riche qui l'aime, peu importe leur passé.

— Lui sortir de « passer à autre chose » est plus facile à dire qu'à faire, mon grand.

— Je sais, mais si elle a galéré avec ce boulot de merde pour payer un cours par semestre, elle a donc réalisé que son éducation est essentielle. Même si je doute qu'elle ait fini le lycée, elle a probablement eu assez de courage pour obtenir son diplôme de fin d'études. Je pense qu'elle est beaucoup plus forte qu'il n'y paraît.

— Elle est déterminée, c'est certain. Qui peut bien se débrouiller seul à seize ans ?

— *Mon amour*, on ne connaît pas encore les détails de ce qu'elle a dû faire pour « s'en sortir ».

— C'est vrai.

— C'est pour ça que je m'interroge sur sa relation avec cette prostituée. Pourquoi l'aidait-elle à quitter la rue ? A-t-elle été dans le même bateau dans le passé, et quelqu'un l'a aidée à fuir cette vie de fou ? Les fugueurs ont tendance à vendre leur corps pour survivre dans la rue. C'est malheureux, mais c'est vrai.

— Bon sang ! souffla Grant en grimaçant. Tu crois qu'elle est passée par là ? Trey va péter les plombs.

— Je ne veux pas imaginer qu'elle ait dû faire ça.

— Moi non plus, mais...

— Mais... n'y pensons pas pour l'instant, s'il te plaît, *mon amour*. Au moins jusqu'à ce qu'on en soit sûrs.

— Oui. C'est déplaisant de l'envisager.

— Demain, je demanderai à Trey d'aller lui chercher un nouvel ordinateur portable et j'irai récupérer l'ancien.

Grant saisit le visage d'Eli entre ses mains et le tourna vers lui pour le regarder en face.

— Sois prudent, s'il te plaît.

— Toujours, *mon cher mari*. Maintenant, est-ce que tu vas m'embrasser ou est-ce qu'on se replonge dans le football ?

Au lieu de lui répondre, Grant pressa sa bouche sur la sienne et Eli écarta les lèvres, le laissant explorer. Il ferma les yeux et s'abandonna au baiser, son corps se réveillant, sa verge agitée dans son short. Une main passa automatiquement sur la nuque de Grant, les rapprochant l'un de l'autre. La seconde main se posa sur les genoux de son mari et, après avoir trouvé une position plus confortable, il caressa sa propre bite à travers le tissu soyeux de son caleçon. Ses couilles étaient tendues. Il avait envie de prendre Grant ici, sur le canapé.

— Si on baise sur le canapé, tu penses qu'elle va descendre et nous surprendre ? demanda Grant contre ses lèvres.

— On ne peut que l'espérer. Peut-être qu'elle nous rejoindrait d'elle-même. Mais, honnêtement, je ne crois pas qu'on la verra pour le reste de la soirée.

— Elle a l'habitude d'être seule.

— Je pense, oui.

— Bébé, ça me fait mal au cœur, dit doucement Grant.

— Je sais, *mon amour*. Moi aussi.

— Eh bien, on est tous là pour elle maintenant.

Eli saisit le menton de Grant, tournant le visage de son mari pour soutenir son regard.

— Grant, dis-moi la vérité. Est-ce que t'es d'accord, si quelque chose se passe entre nous ?

Son amant prit une profonde inspiration avant de répondre.

— Étonnamment, oui. Si, et c'est un grand si, on est tous les trois inclus. Pas seulement elle et toi. Elle ne sera là que sur une courte période. Si c'est son choix de se joindre à nous pendant ce temps, je n'y vois pas d'inconvénient. Je pense que ce sera amusant d'explorer notre côté fou. On commence à s'ennuyer dans notre mariage.

— On ne s'empâte pas du tout, rit Eli.

— Si, c'est le cas. On est jeudi soir. On reste allongés sur le canapé à regarder du football avant d'aller au lit, puis on ira travailler demain. On fait la même chose tous les jeudis soirs.

Sans que ce soit utile de te le rappeler, on a une routine pour presque tous les soirs de la semaine.

— J'aime passer du temps avec toi en faisant ce genre de trucs.

— Moi aussi. C'est juste que je ne veux pas qu'on relâche nos efforts. Cette idée nous donnera peut-être une étincelle supplémentaire. Une fois qu'elle sera en sécurité et qu'elle nous quittera, on pourra retourner à nos habitudes monotones.

Bien sûr. Une fois qu'elle partirait. Elle venait seulement d'arriver, pensa Eli.

— On a donc abordé le problème de l'ordinateur et celui de notre relation barbante. On peut parler du plus gros problème maintenant ?

— La dureté de ta bite, mon grand ?

— La dureté de ma bite, confirma Eli.

Il décolla ses hanches du canapé et retira son short ample, qu'il posa sur l'accoudoir du divan.

— Qui domine ?

— On devrait en débattre ? proposa Eli en souriant.

— Comment ?

Eli arqua un sourcil tandis que Grant enlevait son jean et faisait passer son T-shirt par-dessus sa tête.

— Un combat d'épée ?

Grant se figea, la tête toujours sous son T-shirt.

— Quoi ?

Sa question sortit étouffée.

Eli saisit le T-shirt et aida son mari à le retirer, puis le jeta de côté.

— Je plaisante. Garde tes lunettes.

— Pourquoi ?

— C'est vachement excitant.

Eli passa la main sur la mâchoire de Grant, les poils de sa barbe bien taillée chatouillant ses doigts.

— Elles font de la buée

— Si c'est le cas, enlève-les alors. Mais pas avant, ajouta Eli d'une voix grave en prenant un air sévère.

— Oh, quelqu'un souhaite diriger ce soir, commenta Grant en arquant les sourcils.

— Oui.

— Ce qui veut dire ?

— Exactement ce que tu crois.

— Très bien, soupira Grant. Tu peux me prendre par derrière ce soir. Mais demain, tu es à moi.

— On verra bien.

— Oh non, on ne verra rien du tout. Je te le dis... Putain. Il nous faut du lubrifiant.

— Le sac est dans la cuisine. J'ai acheté un autre tube en plus des préservatifs.

Du soulagement traversa le visage de Grant.

— Je vais le chercher.

Puis son cul nu se hissa et disparut. Eli s'esclaffa alors que son mari revint après quelques secondes, le sac en main. Il l'ouvrit et jeta un coup d'œil à l'intérieur.

— T'as *bien* pris la grande boîte.

— Je fais toujours ce que mon amant me demande.

Grant ricana et leva les yeux vers lui.

— Ouais ouais, commenta-t-il en sortant le gel. Oh, et le gros tube aussi.

— On n'a jamais assez de lubrifiant.

— Pas dans cette maison.

Eli rit et tapota la cuisse de son mari d'une main tout en caressant sa bite de l'autre.

— Viens t'asseoir.

Grant laissa tomber le sac à l'autre bout du canapé et s'approcha, faisant sauter le bouchon du lubrifiant.

— Sois généreux, s'il te plaît.

— Toujours, le rassura Eli en prenant le tube.

Il en versa une bonne quantité dans sa paume et l'étala lentement sur sa longueur, pressant le gland à chaque mouvement.

Les yeux de Grant ne le quittèrent pas.

— Je suis paré, murmura celui-ci, sa bite, dure et prête, dépassant de son corps svelte.

Eli contempla son mari. Grant prenait bien soin de lui. Ils le faisaient tous les deux. Son amant les nourrissait bien pour qu'ils restent en bonne santé et, même après dix ans, Grant ne manquait jamais de le faire bander.

À cet instant, il avait hâte que son partenaire s'assoie sur lui

— *Moi aussi.*

Grant s'approcha, posa ses deux mains sur les épaules d'Eli, puis s'installa à califourchon sur ses genoux.

— Dis-moi combien tu m'aimes en français.

Eli ouvrit la bouche pour s'exécuter.

— Attends ! s'écria Grant en se décalant. Ne bouge pas. OK, maintenant, dis-le-moi.

— *Je t'aime à l'infini*, gémit Eli alors que Grant s'abaissait sur sa bite.

Après un autre petit mouvement, Eli viola l'anneau serré. Ils soupirèrent tous les deux lorsqu'il s'enfonça complètement.

Grant passa sa main dans la nuque de son mari et la seconde sur son torse, titillant l'un de ses tétons.

— Mon Dieu, ça fait tellement de bien de te sentir en moi, lâcha-t-il.

Eli avait le souffle coupé.

— Je ne vais pas vous contredire sur ce point, maître.

— Oui, je n'aime pas perdre un débat, plaisanta Grant, dont les lèvres se courbèrent.

— T'es le meilleur dans ce domaine. Mais aussi pour chevaucher ma bite.

Les doigts d'Eli s'enfoncèrent dans les hanches fines, mais musclées, de Grant.

— Bon sang, Grant, gémit-il.

Grant se pencha et balaya les deux tétons d'Eli avec sa langue, puis en aspira un. Il passa à l'autre et frotta ses dents sur le petit bout dur. Eli se cambra pour en avoir encore plus. Il avait songé à se procurer des anneaux de téton parce qu'il aimait qu'on joue avec ses mamelons, mais il ne s'était jamais jeté à l'eau. Pourtant, chaque fois que Grant titillait ses tétons, il y repensait.

Puis son mari le mordit violemment au niveau d'un de ses pectoraux, assez fort pour laisser une marque.

Eli appuya sa tête contre le canapé, mais ne quitta pas Grant des yeux alors que l'homme montait et descendait lentement sur sa longueur, son canal le serrant de toutes ses forces.

— On n'est vraiment pas ennuyeux, *mon amour*, le taquina-t-il, avant d'inspirer vivement quand Grant pressa sa bouche contre son oreille.

— J'adore avoir ta bite en moi, mon grand. Si dure, si chaude, si grosse. Bien au fond. Chaque fois que tu m'encules, tu me possèdes à nouveau, Elliott.

Les mots murmurés à son oreille le firent frissonner, et ses couilles se resserrèrent. Il pouvait jouir en quelques secondes, mais il voulait que cela dure beaucoup plus longtemps.

Eli attrapa le tube de lubrifiant, l'ouvrit et en versa sur sa paume. D'une main, il saisit l'érection de Grant, tandis que son autre main parcourut la mâchoire de son amant, descendit le long de son cou, puis son épaule, explorant et appréciant l'anatomie de celui-ci. Tout ce qui constituait l'homme avec lequel il avait fait sa vie. Celui qu'il emmenait tous les soirs dans son lit. Avec lequel il travaillait chaque jour.

Avec lequel il se blottissait sur le canapé pour regarder du football. Ou des films à l'eau de rose. Ou parfois même de la porno.

Il ne se lassait pas de l'homme qui glissait sur sa longueur, le pressant, mordillant ses épaules, égratignant son cou avec ses dents.

Plus Grant le chevauchait, plus Eli frictionnait la bite de son mari. Quand Grant s'empara de sa bouche, il gémit et jouit profondément dans son cul. Quelques secondes plus tard, du sperme jaillit entre eux alors que la verge de Grant pulsait dans sa main.

Grant libéra sa bouche et appuya son front sur le sien.

— Je ne veux pas bouger, murmura-t-il, après quelques bouffées calmantes.

— Alors, reste là.

— On va devoir bouger un jour ou l'autre.

— On a un peu de temps.

— Dans ce cas, dit Grant.

Ce qui était vrai. Plus ils vieillissaient, plus ils perdaient rapidement leurs érections après avoir joui. Ils ne pouvaient plus maintenir leur connexion aussi longtemps qu'avant.

Mais ils ne devaient pas se plaindre. Au moins, ils pouvaient réagir et se donner du plaisir en tous points.

Un bruit attira leur attention. Ils regardèrent alors vers l'entrée de la cuisine.

Eli s'était trompé. Olivia était sortie de sa chambre. Il ignorait combien de temps elle avait passé là, à les observer.

Chapitre Sept

Le cœur de Liv battait si fort dans sa poitrine qu'elle le sentait dans son cou et dans son ventre. Ses genoux faiblissaient. Ses mains tremblaient. Sa gorge était sèche.

Elle était restée figée à cet endroit pendant bien trop longtemps. Elle n'avait jamais vu deux hommes faire l'amour auparavant. Franchement, elle pouvait dire que ce que Grant et Eli avaient fait était absolument magnifique. Ils avaient bougé à l'unisson, comme si leur moment avait été chorégraphié. Ils étaient tellement connectés qu'aucun d'eux n'avait remarqué sa présence.

Rien n'existait, à part... *eux.*

La voix dans sa tête la sommait de partir, de retourner dans sa chambre, de leur laisser leur intimité, mais elle en était incapable. Elle ne pouvait s'empêcher de les regarder.

L'excitation avait envahi tout son corps, ses seins étaient douloureux et semblaient avoir gonflé, recherchant l'attention. Sa culotte était trempée.

Maintenant qu'elle les avait vus finir, elle devait vraiment remonter dans sa chambre et se faire jouir à nouveau. De toute sa vie, elle n'avait jamais eu autant envie de baiser jusqu'à ces deux derniers jours.

Elle devrait être préoccupée par sa sécurité et s'efforcer de reprendre sa vie en main dès que possible, et non pas convoiter l'intérêt de deux hommes. Qui étaient gays, bon sang !

Deux hommes mariés qui s'aimaient incontestablement et qui, de toute évidence, avaient un bon appétit sexuel l'un pour l'autre.

Mais, *mon Dieu* ! Elle aspirait à une relation comme la leur. Quelqu'un qui l'aimerait profondément et qui prendrait soin d'elle. Quelqu'un à qui se confier et révéler ses secrets, des blagues, et même le quotidien ennuyeux.

Elle n'avait jamais réalisé à quel point elle désirait tout ceci jusqu'à cet instant. Jusqu'à les observer. La façon dont ils interagissaient dans la cuisine à l'heure du dîner, la façon dont ils avaient débarqué dans sa chambre la veille en s'inquiétant pour elle, la manière dont elle les voyait maintenant... Ce n'était pas que du sexe. Bien sûr que non. C'était bien plus.

Elle restait là, à les observer comme si elle était au cirque.

Il fallait qu'elle leur laisse leur intimité et qu'elle parte de chez eux, même si elle n'était pas en sécurité ailleurs. Elle ne pouvait pas s'immiscer davantage dans leur vie.

— Olivia.

La voix grave et intense d'Eli déferla sur elle, et elle frissonna.

Bizarrement, aucun des deux n'avait bougé. Ils ne s'étaient pas écartés, gênés d'avoir été pris sur le fait. Ni l'un ni l'autre ne s'était empressé de couvrir sa nudité. Ils ne s'étaient même pas décollés, ils restaient intimement liés. Et ils la contemplaient comme si c'était tout à fait normal qu'elle les observe.

Très étrange.

— Liv, l'appela Grant, la voix plus rauque que d'habitude.

Elle avait vu tout ce qu'ils venaient de faire, et elle devrait être gênée. Ils devraient être mal à l'aise. Mais ils ne l'étaient pas. Elle non plus. Elle était... fascinée. Intriguée.

La raison la sidéra.

Elle souhaitait se joindre à eux. Elle désirait faire partie de ce qu'ils partageaient. Même si ce n'était que pour une nuit. Elle voulait faire partie de ce cocon d'amour et de passion, d'exploration sexuelle et de satisfaction. Même si ce n'était que pour une heure.

Elle prendrait tout ce qu'ils voudraient bien lui donner. Elle voulait juste avoir l'impression de faire partie de ce qu'ils avaient. De quelque chose d'important.

Mais ils n'accepteraient jamais. Ils ne comprendraient jamais son besoin d'appartenance. D'être réellement désirée et incluse.

Sa poitrine se noua, ses muscles se figèrent. Elle était paralysée sur place.

— Olivia, répéta Eli. Qu'as-tu vu ?

— Tout, dit-elle d'une voix qui lui sembla étrange.

Sa voix était différente, plus caverneuse que d'habitude.

— Olivia, viens ici.

Elle secoua la tête avec raideur. Elle avait l'impression d'être une marionnette au bout d'un fil, attendant que quelqu'un fasse bouger son corps.

— Liv, s'il te plaît, dit Grant doucement. Parle-nous.

Au bout d'un moment, il tourna la tête vers Eli.

— Bébé, je vais me relever. Il faut qu'on se nettoie. Je pense que Liv est en état de choc.

— Non, s'entendit-elle dire. Je ne suis pas sous le choc.

— Alors qu'est-ce qui se passe ? lui demanda Grant.

— Je suis plutôt admirative.

— Admirative ? répéta Eli.

— T'as déjà vu des hommes faire l'amour ?

— Non.

— Ça te dégoûte ? l'interrogea Grant avec précaution.

Liv secoua la tête. Davantage pour dégager le brouillard dans sa tête.

— Non, pas du tout. C'était magnifique. Vous êtes tous les deux… incroyables.

Eli et Grant échangèrent un regard rapide, un truc passa entre eux, puis ils reportèrent leur attention sur elle.

— Tu pourrais rendre ça encore plus beau, suggéra Grant.

— Qu'est-ce que tu veux dire ?

— Tu pourrais être avec nous, ajouta enfin Eli. Tu pourrais te joindre à nous.

— Pourquoi ça vous tenterait ? s'étonna-t-elle en secouant la tête.

— Pourquoi pas ? lui demanda Eli.

— Parce que vous vous aimez.

— Le fait que tu sois avec nous, que tu nous partages, ne nous empêcherait pas de nous aimer.

— Vous êtes aussi gay. Je pensais…

— On est… commença Eli, puis il soupira. On a tous les deux été avec des femmes avant. Tu pourrais dire qu'on est bisexuels si t'as besoin d'une étiquette. Mais je n'ai jamais été attiré que par les hommes. C'est la même chose pour Grant. On s'aime pour ce qu'on est, pour notre beauté intérieure, pas pour notre genre.

Soudain, le brouillard se dissipa dans son cerveau. Les

propos d'Eli étaient parfaitement logiques. On aimait quelqu'un pour ce qu'il était, pas pour son sexe.

— Alors vous aimez aussi les femmes ?

Eli lui sourit tendrement.

— On t'apprécie, Olivia. Tous les deux.

— Vous voulez que je couche avec vous ?

— Ça te tente ?

Liv fit un pas timide dans la pièce, cherchant le courage d'avouer son désir.

— La vérité, c'est que j'adorerais expérimenter ce que vous avez tous les deux. Même juste une fois.

— On peut arranger ça, dit Grant, se décollant des genoux d'Eli avec un gémissement. Mais pour l'instant, je dois aller me nettoyer.

Il tapota l'épaule d'Eli.

— Toi aussi.

— Pourquoi n'irais-tu pas nous attendre à l'étage ? proposa Eli en reportant son attention sur Liv.

Le cœur de la femme commença à s'emballer. Est-ce que ça allait vraiment se produire ? Les hommes la laisseraient-elle vraiment se joindre à eux ? Cela dépassait ce qu'elle avait imaginé de plus fou.

— Dans votre chambre ?

Sa voix trembla d'excitation. D'anticipation. Et un peu de peur de l'inconnu.

Les quelques expériences sexuelles qu'elle avait eues par le passé n'avaient jamais valu la peine d'être répétées. Personne ne lui avait donné envie de poursuivre une quelconque relation. Elle n'a jamais connu cette « étincelle », dont elle a entendu parler dans tant de romans d'amour qu'elle a dévorés, avec qui que ce soit. Elle avait toujours désiré avoir cette connexion, ce petit truc spécial. À trente-deux ans, elle commençait à se demander si elle le trouverait un jour.

Non pas qu'elle ait beaucoup cherché. Encore une fois, sa prudence à l'égard des nouvelles personnes avait tendance à la freiner dans sa socialisation, ainsi que pour rencontrer des hommes. Si cela devait se produire, elle s'était toujours dit que cela arriverait. Comme si le destin allait intervenir...

— Oui, dans notre chambre. Si c'est ce que tu souhaites, Olivia. D'abord, sois-en sûre. Si ce n'est pas le cas, va dans la tienne. On comprendra tout à fait si tu ne te joins pas à nous. Tu seras quand même la bienvenue ici, aussi longtemps que nécessaire. Alors, s'il te plaît, ne te sens pas obligée.

Elle ne se sentait pas du tout contrainte. Elle ne doutait pas de ce qu'elle désirait. Elle n'avait pas besoin d'y réfléchir. Elle n'allait pas changer d'avis. Non, sûrement pas.

— Je serai à l'étage, chuchota-t-elle.

La chaleur lécha sa poitrine et ses joues, sa chatte se contracta à l'idée de grimper dans leur lit, d'attendre qu'ils viennent *la* rejoindre. Et non l'inverse.

Elle baissa les yeux vers le grand T-shirt qu'elle avait porté pour se prélasser dans son lit en lisant. Il ne ferait pas du tout l'affaire. Elle devait vite monter se changer. Avec un dernier regard vers le canapé, où les deux hommes paraissaient prêts à bouger une fois qu'elle serait partie, elle se pressa.

Après avoir fait leur toilette dans la salle de bain du rez-de-chaussée, et après qu'Eli eut enfilé son short et Grant son bas de pyjama, ils empruntèrent le couloir vers la porte ouverte de leur chambre. Eli saisit le bras de Grant et l'arrêta.

— *Mon amour*, commença-t-il.

Avec un peu de force, il plaqua le dos de Grant contre le mur et s'approcha de lui, ses deux mains agrippant le visage de son mari. Il pressa son front contre le sien.

— Oui ? s'enquit Grant en clignant des yeux.

— Je sais que je te l'ai demandé plusieurs fois, mais c'est ta dernière chance de faire marche arrière. T'es sûr de le vouloir ?

— Eli… souffla Grant, puis il passa une main entre leurs corps collés pour faire courir ses doigts sur l'érection d'Eli. T'as hâte de le faire. Ton corps ne ment pas.

Puis il saisit le poignet d'Eli, éloigna sa main de son visage et la glissa entre eux deux pour la presser contre sa propre érection.

— Le mien non plus.

— Ce n'est pas la réaction de nos corps qui m'inquiète, dit Eli en tapotant un doigt sur la tempe de Grant. C'est là.

— T'as déjà fait un plan à trois ? Je n'arrive pas à croire que je ne t'ai jamais posé cette question avant.

— Oui, longtemps avant de te rencontrer. Mais ce n'était pas avec quelqu'un que j'aimais.

— Tu penses que ça va changer quelque chose ?

— Je ne sais pas.

— Tu t'inquiètes de ma réaction ou de la tienne ? lui demanda Grant.

Cet homme était beaucoup trop intuitif. Eli n'arrivait presque jamais à cacher ses sentiments et Grant n'hésitait jamais à l'interpeler à ce sujet.

— Considérons cette expérience comme du sexe, poursuivit Grant, étant donné qu'Eli ne répondait pas. Une nuit avec quelqu'un qui va bientôt sortir de nos vies. Profitons du peu de temps que nous avons. Ce sera peut-être gênant et ça ne marchera peut-être pas du tout. On finira peut-être par tous en rire demain matin.

Eli en doutait fortement. S'ils entraient dans cette chambre ensemble et qu'ils trouvaient Olivia dans leur lit, Eli avait le sentiment que ce ne serait pas simplement du sexe. Il ressentait toujours une étrange attirance pour cette femme et il ne pouvait pas l'expliquer.

Après avoir passé plus de temps avec elle, il découvrirait peut-être que ce n'était rien, qu'il l'avait seulement imaginé.

— D'accord, alors, dit finalement Eli.

Il approcha sa bouche de celle de Grant et l'embrassa longuement, fougueusement. Sa langue tournoyait autour de celle de son mari, et lorsque l'autre homme gémit, il l'avala, l'unissant à la sienne.

De toute évidence, ils étaient tous les deux prêts pour la personne qui les attendait dans leur lit. Ils savaient qu'elle s'y trouvait puisque la porte de la chambre d'amis était grande ouverte et que la pièce était sombre. En revanche, la lumière éclairait la leur. Un bon signe.

— Prêt, *mon amour* ? demanda Eli en s'efforçant de ne pas faire trembler sa voix.

— Oui, bébé, je suis prêt.

Eli lui attrapa la main et écarta Grant du mur. Il ne la relâcha pas avant d'entrer dans la chambre, où ils furent accueillis par quelque chose qu'ils n'avaient pas prévu.

Olivia était assise au centre de leur matelas, adossée à la tête de lit, ses cheveux d'un blond foncé lâchés autour de ses épaules. Ses joues étaient rouges et ses mamelons étaient aussi durs que des diamants sous le tissu qu'elle portait.

C'était ce qui les avait pris au dépourvu : ce qu'elle portait. C'était une chemise de nuit en soie bordeaux, assez longue pour couvrir ses jambes jusqu'aux chevilles. Mais même assise sur le sommier, il pouvait voir qu'elle épousait toutes ses courbes. Le décolleté plongeant mettait en valeur la peau lisse et laiteuse de ses seins. Ils remplissaient parfaitement les bonnets triangulaires en soie et en dentelle. Des bretelles soutenaient le poids de cette poitrine. Eli eut du mal à détacher son regard du soulèvement et de la chute rapides des seins de Liv.

Elle était soit très excitée, soit très nerveuse.

Ou peut-être un peu des deux.

— Bébé, souffla Grant, à côté de lui.

Oui, il était dans le même état que lui. Il avala la boule qui s'était formée dans sa gorge.

— Qu'est-ce que tu portes ? demanda-t-il.

Comme s'il ne pouvait pas le voir de ses propres yeux.

Elle passa un doigt sur l'une des fines bretelles, puis le fit dériver sur le tissu qui recouvrait sa poitrine.

— Rayne me l'a envoyé.

Il devrait remercier Rayne demain pour ce cadeau parfait. Pas pour Olivia, mais pour Grant et lui. Car ce qui les attendait dans leur lit en était certainement un.

— Tout à l'heure, tu portais le T-shirt de Grant.

Son cerveau devait être embrouillé. Il posait des questions stupides. Il était surpris de ne pas bégayer ou de ne pas être sans voix.

La main de Liv continua à descendre sur son flanc, et lissa le tissu soyeux au niveau de sa hanche et sa cuisse.

— Normalement, je ne porte pas ce genre de choses. Son T-shirt était confortable. Ça... ce n'est pas vraiment fait pour être à l'aise. Mais j'ai pensé que vous apprécieriez plus qu'un T-shirt usé.

Eli adorait sans aucun doute la tenue. Il jeta un coup d'œil vers Grant. Il ne faisait aucun doute que son mari s'en délectait également.

— C'est le cas. T'es magnifique dedans. Non seulement elle convient merveilleusement à ton teint, mais cette tenue met parfaitement tes courbes en valeur. Rayne a bien choisi ta taille.

— Eh bien, Rayne sait certainement comment s'habiller pour séduire, murmura Grant.

— C'est vrai, *mon amour.*

Son attention fut attirée par les doigts d'Olivia qui remontaient le long de sa cuisse, puis sur son ventre, avant de se frayer un chemin entre ses seins pulpeux.

Eli se demandait si elle était consciente de ce qu'elle faisait, si elle avait des talents de séductrice. Puis cela le frappa, elle avait *peut-être* été prostituée.

Putain de merde.

— Olivia, t'as déjà eu une relation à trois ? l'interrogea-t-il après avoir lâché la main de Grant et s'être approché du lit.

Son mari avança derrière lui et posa une main chaude dans le bas de son dos.

— Non, répondit-elle en écarquillant les yeux. Est-ce que ça change un truc ?

Non, bien sûr que non.

— Non, c'est juste que...

Merde. Comment abordait-il le sujet ?

— Je ne suis pas certain de l'expérience que tu as...

Il s'interrompit avant de gaffer. À cet instant, il ne voulait surtout pas l'énerver et la voir retourner dans sa chambre en claquant la porte.

— As-tu...

— Je pense que ce que mon mari essaie de te demander, Liv, c'est si tu t'es déjà vendue à des hommes.

Olivia fut bouche bée.

— Désolé d'être aussi direct, ajouta Grant en levant rapidement la main. Mais on est bien conscients de ce que les adolescents fugueurs doivent faire pour survivre seuls. On comprend que c'est par désespoir et on ne t'en tiendra jamais rigueur. Je suppose qu'il pose la question plus pour toi que pour nous. Il veut s'assurer que tu n'es pas bouleversée en étant avec deux hommes en même temps. Parce que tu peux être dépassée. Crois-moi, c'était le cas pour moi. J'étais jeune et je pensais que ce serait excitant. En fait, ça s'est avéré être un cauchemar. Mais je n'étais pas entouré des bonnes personnes. C'est ce qui fait toute la différence. On ne veut pas que ça te mette mal à l'aise. On souhaite que ce soit une belle expérience pour toi. Et pour nous, ajouta-t-il.

— Bon Dieu, maître ! Ce n'est pas une plaidoirie.

Toutefois, Eli était soulagé que Grant ait présenté la préoccupation d'Eli à l'égard du passé d'Olivia d'une façon plus positive que négative.

— Ce n'est pas le moment de tourner autour du pot, Elliott, dit sévèrement Grant, et il tourna de nouveau son regard vers Olivia. Alors, quelle est ton expérience avec les hommes ?

Le rouge des joues d'Olivia s'intensifia et Eli se prépara à entendre la pire réponse possible.

— Je ne me suis jamais vendue, murmura-t-elle. Je n'ai été qu'avec trois hommes.

— Dans toute ta vie ? demanda Grant, visiblement surpris.

Sa main, auparavant envoûtante, couvrait maintenant sa gorge. Probablement horrifiée par leur manque de manières.

— Oui, est-ce que *ça* change quelque chose ?

Eli sentit le corps de Grant se détendre près de lui. Le sien fit de même.

— Non, intervint Eli. Pas du tout. Comme Grant l'a si bien dit, on était juste plutôt concernés pour toi.

C'était la version de Grant, et Eli s'y tint.

Eli arracha le sac de la pharmacie des mains de Grant et le posa sur la table de nuit.

— *Bien joué*, murmura-t-il fièrement en tournant le dos à Olivia. *J'aurais pu tout gâcher.*

Parce que Grant aurait assurément tout foutu en l'air.

— *Tu voulais le savoir*, répondit Grant en français, ce qui le surprit.

Bien sûr qu'Eli souhaitait avoir cette information. Il était sûr que Grant avait cherché la même chose. Mais au moins, il avait essayé d'être plus délicat.

Quoi qu'il en soit, c'était de l'histoire ancienne. Olivia n'était pas sortie indignée ou en colère de leur chambre.

— Maintenant, on fait quoi ? demanda-t-elle, attirant à nouveau leur attention sur elle.

— Maintenant, commença Grant en se déplaçant de son côté du lit. On te fait oublier qu'un jour t'as fréquenté ces trois hommes. Maintenant, on fait en sorte que tu ne te souviennes que du temps passé avec nous.

— C'est possible ? s'enquit Olivia, ses yeux fiévreux, sa main se remettant en mouvement, parcourant la soie marron de sa longue chemise de nuit.

— Je ne sais pas, dit Grant avec un sourire. Mais ça sonnait bien.

— C'est vrai, *mon amour*, confirma Eli en retirant son short et grimpant sur le sommier. Mais on fera de notre mieux pour y parvenir. Je te le promets, *ma chérie*.

Le matelas s'inclina lorsque Grant monta sur le lit après avoir enlevé son pantalon ample de coton. Tous deux nus et à genoux, leurs regards se croisèrent au-dessus d'Olivia.

— Viens ici, mon grand. Embrasse-moi.

La voix de Grant était rauque, son érection longue et dure, une goutte de précum scintillant à son extrémité.

Eli voulut la lécher. Mais à la place, il fit ce que son amant lui demandait et se pencha pour permettre à Grant de s'emparer de sa bouche. Eli prit les choses en main en accentuant le baiser, enfonçant ses mains dans les cheveux de Grant, le serrant contre lui et entremêlant leurs langues.

Ils ne rompirent leur baiser que lorsqu'ils durent tous les deux reprendre leur souffle. Qui aurait cru qu'avoir une femme qui les observait dans leur lit serait un tel aphrodisiaque ? Quand il détourna enfin les yeux du regard intense de Grant, il pivota vers Olivia, qui était toujours appuyée contre la tête de lit. Mais à présent, la rougeur de ses joues n'était due qu'à l'excitation, et à rien d'autre. Ses yeux, partiellement cachés par de lourdes paupières, étincelaient. Ses pouces tournaient autour de ses tétons. Non seulement les pointes étaient visibles à travers le tissu soyeux, mais aussi les contours de ses aréoles.

— Est-ce que notre baiser te fait mouiller, Olivia ? demanda Eli, le souffle un peu court.

Ils avaient à peine commencé qu'il avait déjà du mal à se maîtriser.

— Oui, répondit-elle d'une voix sifflante, ses yeux tombant à l'endroit où leurs bites se rencontraient au-dessus d'elle.

— On va s'embrasser à nouveau. Cette fois-ci, fais ce que tu veux. Rejoins-nous, touche-nous. Tout ce que tu souhaites faire. On te laissera faire le premier pas. Mais on veut que tu fasses uniquement ce qui te met à l'aise.

— Si tu souhaites qu'on fasse quelque chose, demande-le-nous. Si tu veux qu'on arrête, dis-le-nous, ajouta Grant.

— Je veux vous toucher, murmura-t-elle.

Eli sourit et se tourna vers Grant.

— Embrasse-moi, *mon amour. Laisse-la nous explorer comme elle le sent.*

Oui, faisons ça. Son rythme, sa volonté.

— Putain, bébé. Avec Liv dans notre lit et ton français, je crois que je vais imploser.

— Pas encore, gloussa Eli en passant une main sur la nuque de Grant et l'attirant, prenant la bouche de son mari comme si elle lui appartenait.

Parce que c'était le cas. La bouche de Grant était à lui.

Mais il était prêt à la partager.

Chapitre Huit

Grant sursauta quand une main s'enroula autour de sa bite, un pouce effleurant la couronne pour étaler la perle de précum qui tombait dangereusement du bout. Ce n'étaient pas les doigts d'Eli qui le tenaient. Bon sang. Les mains de Liv étaient plus petites, plus douces. Cela le fit gémir une nouvelle fois dans la bouche d'Eli alors qu'elle le frictionnait de la base à la pointe.

Cela faisait très, très longtemps, qu'une femme ne l'avait pas touché. Même avant de rencontrer Eli, cela faisait longtemps. Il avait toujours préféré les hommes, mais il avait toujours été attiré par certaines femmes. Il aimait baiser l'un comme l'autre. S'enfoncer dans la chaleur humide d'une femme ou s'introduire dans un cul serré, dans un cas comme dans l'autre, il se sentait bien.

Mais, bien sûr, il n'avait jamais été avec quelqu'un d'autre depuis sa rencontre avec Eli. À partir de ce jour-là, il avait su qu'il voulait passer le reste de sa vie avec cet homme. À l'époque, il croyait que c'était de la folie et, quand il y repensait, il avait toujours le même avis. Mais il avait aperçu

Eli, assis devant une salle d'audience, dans laquelle Grant s'apprêtait à entrer avec son client. Leurs regards s'étaient croisés, et Eli lui avait adressé un grand sourire qui l'avait foudroyé sur place. Il avait été tellement pris au dépourvu par sa réaction qu'il avait failli rater sa plaidoirie d'ouverture.

Tout en défendant son client, il s'était maudit de ne pas avoir demandé le numéro de l'homme, car il ne le reverrait probablement jamais.

Mais il s'était trompé. Lorsqu'il était sorti de la salle d'audience, Elliott Stone, détective privé certifié et canon de premier rang, était adossé au mur en face des portes, les bras croisés sur son large torse, le regard sombre et intense. Son sourire s'était diabolisé en promesse des choses à venir.

L'homme n'avait pas bougé d'un poil. Au contraire, il avait attendu que Grant s'approche de lui. Ce qu'il avait fait, invitant le beau ténébreux à se joindre à lui pour boire un verre, et puis...

Plus tard dans la nuit, Eli avait été le meilleur coup de sa vie.

Deux semaines après, ils vivaient ensemble, et à peine un mois plus tard, il avait convaincu Gryff de débaucher Eli.

Toutefois, il n'avait pas eu besoin d'être très persuasif.

Tout comme il n'avait pas fallu une grande rhétorique de la part d'Eli pour que Liv se joigne à eux dans leur lit.

Maintenant, la femme caressait non seulement sa bite, mais aussi celle de son mari. Lorsqu'une bouche chaude et humide suça ses bourses, il sursauta et rompit le baiser intense qu'il partageait avec son amant.

— Putain, gémit-il en appuyant son front contre celui d'Eli.

Ils avaient besoin d'un plan d'action. Ils auraient dû en discuter lorsqu'ils s'étaient nettoyés dans la salle de bains, mais ils ignoraient si Liv changerait d'avis.

Elle n'en avait rien fait, et maintenant, il ne savait pas qui allait baiser qui.

La dernière fois que Grant avait fait un plan à trois, il avait eu l'impression d'être la troisième roue du carrosse. Les deux autres hommes avaient passé plus de temps ensemble, et Grant s'était senti écarté. Cela n'avait pas été une expérience amusante ni agréable. Il avait appris plus tard que les deux hommes avaient fini par sortir ensemble. Leur attirance mutuelle avait donc été plus forte que celle qu'ils avaient ressentie pour Grant. Il ne souhaitait pas que l'un d'eux se sente exclu ce soir. Parce qu'avec un plan à trois, cela pouvait facilement se produire.

Liv se décala, et sa tête se retrouva entre eux. Pressant leurs bites l'une contre l'autre, elle commença à lécher les couronnes, comme si elle savourait un cornet avec une boule chocolat et une boule vanille.

— Bon sang ! articula-t-il silencieusement, alors que ses yeux croisaient ceux d'Eli.

Les lèvres de son mari remuèrent, mais il ne dit rien, se contentant de plonger sa main dans les cheveux blond foncé de Liv. Grant fit de même, entortillant ses doigts dans la longue crinière, tandis qu'elle passait le bout de sa langue sur leurs manches, et entre eux.

Bon Dieu !

Baisser les yeux vers elle fut une erreur de sa part. Voir tous ces cheveux féminins entre eux, sa séduisante chemise de nuit et sa bouche sur leurs deux verges l'amena au bord du gouffre.

Il ferma les yeux et essaya de penser à autre chose. Tout ce qui pourrait l'aider à tenir plus longtemps. Il désirait la baiser, et s'il jouissait maintenant, il n'en aurait peut-être pas l'occasion.

Ce n'était peut-être qu'une expérience unique, et ça le

tuerait si Eli avait l'occasion de la pénétrer, alors que lui, non. Il ne voulait pas rater l'opportunité de s'enfoncer dans le sexe soyeux et mouillé d'une femme.

Avec la permission de son mari, bien sûr.

C'était la partie la plus importante. Il était certain que c'était la même chose pour Eli. Ils allaient pouvoir faire quelque chose qu'aucun d'entre eux n'avait fait depuis longtemps, et chacun avait l'autorisation de le faire.

Liv savourerait aussi. Du moins, il l'espérait. Il les considérait, Eli et lui-même, comme de bons amants. Il ne pouvait qu'espérer qu'elle penserait la même chose.

Mais pour l'instant, il devait se changer les idées, oublier ce que Liv faisait avec ses lèvres et sa langue.

— *Mon amour.*

La voix d'Eli était tendue, enrouée. Grant pouvait comprendre pourquoi.

— *D'un côté, elle est tellement innocente. Mais d'un autre, pas du tout.*

Il avait tout à fait raison. Grant était heureux de faire travailler son cerveau pour traduire le français d'Eli. Cela lui avait permis de s'éloigner suffisamment de ce bord dangereux pour qu'il reprenne ses esprits.

Eli lui avait appris assez de mots en français pour qu'il comprenne la majorité de ce qu'il disait. Mais pour parler dans cette langue, Grant n'était pas le meilleur. Ils conversaient rarement en français, sauf s'ils se trouvaient dans un lieu où ils souhaitaient garder leurs échanges privés. Comme au travail.

Cela ne l'aidait pas que le français d'Eli l'excite. Il pourrait écouter toute la journée la voix grave et puissante de son mari dans cette belle langue romantique.

— *On doit décider qui fait quoi à qui*, murmura Grant en fermant les yeux quand Liv pressa ses bourses.

Parce que, oui, ils devaient choisir comment procéder. Ils devaient rapidement le faire.

— *Tu veux que je prenne les rênes ?*

Eli demandait s'il devait prendre les choses en main. Oui, c'était peut-être mieux ainsi. Eli désirait ce qui arrivait entre eux, peut-être qu'il devrait prendre les devants, et Grant se contenterait de suivre le mouvement.

— Oui, s'il te plaît.

— Olivia, murmura Eli.

Il plaça une main sous le menton de la femme et la retira du plaisir insoutenable qu'elle provoquait avec sa bouche.

— Olivia, sur le dos.

— Attends, dit rapidement Grant. À genoux d'abord. Enlevons cette chemise de nuit.

Eli lui lança un regard et Grant lui répondit avec des yeux qui disaient « Désolé ».

Lorsque Liv se mit à genoux, la question de savoir qui prenait les devants n'avait plus d'importance. Ils saisirent tous les deux la soyeuse chemise de nuit bordeaux à pleines mains et la remontèrent lentement le long du corps de Liv, sur ses courbes, puis par-dessus sa tête, la laissant complète-ment nue entre eux.

Pas de culotte, pas même un string.

Grant fut ravi de constater que sa chatte n'était pas dépouillée, une touffe de poils blond foncé recouvrait le monticule. Pas de façon désordonnée et incontrôlable, non. Ils étaient coupés court et bien taillés, comme sa barbe. Une fois de plus, il fut submergé par la surprise lorsqu'il eut envie d'y presser son visage, d'inspirer son parfum et de savourer son goût.

— *J'ai faim*, chuchota Eli.

Grant aussi était affamé. Mais...

— Plus de français, bébé. Liv doit comprendre ce qu'on dit.

Ses yeux glissèrent d'Eli à lui.

— Ça ne me dérange pas, leur garantit-elle en tournant les yeux vers Eli, puis vers lui. J'aime entendre cette langue.

— Moi aussi. Mais pour l'instant, on veut s'assurer que tu comprends ce qu'on prévoit de te faire.

— Et qu'allez-vous me faire ? demanda-t-elle, la voix rauque.

— Qu'est-ce que tu souhaites qu'on te fasse ?

— Tout, répondit-elle d'un souffle.

ELLE ATTENDAIT TOUT de ces deux-là. Le contraste entre les deux hommes était saisissant. Eli si sombre, Grant si clair. C'était comme avoir le meilleur des deux mondes, et ce soir, elle en était le centre.

Être nue devant deux hommes devrait être un peu intimidant, mais ce n'était pas le cas. Avec eux, elle se sentait bien, même si elle ne les connaissait que depuis deux jours.

Deux jours seulement. Difficile à croire, mais vrai.

Elle se mit sur le dos et les regarda s'embrasser à nouveau, tous deux à genoux, face à face, caressant la bite de l'autre.

Puis ils se séparèrent et tournèrent leur attention vers elle. Quand ils le firent, elle eut le souffle coupé, son cœur s'accéléra et ses mamelons eurent méchamment envie d'être touchés.

— Ce soir, c'est ta nuit, Olivia. On fera tout pour te satisfaire, murmura Eli en glissant ses mains sur les jambes de la jeune femme et les incitant gentiment à s'ouvrir davantage.

La voix rauque d'Eli la fit frissonner. Comment pouvait-elle avoir tant de chance ? Toute sa vie, elle n'avait jamais été choyée. Pas une seule fois. Ce soir, c'était ce qu'ils allaient faire.

Eli s'installa entre les jambes de Liv, son visage si près de sa chair délicate qu'elle put sentir son souffle chaud l'inonder. Elle plia les jambes et les écarta pour accueillir son grand corps, et puis... sa bouche apparut. Juste à l'endroit où elle voulait qu'elle soit. La léchant, la suçant, la mordillant, la pointe de sa langue décrivant des cercles, l'effleurant, la taquinant.

Elle cria, ses doigts agrippant les draps, ses hanches se ruant de cette agression.

Grant s'approcha et prit l'un de ses tétons dans sa bouche, lui faisant subir le même sort qu'Eli faisait à son clitoris. Sa main attrapa l'autre sein de Liv, le pressa, le pétrit, puis ses doigts tirèrent, tordirent et malaxèrent son mamelon froncé. Plus il tirait et suçait, et plus la bouche d'Eli la poussait vers l'extase, plus la chaleur s'étendait de son centre à toutes les parties de son corps.

Ses lèvres se séparèrent, son cou s'arqua, et elle lâcha un long gémissement. Ses yeux se fermèrent lorsqu'elle se cambra contre la bouche d'Eli, tandis que les doigts de l'homme pénétraient dans sa chatte glissante, se recourbant, cherchant, trouvant le point spécial.

Grant mordilla sa peau en passant d'un sein à l'autre, prenant le second mamelon dans sa bouche, le suçant avec force, grattant le bout avec ses dents, tandis que ses doigts pétrissaient le téton sur lequel avait été sa bouche.

Puis elle fut submergée. Un orgasme comme elle n'en avait jamais eu auparavant l'écrasa. Son corps se décolla du matelas, éjectant presque les hommes. Mais ils tinrent bon, continuèrent, alors que les vagues intenses la traversaient, faisant courber ses orteils, contractant chaque muscle de son corps. Elle cria des absurdités, des inepties puisqu'elle était incapable de réfléchir.

Elle ne souhaitait pas non plus le faire. Un assouvissement total l'envahit alors que les vagues s'atténuaient, son corps se détendant, se fondant dans le lit. Eli et Grant poursuivaient, mais avaient freiné leur assaut. Maintenant, ils léchaient tranquillement, embrassaient doucement, effleuraient délicatement sa peau brûlante.

Les yeux de la jeune femme s'ouvrirent, et elle eut le souffle coupé. Elle fixa le plafond pendant un moment, les battements de son cœur ne ralentissant que légèrement. Ils s'étaient tous deux calmés, et elle sentit qu'ils attendaient.

Inclinant la tête pour regarder vers le bas, elle remarqua qu'ils avaient les yeux tournés vers elle, arborant des sourires.

— Waouh, murmura Grant en effleurant l'un des tétons sensibles de Liv avec son pouce.

— *Si réactive*, dit Eli, la voix rauque, les yeux brillants. Si réactive, répéta-t-il en anglais, pour qu'Olivia comprenne.

— Je n'ai jamais...

Le cerveau de Liv était encore embrumé.

— Pas comme ça...

Grant glissa sa main autour de sa gorge et pressa ses lèvres contre les siennes.

— Ton cœur est prêt à bondir de ta poitrine.

Puis il l'embrassa, introduisant sa langue dans les recoins de sa bouche. Ses doigts se resserrèrent tandis qu'il l'embrassait plus fort, plus brutalement.

Liv gémit, levant les mains pour les enfoncer dans les cheveux de l'avocat, l'attirant plus près d'elle, voulant plus de sa bouche avide. L'adrénaline provoquée par la grande main ferme comprimant sa gorge, capable de l'écraser facilement, fit pulser intensément sa chatte.

— *Mon amour*, attention.

L'avertissement avait été prononcé d'une voix grave.

Grant se détacha, ses lèvres n'étant plus qu'à un poil de celles de Liv. Sa respiration était rapide, saccadée, et ses yeux fixaient le vide.

— C'était beau. La réaction de ton corps était juste...

— *Magnifique*, termina Eli à sa place.

— Oui, confirma Grant.

Liv remarqua que les deux hommes soutinrent le regard de l'autre pendant un moment intense. Une fois de plus, elle eut l'impression qu'ils pouvaient communiquer sans mots.

Soudain, Grant bougea, se glissant derrière elle pour se caler contre la tête de lit. Il écarta ses jambes et logea ses mains sous les aisselles de Liv. Il la tira jusqu'à l'appuyer contre lui, son dos contre son torse. Les doigts de l'homme parcoururent ses épaules, descendirent le long de ses bras et remontèrent, arpentant les courbes de ses seins et ses mamelons, puis dévalant son ventre, jusqu'à plonger rapidement dans son sexe.

— Si humide, murmura-t-il à son oreille.

Elle frissonna tandis que sa voix grave lui soufflait des idées coquines.

— Eli va te prendre en premier. Puis moi. T'es d'accord ?

— Oui, affirma-t-elle d'une voix sifflante, son sang se ruant dans son corps impatient alors que les doigts de Grant remontaient sur sa peau, l'explorant.

Pendant un moment, Liv fut distraite par les mouvements d'Eli. Il se dirigea vers la table de nuit pour attraper le sac. Il en sortit un tube de lubrifiant, et ce qui ressemblait à une boîte de préservatifs. Une grande boîte.

— Pour être honnête, normalement, on n'utilise pas de protection, Liv. On est ensemble depuis longtemps et on est monogames. Mais on le fera avec toi. On ne veut pas que tu t'inquiètes.

Elle hocha la tête en contemplant Eli ouvrir un emballage et dérouler un préservatif sur la peau foncée de sa longueur, ses yeux ne la quittant pas. Il regarda les mains de Grant errer sur le corps de Liv, la touchant et la taquinant.

— T'as aimé ma main sur ta gorge ? chuchota Grant.

Étonnamment, c'était le cas. Elle n'avait jamais expérimenté ce genre de choses auparavant, mais elle voulait qu'il recommence.

— Oui.

— Moi aussi, murmura-t-il contre son oreille, sa langue traçant la coquille extérieure avant d'aspirer le lobe dans sa bouche.

Elle poussa un petit cri. Elle fut surprise de voir qu'un truc aussi simple était si grisant. Liv ne quitta pas Eli des yeux tandis qu'il se remettait à genoux entre ses jambes.

— Je vais te placer sur mes genoux, l'avertit Grant avant de s'exécuter.

Sa bite était dure dans le dos de Liv, son précum comme de la soie chaude sur sa peau.

— Peut-être que la prochaine fois qu'on sera dans cette position, ma bite prendra ton cul pendant qu'Eli te baise. Ça te plairait ?

Aimerait-elle ? Elle l'ignorait. Il ne lui semblait pas concevable de prendre deux hommes à la fois. Aucun d'eux n'était petit, et elle n'avait jamais pratiqué l'anal auparavant. Alors faire quelque chose d'aussi extrême lui semblait impossible.

— On ne va pas se préoccuper de ça pour le moment, Olivia, la rassura Eli, les yeux sombres et mi-clos alors qu'il caressait sa bite. Pour l'instant, on veut juste te donner du plaisir.

— C'est déjà fait, souffla-t-elle.

Il sourit et fixa à nouveau Grant par-dessus l'épaule de Liv.

— *Mon amour et ma chérie*, vous êtes prêts ?

Elle était plus que prête. Elle comprenait pourquoi Eli parlait français dans les moments intimes, car cela ajoutait de la beauté à ce qu'ils faisaient.

Passant un bras derrière elle, elle posa sa main sur la nuque de Grant et plaça l'autre sur le buste d'Eli, au-dessus de son cœur. Les battements étaient rapides et forts, sa poitrine se soulevant et s'abaissant plus vite que d'habitude.

— Ça fait longtemps pour moi...

Eli se décala pour installer la tête de sa verge contre les plis glissants de la jeune femme, puis il poussa juste assez pour les séparer.

— Combien de temps ?

— Des années, dit-elle avant que ses yeux se révulsent lorsqu'il s'introduisit un peu plus.

Pas assez pour la pénétrer, mais il était à la limite. Il passa ses mains derrière les cuisses de Liv et les souleva légèrement.

— Combien d'années ? demanda-t-il doucement, ses yeux croisant ceux d'Olivia.

— Presque une douzaine, avoua-t-elle d'une petite voix.

Elle se demanda si elle devait être gênée. Qui passait autant de temps sans faire l'amour ?

Les yeux d'Eli dévièrent vers Grant, puis revinrent sur elle.

— Merci pour ce cadeau, dit-il en plongeant en avant, la prenant complètement.

Il la remplit, l'étira jusqu'à ce qu'elle ne puisse plus l'accueillir davantage.

La respiration de Grant dans son oreille était rapide, ses mains déambulaient plus vite sur son corps, tordant ses mamelons, pressant ses seins d'une poigne ferme. Une main descendit sur son ventre jusqu'à ce que ses doigts balayent l'endroit où Eli et elle étaient connectés. Son doigt fit le tour du clitoris de Liv, la poussant à se contracter plus fortement autour de la bite d'Eli, ce qui arracha un sifflement au détective privé.

— *Tellement serrée, mon amour.*

— Il dit que t'es très serrée, grogna Grant à l'oreille d'Olivia. Je sens aussi à quel point t'es mouillée. J'ai hâte d'être en toi.

Liv trembla à ces mots, car l'idée de se faire pénétrer par les deux hommes, chacun son tour, l'excitait tellement qu'elle avait du mal à reprendre son souffle.

Quand Eli se pencha en avant et que les deux hommes s'embrassèrent par-dessus son épaule, cela n'aida en rien. Elle pouvait entendre leurs gémissements dans son oreille. Lorsqu'elle tourna légèrement la tête, Eli s'approcha et s'empara de sa bouche. Il n'eut pas besoin de la convaincre d'écarter les lèvres. Elle enfonça sa langue dans la bouche de l'homme et gémit dans sa gorge. Elle attrapa sa joue et inclina la tête pour accentuer le baiser.

Liv dut se détacher pour haleter lorsqu'il commença à la pénétrer plus violemment, plus vite et plus profondément. Grant lui pinça le mamelon et le clitoris en même temps, ce qui la fit ruer sauvagement contre sa main et la bite d'Eli.

Ce dernier grogna quand il s'enfonça encore une fois jusqu'au bout, la faisant basculer dans le gouffre. Elle accueillit la chute, son corps perdant le contrôle alors qu'elle était secouée par l'intensité de l'orgasme qui la traversait. L'arrière de sa tête se plaqua contre la clavicule de Grant, et il glissa à nouveau ses doigts autour de sa gorge, serrant doucement, alors que les vagues de l'orgasme se résorbaient.

— C'est à mon tour de te faire jouir, murmura-t-il en posant ses lèvres sur la joue d'Olivia.

Mais Eli n'était pas venu, elle seule avait joui...

— Elliott, dit Grant avec fermeté, comme s'il était aux commandes, bien que sa voix soit tendue, forcée. Maintenant... s'il te plaît.

Avec un signe de tête, et après avoir déposé un rapide baiser sur les lèvres de Liv, il s'extirpa d'elle et s'éloigna.

Elle fut surprise par le sentiment de perte qu'elle ressentit. Même si elle savait que Grant prendrait bientôt sa place.

Après avoir retiré son préservatif, Eli en saisit un autre, l'ouvrant alors que Grant s'installait derrière elle, lui faisant également un rapide baiser sur la bouche.

Il se rapprocha de son mari, pressant sa bouche contre l'oreille de l'homme à la peau sombre. Lorsqu'elle réalisa qu'ils partageaient un moment intime ou un secret, Liv ressentit un pincement étrange qu'elle ne reconnut pas.

Eli déroula le préservatif sur le sexe de Grant et l'embrassa une nouvelle fois. Lorsqu'ils se séparèrent, Grant attrapa les chevilles de Liv et la tira sur le dos. Eli se décala au niveau de sa tête, l'entourant de ses mains et la soulevant suffisamment pour placer deux oreillers en dessous. Ainsi, il offrait à Olivia une vue parfaite sur Grant qui s'installait entre ses cuisses. Ce dernier la goûta et suça son clito pendant quelques secondes, puis se mit sur elle, sa bite maintenant nichée à son entrée.

— Baise-moi, supplia Liv avant de pouvoir s'en empêcher.

— J'en ai bien l'intention, la rassura Grant en souriant. Eli...

Son mari s'installa à califourchon sur elle, face à la tête de lit, ses genoux juste au-dessus des épaules d'Olivia, sa longue bite dure à quelques centimètres de son visage. Il passa un doigt sur sa joue, puis sur ses lèvres, introduisant son pouce dans sa bouche. Elle toucha timidement le doigt avec le bout de sa langue, puis l'enveloppa de ses lèvres et le suça. Les yeux d'Eli se voilèrent lorsqu'il la regarda pomper son pouce. La langue de Liv tourbillonna autour tandis que le détective le plongeait et le ressortait de sa bouche.

Le poids de Grant s'affaissa et, d'un seul coup, il s'enfonça profondément en elle. Elle soupira autour du pouce d'Eli tandis que son mari commençait à bouger lentement, à un rythme régulier. Presque aussi gros qu'Eli, mais pas tout à fait, il l'étirait suffisamment pour qu'elle se sente remplie. L'inclinaison de ses hanches était parfaite, la tête de sa bite glissant sur le point qui la mettait au supplice.

— Oui, dit-elle d'une voix sifflante quand Eli eut libéré sa bouche. C'est ça. Oh, juste là, gémit-elle.

Les mains de Grant étaient sur ses seins, les pétrissant et les pressant, puis elle sentit sa bouche chaude aspirer un mamelon, en tirer le bout avec ses lèvres.

Elle essaya de se cambrer, mais il pesait assez lourd pour la clouer au lit. Le fait qu'Eli soit à cheval sur son cou n'arrangeait pas non plus les choses.

— Ouvre, *ma chérie*. Prends-moi dans ta bouche.

Il tapota ses lèvres avec la tête de sa bite, et elle les écarta quand il se propulsa en avant.

— Prends-moi en entier.

Elle ne pensait pas en être capable, mais elle était prête à essayer.

Sur sa langue, le goût du précum d'Eli était salé, mais elle trouva ça plaisant. Sa langue tourna autour de la couronne lisse, puis sillonna le bord, avant de descendre. Elle avait du mal à se concentrer sur ce qu'elle faisait, à cause de ce que lui faisait Grant. Lorsqu'elle gémit autour de la bite d'Eli, ce dernier enfonça ses doigts dans les cheveux d'Olivia et tira avec force. Puis il tira encore plus violemment, faisant crier son cuir chevelu.

Elle adorait. Tout comme la main de Grant sur sa gorge,

elle aimait cette sensation, quand Eli prenait le contrôle et guidait sa tête avec ses cheveux.

— Tape sur ma jambe si c'est trop pour toi, *ma chérie.*

Ce n'était pas le cas. C'était le contraire. Ce n'était pas assez. Elle aurait voulu pouvoir l'avaler davantage. Elle souhaitait aussi pouvoir aspirer Grant plus profondément. Elle ne se lassait d'aucun des deux. Eli baisait sa bouche, Grant possédait sa chatte glissante.

Une larme dévala la joue de Liv quand Eli toucha le fond de sa gorge. Elle la détendit du mieux qu'elle put, désirant en avoir plus. Une main sur les couilles d'Eli, elle les serra fortement. Un frisson la parcourut lorsqu'il gémit et ferma les yeux, rejetant la tête en arrière.

Le rythme de Grant manqua un battement lorsqu'il se pencha en avant.

— Baisse-toi, bébé. Je veux te manger en même temps.

D'un coup, Eli se retrouva à quatre pattes au-dessus de Liv, sa bite s'enfonçant plus profondément dans la gorge de la jeune femme. Elle ne pouvait pas voir ce que Grant faisait à son mari, mais elle put l'imaginer quand Eli se raidit au-dessus d'elle et s'immobilisa, sa respiration se faisant par à-coups.

— Grant, cria-t-il. Putain... putain... putain.

Malgré tout ce que Grant faisait à Eli, il n'oublia Liv à aucun moment. Ses hanches basculaient d'avant en arrière, sa queue caressant les profondeurs du corps de la jeune femme. Eli continuait à lui agripper les cheveux, les tirant fermement. Les larmes coulaient encore plus vite maintenant, mais elle n'allait pas lui taper sur la jambe. Elle voulait lui donner autant de plaisir qu'elle en recevait des deux hommes.

— *Mon amour, je jouis,* hurla Eli.

Le corps du détective devint rigide au-dessus d'elle alors qu'il se déversait dans sa gorge.

— Ah, putain, souffla-t-il.

Il se dégagea rapidement de la bouche d'Olivia.

— T'es proche ? Lui demanda-t-il en passant un pouce sur ses lèvres.

— Oui.

Puis il se détourna, toujours à califourchon sur elle, mais désormais face à Grant. Soudain, il baissa sa tête et plaqua sa bouche à l'endroit où Grant et elle étaient connectés, suçant son clito, pendant que Grant la baisait.

Son dos se courba, et elle cria, agrippant les mollets d'Eli, enfonçant ses doigts dans sa chair, alors qu'un autre orgasme intense la submergeait.

— C'est ça, trésor, serre-moi fort. Putain de merde... Eli...

Son mari se mit à genoux et saisit brutalement l'arrière de la tête de Grant, l'attirant dans un baiser féroce alors que l'homme se propulsait une fois de plus avant de s'immobiliser. Son gémissement étouffé se déversa dans la bouche d'Eli.

La bite de Grant tressaillit et pulsa à l'intérieur de Liv, alors qu'il jouissait.

Quelques instants plus tard, ils se détachèrent et tombèrent sur le lit, l'un de chaque côté d'elle, reprenant encore leur souffle. Elle aussi.

— Merci, *mon amour et ma chérie*, dit Eli en roulant sur le flanc pour contempler Liv et Grant, de la sueur lustrant son front. C'était vraiment génial.

Grant éclata de rire et se mit également sur le côté.

— Oui, je suis d'accord. Liv, qu'en penses-tu ?

Elle sourit aux deux hommes.

— C'était vraiment incroyable, confirma-t-elle.

Chapitre Neuf

Eli se déplaça le long du bâtiment en briques, sous le couvert de l'obscurité. Il remonta son col et baissa sa casquette de baseball alors qu'il arrivait sur le seuil. Il franchit rapidement la porte d'entrée.

Il remarqua qu'il n'y avait aucune sécurité. Pas de carte magnétique, pas de serrure, pas d'interphone. L'endroit était un véritable taudis. Le panneau en verre de la porte d'entrée présentait une longue fissure en diagonale, la moquette rouge des marches était effilochée et usée, révélant le béton en dessous.

— Bon sang, marmonna-t-il en pénétrant dans l'immeuble, qui était encore pire.

Un carrelage crasseux, craquelé et clairsemé, une peinture écaillée d'un vert dégueulasse, une lampe grillée et une forte odeur de pisse dans le couloir. Comment Olivia pouvait-elle loger ici ?

Comment quelqu'un pouvait-il rester là ?

Elle semblait vivre dans la misère, alors que son frère

habitait dans un manoir en plein milieu du meilleur quartier de la ville.

Bien sûr, elle résidait au troisième étage d'un immeuble sans ascenseur.

Avec un autre juron, il monta la première volée de marches, puis eut beaucoup moins de vivacité pour la seconde. Il était quatre heures du matin, il était donc difficile de rassembler de l'énergie si tôt. Surtout après que Grant et lui aient baisé Olivia une nouvelle fois après s'être remis de la première partie de la veille.

Ils s'étaient tous les trois finalement endormis juste après une heure du matin, complètement épuisés. Lui se retrouvait là, essayant de récupérer l'ordinateur portable d'Olivia en douce pendant qu'il faisait encore nuit. Il ne voulait pas attendre jusqu'à ce soir, car pour lui, c'était plus sûr de le faire à une heure moins orthodoxe. De toute façon, ce soir, il prévoyait de réitérer l'expérience de la veille, sauf qu'il allait les inciter à commencer beaucoup plus tôt dans la soirée.

Une fois arrivé sur le palier du troisième étage, il s'arrêta et écouta pour s'assurer que personne ne le suivait. Le silence l'accueillit, et il poussa un soupir de soulagement. Il passa en revue le couloir et les trois portes menant à des appartements. Malheureusement, cet étage n'était pas dans un meilleur état que le premier. S'il n'en tenait qu'à lui, l'immeuble serait condamné. En plus, il n'avait même pas encore vu le logement de la jeune femme.

Il s'approcha de l'appartement numéro dix. Le zéro était suspendu à l'envers par une vis, et le numéro un avait complètement disparu. Sortant la clé de sa poche, il l'inséra dans la serrure, mais la porte s'ouvrit en grinçant avant même qu'il ait eu le temps de tourner la clé.

Putain de merde.

Les serrures avaient été forcées.

Quelqu'un avait déjà pénétré dans l'appartement de Liv, et il doutait que ce soit le concierge. Prudemment, il poussa la porte. L'appartement était dans le noir complet. Il fit un seul pas à l'intérieur et s'arrêta, écoutant attentivement une fois de plus. Il ne voulait pas enclencher les lumières, au cas où quelqu'un l'observerait de la rue.

Il sortit de sa poche sa petite, mais puissante, lampe de poche à LED, et l'alluma. La maintenant vers le bas, il éclaira le sol et se figea.

L'endroit avait été saccagé. Il doutait qu'Olivia garde son appartement dans cet état. Il fit deux pas de plus dans le salon et des trucs craquèrent sous ses pieds.

Tout avait été retourné. Le faisceau de lumière parcourut le vieux canapé usé qui se trouvait contre le mur. Les coussins avaient été renversés et tailladés. L'antique téléviseur analogique était brisé. Il se tourna dans l'autre direction et éclaira la petite cuisine. Tous les placards étaient ouverts, toutes les assiettes ou les verres qu'Olivia possédait étaient éparpillés, en morceaux sur le linoléum.

La personne à l'origine de ce désordre avait dû faire beaucoup de bruit. Il se demanda si l'un des voisins avait appelé la police. Ou si c'était les flics, payés par Randall Dean, qui avaient fait la « perquisition ».

Quoi qu'il en soit, Olivia avait raison. Dean savait qui elle était et où elle vivait. Elle représentait un boulet pour le sénateur. Un inconvénient aux proportions incroyables dont il devait s'occuper.

Non seulement Olivia avait raison, mais lui aussi quand il avait insisté pour la faire venir chez eux.

Elle lui avait dit que son ordinateur portable était resté à charger dans sa chambre, mais il savait qu'il ne s'y trouverait pas. Malgré tout, il entra dans sa chambre, guidé par son étroit faisceau de lumière.

Le matelas et le sommier de Liv avaient été retournés et jetés au centre de la petite pièce. Les deux avaient été éventrés comme les coussins du canapé. Sa commode avait été renversée et ses vêtements éparpillés sur le sol. Bien sûr, il n'y avait pas d'ordinateur portable. Pas même les restes détruits de l'appareil. Quelqu'un l'avait pris.

Il s'approcha de l'armoire, grande ouverte. Des vêtements et quelques paires de chaussures étaient entassés au fond du petit meuble.

Même si tout était en désordre, il pouvait comprendre qu'Olivia n'avait pas grand-chose. Son appartement était vide et ne contenait que l'essentiel. Ou du moins, c'était le cas avant.

Il doutait qu'elle puisse un jour revenir dans cet appartement. Dès que le concierge verrait l'état des lieux, il devinait qu'un avis d'expulsion serait placardé sur la porte.

Cela lui convenait parfaitement. Elle méritait bien mieux que cet endroit. Si Trey n'intervenait pas pour l'aider, Grant et lui le feraient.

Il devait sortir d'ici, mais il devait d'abord trouver la carte mémoire. Il ne savait pas si Dean connaissait son existence, mais il espérait que ce n'était pas le cas.

Ils avaient voulu son ordinateur portable et la recherchaient, elle. Ils n'avaient peut-être pas su non plus qu'il y avait des preuves incriminantes sur son ordinateur. Mais une fois qu'ils auraient accédé au disque dur, ils s'en rendraient compte.

Ils traqueraient alors Olivia avec plus d'acharnement.

De leur côté, ils devaient la garder en sécurité.

Dans ce but, il devait trouver cette putain de puce.

Il tâtonna dans le placard, sa main palpant aveuglément le bord intérieur de la paroi. Il fit glisser sa main de haut en bas avant de la sentir enfin.

Un petit morceau de ruban adhésif. Eli l'arracha du mur et braqua la lampe torche dessus, retournant le scotch gris.

Il poussa un soupir de soulagement. Elle était là, toujours collée au dos du scotch.

Dieu soit loué !

La décollant, il fit une boule avec le scotch et la laissa tomber au milieu du désordre, puis fourra la puce dans l'étroite poche de son jean.

Puis il se tira, s'assurant à nouveau de ne pas être repéré ou suivi.

Restant dans l'ombre, il courut sur les deux pâtés de maisons qui le séparaient de sa Land Rover noire. Il fila à toute vitesse jusqu'au bureau pour découvrir les secrets que détenait cette minuscule puce.

— Trey, assieds-toi, putain ! aboya Gryff à l'attention de son amant. Te regarder arpenter la pièce me rend fou.

— Je ne peux pas m'empêcher de m'inquiéter, rétorqua le frère d'Olivia.

— On est tous anxieux, putain, grogna Gryff.

— Les garçons, murmura Rayne d'une voix douce qui attira instantanément les regards des deux hommes sur elle. Trey, assieds-toi. Patron, calme-toi.

Eli se retint de sourire en voyant le contrôle que la femme exerçait sur ses deux partenaires. Il était presque sûr que les hommes devaient rester dans les bonnes grâces de Rayne, s'ils voulaient coucher avec elle ce soir. Faire attention à ce qu'elle disait était l'un des moyens d'y parvenir. Sans oublier de la gâter.

Oh, ils adoraient la combler. Il ne pouvait le leur reprocher. Il pouvait imaginer que se faire refuser l'entrée à la chambre de Rayne Jordan parce qu'elle était énervée serait une punition aux proportions dévastatrices.

La bouche de Gryff se referma. Alors même qu'il était appuyé contre le mur, son corps était toujours tendu, les bras croisés sur sa poitrine, le visage sombre. Cela ne se limitait pas à sa couleur de peau. Eli pouvait clairement voir l'inquiétude sur le visage de son patron.

Mais ils étaient tous soucieux.

Grant derrière lui, Eli était adossé à sa chaise de bureau, passant une main sur son crâne lisse. Finalement, Trey soupira et s'installa dans l'un des fauteuils, face au grand bureau du détective privé.

Rayne était déjà posée dans le deuxième, croisant ses superbes jambes vêtues de bas sexy. Eli faisait de son mieux pour ne pas reluquer ses patrons. Qu'il s'agisse de Gryff, qui était canon d'un point de vue dominant, de Trey, qui était sexy pour un athlète professionnel, ou de Rayne, qui était tout simplement séduisante, surtout dans sa façon de s'habiller et de se comporter.

En plus, les trois avaient de l'intelligence à revendre. Cependant, il se posait parfois des questions sur Trey. Celui-ci était peut-être malin, mais il était aussi capable de trucs stupides.

Mais comme Eli, Trey n'avait pas eu de père pour l'élever ou le guider. Au moins, Eli avait eu une mère qui s'était occupée de lui. Trey et Olivia n'avaient même pas eu cette chance.

— Eli, dit une petite voix derrière lui. Tu vas tous nous tenir en haleine ?

— Non, répondit-il en jetant un coup d'œil par-dessus son épaule, vers son mari. J'attendais juste que Trey se calme, pour qu'il soit attentif.

— J'écoute, grommela Trey en croisant lui aussi les bras sur sa poitrine.

— Super. Je vais commencer par dire qu'Olivia ne retournera jamais dans cet appartement. Tu serais horrifié par son état. Non pas parce qu'il a été saccagé, mais parce que c'est un taudis. Je vais t'expliquer, Trey, ce que tu dois faire pour ta sœur, et tu dois m'écouter attentivement.

Ses yeux dérivèrent vers Rayne, puis vers Gryff.

— Mais je suis sûr que si tu oublies, quelqu'un te le rappellera et te bottera le cul, lâcha-t-il, puis il sourit. Attention, pas de la manière que t'apprécies.

— Depuis quand t'es devenu le patron ici ? Si je me souviens bien...

— Trey, le coupa Rayne d'une voix douce.

Trey se tut immédiatement, mais non sans froncer les sourcils. Il passa une main dans ses longs cheveux d'un blond foncé, les décoiffant encore plus.

— Jusqu'à ce que tout soit terminé et que tu lui trouves un logement plus sûr, elle restera avec nous, annonça Eli.

Il ne manqua pas de voir Gryff lever les sourcils de surprise. Le regard de son patron se posa derrière lui, vraisemblablement sur Grant.

— Ça ne te dérange pas ?

Après la veille, Eli doutait fortement que Grant soit contre. Mais ce n'était pas le moment de faire remarquer ce détail. Il n'était pas persuadé que Trey, Gryff, et même peut-être Rayne, soient ravis d'apprendre qu'Olivia dormait maintenant dans leur lit. Ou, du moins, l'avait fait la nuit dernière. S'il n'en tenait qu'à lui, elle y resterait pendant toute la durée de son séjour.

— Non, ça ne me dérange pas du tout, dit prudemment Grant derrière lui.

Eli fut tenté de se retourner pour voir si son mari s'efforçait de garder une expression impassible.

— D'accord. Donc, pour l'instant, elle est en sécurité chez vous. Elle ne peut pas revenir dans son appartement parce que Dean sait qu'elle y vit. Ils ont récupéré son ordinateur portable, donc ils savent, ou vont savoir, qu'elle a des preuves incriminantes contre ce connard. T'as pris la carte mémoire, résuma Trey. Est-ce qu'on peut passer à ce qu'on va faire maintenant ? Quelles sont nos options ?

Rayne tendit la main, attrapa celle de son amant et la serra.

Eli comprenait l'impatience de Trey, alors il essaya de ne pas être exaspéré. Même si l'homme était sexy et correspondait au genre qu'Eli, quelques années auparavant, aurait ramassé dans un club, ramené chez lui et baisé jusqu'à l'épuisement... il était heureux de ne pas vivre avec lui. Parfois, l'ancien quarterback vedette se comportait comme un enfant immature. Le plus souvent, Gryff ou Rayne devaient intervenir pour le lui faire remarquer. Ils avaient beaucoup plus de patience qu'Eli. D'accord, peut-être que Rayne avait plus de patience que Gryff.

Eli soupira.

— J'ai inspecté la puce. Malheureusement, il n'y a pas grand-chose dessus. Mais ce qui peut entacher la réputation de Dean, c'est la demi-douzaine de textos et la douzaine de photos de lui prises dans des situations... *compromettantes*.

— Alors, c'est quoi son truc ? demanda Trey.

— Je vais commencer par dire que je n'ai rien contre, tant que c'est entre deux adultes consentants. Ses goûts ne sont assurément pas les miens... ni ceux de Grant. Je doute aussi que ce soit les vôtres. Mais...

Il marqua une pause.

— Ce qu'il aime n'est pas vraiment illégal. Cependant, en tant que grand conservateur qui débite des absurdités pieuses et qui veut contrôler les femmes, ainsi que les choix qu'elles font, je suis certain qu'il serait fini, si ces photos étaient divulguées. Elles prouveraient à quel point il est hypocrite. Les messages démontrent, du moins en théorie, que cette Peggy était enceinte. Elle disait que c'était le sien, et il a insisté pour qu'elle « s'en occupe ». Il a employé ces mots, mais ce ne sont pas les seuls termes qu'il a utilisés. Dans un SMS, il a carrément écrit le mot « avortement », qu'il proclame vouloir interdire.

— Très hypocrite pour ce *bon* sénateur, commenta Rayne avec amertume.

— Ouais. Eh bien, on sait tous que c'est une merde, ajouta Grant. Même les membres de son parti le savent. Mais il a des partisans fanatiques enragés qui le traitent comme s'il était la réincarnation du Christ.

— Eh bien, ils seraient horrifiés par sa vraie nature, confirma Eli.

— Alors, c'est quoi son penchant ? demanda une nouvelle fois Trey.

— Je... euh... commença Eli, essayant de rassembler ses idées.

— Putain, marmonna Gryff à l'autre bout de la pièce.

— J'en ignore l'étendue. Seulement ce que j'ai vu sur les photos et lu dans quelques messages. Mais rien n'a été explicité. Je pense qu'Olivia en sait peut-être un peu plus, mais elle a dit à Peggy ne pas souhaiter savoir. Je ne suis pas sûr que connaître les détails nous aidera. Le fait qu'il veuille cacher son penchant au public, que Peggy, une prostituée, porte son enfant et qu'il lui demande d'avorter suffit à créer une suspicion légitime pour le désigner en tant que meurtrier.

— Bon sang, Eli, c'est quoi le truc de ce type ? s'enquit Trey en haussant la voix.

— Trey ! s'écria Rayne.

— Eh bien, l'homme évite de répondre.

— Ce n'est pas que je m'abstiens, c'est que…

— Elliott.

Derrière lui, l'avertissement sortit d'une voix grave.

— Dean est dans l'infantilisme, révéla Eli, après avoir pris une profonde inspiration.

— Qu'est-ce que c'est que ce bordel ? s'exclama Trey, lâchant la main de Rayne et se penchant en avant dans son siège. Ce n'est pas illégal ?

— Non. Ce n'est rien d'autre que le désir d'être traité comme un nourrisson.

— Un nourrisson, répéta Gryff.

— En effet, confirma Eli en posant ses yeux sur son patron. Il portait des couches, buvait au biberon, suçait son pouce ou une tétine. Peggy jouait le rôle de « mère ». Il s'alimentait sur elle, si vous voyez ce que je veux dire. Quoique, il y *a* un texte dans lequel il lui demandait de trouver une femme allaitante. Il lui a proposé une belle récompense pour ce service si elle pouvait en dénicher une.

— Elle a réussi ?

— Je n'en sais rien, répondit Eli en secouant la tête. Encore une fois, mes informations se limitent pour l'instant aux messages et aux photos qu'a sauvés Peggy. Je suis certain qu'elle en avait d'autres avant de tomber enceinte et se rendre compte que les choses ne se passeraient peut-être pas comme elle l'entendait.

— Je ne suis pas sûre que porter une couche et boire au biberon aurait fait bonne impression sur ses affiches de campagne ou sur ses futures pancartes, signala Rayne avec un sourire. Cet enfoiré est fini.

— Rayne, on doit se concentrer sur Liv. On doit seulement exposer cet enfoiré pour la protéger et s'assurer que Peggy obtienne justice. On ne devrait pas se focaliser sur ses opinions religieuses ou politiques, lui rappela Gryff. Être hypocrite n'est pas interdit. C'est immoral, oui, mais le meurtre est illégal. Ne l'oublions pas.

— C'est vrai, dit Rayne avec une étincelle dans les yeux. Oh, on obtiendra justice.

— Pour les femmes du monde entier, ajouta Grant à voix basse derrière son mari.

Les yeux de Rayne regardèrent au-dessus de l'épaule d'Eli. Il imaginait que Grant et elle partageaient un regard complice, vu le sourire satisfait qu'arborait Rayne. Il soupira à nouveau.

— OK, qu'est-ce qu'on fait maintenant ? demanda Trey. On sait qu'il est foutu, on sait qu'il a assassiné cette Peggy. Alors...

— Je dois donc parler à quelques personnes, garder un œil ouvert et déterminer ce que prépare cet homme. T'as aussi des choses à faire, dit Eli à Trey.

— Comme quoi ?

— C'est là que Rayne et Gryff devront te maintenir sur la bonne voie.

— Je n'ai pas besoin d'une baby-sitter, bon sang !

Eli haussa les épaules, faisant exprès de ne pas regarder Gryff qui aurait probablement contesté ce que Trey venait de dire.

— Il faut que t'ailles lui chercher un téléphone jetable. On doit se débarrasser de son portable.

Après avoir appris que Dean était à ses trousses, ils avaient désactivé le GPS de celui qu'elle avait et l'avaient éteint, puis l'avaient fourré dans le coffre-fort du bureau de Gryff. Il fallait s'en débarrasser. Dean ne pourrait aucunement l'utiliser pour retrouver Olivia. De toute façon, ce téléphone était dépassé. Mais pour l'instant, un téléphone jetable ferait l'affaire.

— Enregistre tous nos numéros dedans, et c'est tout. Ensuite, j'ai besoin que tu lui trouves un nouvel ordinateur portable, pour qu'elle puisse continuer l'école.

— On en a un en trop ici, intervint Gryff.

— Non. Trey va lui en acheter un nouveau. Le top du top.

Son regard se porta sur Trey.

— Elle a besoin d'un truc qui lui permette de faire ses devoirs et d'obtenir son diplôme.

— En quoi, du coup ? demanda Gryff.

Bonne question. Il l'ignorait, mais il comptait bien le découvrir.

— Je n'en sais rien. Je m'en fiche qu'elle ne suive pas de cours de graphisme, mais trouvez-lui un ordinateur assez puissant et avec assez de mémoire pour qu'elle puisse en suivre un.

— Bon sang, t'es autoritaire, grommela Trey.

— C'est ta sœur, commenta Eli en haussant un sourcil. J'ai vu son appartement. Elle vivait dans la misère. Elle mérite beaucoup mieux. Monsieur le champion du Super Bowl n'est pas d'accord ?

— Bien sûr, répondit Trey en fronçant les sourcils.

— Eli, ce n'était pas la faute de Trey...

— Je sais, dit Eli en levant la main pour couper Grant. Mais Trey ne devrait pas avoir de problème à intervenir et aider à prendre soin de sa petite sœur. N'est-ce pas, Trey ?

— En effet.

Il reporta son attention sur Rayne, qui avait pincé les lèvres pour tenter de garder son sérieux. Mais ses yeux verts étincelants trahissaient son amusement.

— Rayne.

— Est-ce que je dois aussi commencer à t'appeler Patron ?

— Ne t'y avise pas, grogna Gryff derrière elle.

Rayne finit par abandonner et se mit à rire.

— OK, Eli, qu'est-ce que tu souhaites que je fasse ?

— Des cartes-cadeaux pour des vêtements. Je lui ferai acheter ce qu'elle veut en ligne et la laisserai choisir. Bien que t'aies beaucoup de style, je doute qu'elle se sente à l'aise dans ce genre d'habits. Par contre, la chemise de nuit...

Eli s'arrêta. Le souvenir d'Olivia les attendant au lit, vêtue de cette robe bordeaux, lui traversa l'esprit.

— *On te remercie pour ça.*

Grant et lui remerciaient grandement Rayne pour cet achat.

— Avec plaisir, répondit Rayne en lui faisant un clin d'œil. Ce n'était rien.

Il n'était pas d'accord. Même si elle disait cela, Eli se demandait ce qui se passait dans la tête de l'avocate.

— Attendez ! s'exclama Trey en tournant la tête vers Rayne. Tu lui as acheté une chemise de nuit sexy ? Qu'est-ce que c'est que ce bordel ? Quand est-ce que t'as appris à parler français ? Il t'apprend le français ?

— Juste un peu, murmura Rayne. Et oui, je lui ai acheté quelque chose à mettre au lit.

— À quel point c'est sexy ? demanda Trey, d'un air renfrogné. Parce que je ne t'imagine pas acheter une chemise de nuit de style amish, en flanelle. Si elle ressemble à celles que t'as à la maison...

— Très, répondit honnêtement Rayne avec un petit sourire. Mais ça la couvre jusqu'aux chevilles, grand frère, alors ne t'inquiète pas.

— Qu'est-ce qui n'allait pas avec le T-shirt ample qu'elle a emprunté à Grant ?

— Rien, mais cette femme n'a probablement jamais possédé quelque chose de peu pratique du genre, alors je le lui ai acheté.

Elle souleva légèrement une épaule, comme si l'affaire n'était pas importante.

— Rayne, dit Gryff, d'une voix grave

Sans le regarder, elle lui fit un signe de la main par-dessus son épaule, rejetant son avertissement verbal.

— Elle n'a pas besoin de porter quelque chose de sexy tant qu'elle est chez eux, dit Trey en clouant Eli du regard. Ne te fais pas d'idées. N'envisage même pas de la toucher.

L'ancien joueur leva les yeux vers Grant, derrière Eli.

— Toi non plus. Ni l'un ni l'autre. Elle est hors limite.

Eli scruta Gryff qui n'avait pas bougé d'un poil depuis qu'il était entré dans le bureau. Il était toujours adossé au mur, les bras croisés sur son torse. Mais il semblait maintenant s'amuser de l'attitude protectrice de Trey dans son rôle de grand frère.

Cependant, celui-ci risquait de péter un plomb s'il découvrait que Grant et lui avaient couché avec sa sœur. Il avait donc besoin d'un allié si jamais la vérité était dévoilée. Pas simplement Rayne, laquelle, selon lui, manigançait assurément quelque chose. Mais cette femme avait accompli un miracle en réunissant Trey et Gryff. Cela avait failli ne pas se produire, mais c'était une femme déterminée. Regardez-les maintenant...

D'accord... Peut-être pas à ce moment précis, car Trey était un peu vexé par la légère interférence de Rayne.

Mais Eli en avait déjà été témoin. Il suffisait d'une caresse ou d'un murmure de Rayne pour que Trey s'en remette. Du moins, jusqu'à la prochaine fois.

Gryff s'écarta du mur et frappa une fois dans ses mains.

— Bon, récapitulons. Eli, fais ce que tu sais faire le mieux.

On te laisse gérer tout ça. Si t'as besoin de quelque chose, préviens-nous. T, tu t'occupes du nouveau téléphone jetable et de l'ordinateur portable. Rayne, des cartes-cadeaux pour des magasins de vêtements, sauf Victoria's Secret. Tu m'as compris ?

Rayne sourit, mais se tenant derrière elle, Gryff ne parvint donc pas à la voir. Ce qui, selon Eli, était peut-être mieux ainsi.

— Compris, Patron, dit-elle finalement.

— Eli va me suivre dans mon bureau pour récupérer le portable de Liv et s'en débarrasser, indiqua Gryff en tournant ses yeux sombres vers le détective privé. Qu'en est-il de sa connexion au site web de l'école ? Est-ce que quelqu'un pourra tracer son adresse IP ?

— Je ne sais pas. Je vais plancher sur cette question.

— Tu as assez de soucis à te faire, mon grand, intervint Grant en posant une main sur l'épaule d'Eli. Je gère. Je dois terminer un dossier, mais dès que j'aurai fini, je ferai quelques recherches.

— Merci, *mon amour*.

— OK, je pense qu'on a abordé tous les points pour le moment, dit Eli en se levant de sa chaise de bureau.

La main de Grant quitta son épaule, glissa et se posa dans le bas de son dos.

Avant que tout le monde ait pu sortir du bureau d'Eli, son téléphone portable sonna.

— C'est Olivia qui appelle de la maison, indiqua-t-il en ramassant le téléphone.

Tout le monde s'arrêta net et tourna son attention vers lui.

Il fit glisser son doigt sur l'écran et porta le combiné à son oreille.

— Olivia.

Chapitre Dix

Les mots d'Olivia furent un baume au cœur.

— Eli, j'ai contacté mon travail pour leur dire que j'avais une urgence familiale.

— Tu les as appelés depuis cette ligne ?

Si elle devait passer des appels, en particulier au concierge de son immeuble ou à son travail, il lui avait indiqué qu'elle ne pouvait utiliser que le fixe jusqu'à ce qu'elle ait un autre téléphone. Au moins, Eli avait caché le numéro de la maison quand elle appelait qui que ce soit.

— Oui, j'ai fait ce que tu m'as dit... Et...

— Quoi ? demanda Eli, aspirant une bouffée d'air pour se calmer.

— Ils ont dit que quelqu'un me cherchait. Il ne s'est pas présenté qu'une seule fois. Mais tous les jours depuis le meurtre de Peggy.

Merde.

— Qu'est-ce que tu leur as dit ?

— Que je devais quitter l'État à la hâte.

— Bien vu. Pour aller où ?

— À Chicago.

Il respira un peu plus facilement.

— Bien.

— Je leur ai dit que j'avais de la famille là-bas.

— Celui qui te cherche pourrait ne pas croire à cette histoire, la prévint-il doucement.

— J'ai dit que j'avais un parent éloigné qui était extrêmement malade.

Son histoire pourrait les lancer sur une fausse piste, mais pas pour longtemps.

— Tu vas perdre ton job ? demanda Eli.

Non pas qu'il s'en souciait. Son salaire ne lui permettait même pas de vivre décemment. Ils devaient lui trouver quelque chose de mieux.

— Je ne sais pas.

Elle marqua une pause, puis continua d'une voix tremblante

— Eli, je ne peux pas me permettre de perdre mon travail, murmura-t-elle.

— Ce travail ne te rapportait que dalle.

— Mais c'est tout ce que j'ai.

Eli ferma les yeux un instant en entendant le désespoir dans sa voix. *Bon sang.* Son désir de prendre soin d'elle remonta à la surface comme un volcan en éruption. Il devait se calmer. C'était une femme indépendante, qui se gérait depuis longtemps. Elle détesterait que quelqu'un insiste pour faire les choses à sa place. Ils devaient s'y prendre doucement et avec précaution. L'habituer à l'idée qu'elle n'était plus seule. Qu'elle avait des gens autour d'elle qui voulaient l'aider, qui souhaitaient la soutenir.

Elle n'avait plus à se battre. Pas si cela dépendait de lui.

Il ouvrit les yeux et son regard se posa sur Trey qui l'observait attentivement. S'occuper d'Olivia pourrait non seulement éloigner Olivia, mais aussi son frère, Trey. Il devait être prudent.

Même si Grant avait rapidement changé d'avis, il n'était toujours pas certain que son mari était tout à fait d'accord avec la vision qu'il avait de leur relation avec Olivia.

Il n'était même pas sûr de savoir comment il aimerait que cela évolue. Il avait pourtant une idée. Mais il était bien trop tôt pour l'envisager. Ils ne la connaissaient que depuis trois jours.

Trois jours. Les choses avaient progressé rapidement avec Grant lorsqu'il l'avait rencontré, mais pas aussi vite. Cependant, Eli avait toujours été le genre d'homme qui savait ce qu'il voulait et allait le décrocher.

Il avait également un bon instinct.

À cet instant, son instinct lui criait que l'emménagement temporaire d'Olivia ne devrait pas être si provisoire.

— Eli, murmura Grant.

Il se rendit compte qu'il était encore au téléphone avec Olivia, et qu'aucun d'eux ne disait un mot.

Putain.

— Pour le moment, ne t'inquiète pas pour ton travail. On s'en occupera plus tard.

— Mais...

— On en parlera quand on rentrera à la maison.

Même à ce moment, il espérait qu'ils pourraient remettre cette discussion. Ce soir, ils devaient se soucier d'autres choses que de son travail minable.

— À quelle heure rentrerez-vous à la maison ?

À la maison. Il aimait entendre ces mots de sa bouche.

— Tant que je ne suis pas coincé, vers cinq heures. Grant devrait aussi revenir à peu près à cette heure-là, si ce n'est plus tôt.

— D'accord, dit-elle doucement à son oreille. Je m'assurerai que le dîner est prêt à six heures.

Sa poitrine se serra.

— Olivia, tu n'es pas obligée.

— Si. J'ai *besoin* de faire quelque chose. Je dois m'occuper. En plus, je suis bonne cuisinière, je te le promets.

— Aussi bonne que Grant ?

Olivia rit, ce qui arracha un sourire à Eli.

— Oui, autant. Mais je te laisserai en juger.

— D'accord. Garde les portes verrouillées, les rideaux fermés et l'alarme activée.

— Ça marche.

— À plus tard.

— Bye, Eli, dit-elle tout bas.

Son téléphone fut coupé. Après les derniers mots, son cœur se noua, et il ne savait pas pourquoi. Le simple fait qu'elle lui dise au revoir l'avait affecté d'une manière qu'il était incapable de décrire.

Grant passa ses doigts au niveau de la taille d'Eli et serra. C'était bien pour lui rappeler que son bureau était encore plein de gens.

Gryff se racla la gorge.

— Bon, vous avez tous votre mission. Eli, suis-moi dans mon bureau pour que je prenne le téléphone d'Olivia, afin que tu puisses t'en débarrasser.

Eli fit un signe de tête à Gryff. Il posa une main sur celle de Grant et la pressa en tournant la tête vers son mari.

— *Je t'aime*, murmura-t-il.

Car c'était vrai. Il aimait Grant plus que tout.

— Moi aussi, chuchota Grant, avant de se détacher et de quitter le bureau.

— Je viens avec vous, dit Trey à Gryff.

— Non, tu dois aller chercher les trucs qu'Eli t'a demandés.

Trey fronça les sourcils. Rayne lui saisit la main et la porta à ses lèvres pour l'embrasser.

— Viens, *mon amour*, allons faire du shopping. Peut-être que je pratiquerai mon français avec toi pendant ce temps.

Trey sourit et secoua leurs mains jointes jusqu'à ce qu'elle tombe contre lui. Elle rit et lui offrit sa bouche. Il accepta et lui offrit un baiser intense et sauvage. Puis il la poussa vers la porte du bureau, s'arrêtant devant Gryff.

— Monsieur Patron, dit Trey en regardant Gryff. J'ai besoin d'un peu de tendresse avant de partir.

Gryff leva les yeux au ciel et fit une fausse mine renfrognée, mais il passa sa grande main derrière la tête de Trey et le rapprocha suffisamment de lui pour l'embrasser à pleine bouche. Lorsqu'il relâcha Trey, il fit de même avec Rayne.

Eli les regarda interagir et déglutit. Voilà ce que Grant et lui pouvaient avoir. Mais en avaient-ils besoin ? Avaient-ils besoin d'ajouter une troisième personne à leur relation ? Cela pourrait complètement changer leurs dynamiques, et il ne voulait pas non plus gâcher une bonne chose. Bon sang, pas une bonne chose. Une histoire *superbe*.

Il enviait ce que Gryff, Rayne et Trey avaient. Les trois ne craignaient pas de le montrer. Ils ne cachaient jamais leur affection l'un pour l'autre. À plusieurs reprises, alors que la porte d'un de leurs bureaux était fermée, il n'avait pas été difficile de comprendre ce qui se passait derrière. En fait, Gryff avait installé des serrures pour le bureau de Rayne et le sien, peu de temps après leur rencontre. Eli était presque sûr que celui de Trey avait également une serrure. Quand personne d'autre dans l'entreprise n'en avait.

Très révélateur.

Gryff avait beau prétendre que Trey était un emmerdeur, il l'aimait. C'était évident.

Une fois de plus, Eli constata la chance que Grant et lui avaient de travailler dans un environnement où leur relation n'avait pas à rester secrète, où ils n'étaient pas ostracisés ou jugés pour leur orientation sexuelle. Mieux encore, Gryff, Rayne et Trey, qui partageaient les mêmes idées, étaient aussi leurs amis en dehors du bureau.

Ils traînaient même parfois avec Gray, le frère de Gryff, qui aimait Paige et Connor, et habitait avec eux. En fait, Gray ne vivait pas chez *eux*. Le couple marié avait emménagé dans la grande maison de ce dernier, et ils étaient heureux ensemble depuis.

— Tu viens ?

La voix grave de Gryff traversa ses pensées, et Eli réalisa que Trey et Rayne étaient partis.

— Oui.

Eli suivit son patron dans les couloirs du vaste cabinet, jusqu'à l'endroit où se trouvaient les bureaux des associés. Au passage, il salua Dani, la secrétaire de Gryff. Une fois entré dans le bureau du grand patron, Gryff ferma la porte derrière lui, puis s'installa au centre de la pièce.

L'homme posa ses mains sur ses hanches et se tourna pour faire face à Eli.

— Qu'est-ce qui se passe, bordel ? grommela-t-il.

— Hein ? s'exclama Eli en clignant des yeux, surpris.

— Tu m'as entendu. Qu'est-ce que Rayne manigance ? Est-ce que je devrais savoir un truc ? À quoi je dois me préparer ? Surtout avec Trey ?

— Non.

— C'est des conneries, aboya Gryff en fixant le sol et secouant la tête.

Puis il la releva et croisa le regard d'Eli.

— La sécurité de Liv et la sortir de ce pétrin est une priorité, Eli. Pas d'ajouter une troisième personne dans ton lit.

— Je...

Gryff leva une main, l'arrêtant.

— Ne me raconte pas de conneries. Tu n'es pas le seul ici à être doué pour flairer les choses.

Son patron tourna les talons, se débarrassa de sa veste de costume et la jeta sur une chaise voisine, puis saisit le nœud de sa cravate et la défit. Ensuite, l'homme enleva ses boutons de manchette, les balança sur le sous-main de son bureau avant de commencer à retrousser ses manches.

Bon sang, Gryff se préparait-il à un combat ?

— Patron, murmura Eli.

— Quoi ?

Gryff retroussa les manches de sa chemise blanche jusqu'à ce qu'Eli puisse apercevoir, près de son coude, la queue de son tatouage de dragon.

Eli savait que l'homme avait un grand tatouage sur les épaules, et dans le dos. Trey avait laissé échapper l'information un jour et Eli pouvait parfois entrevoir la queue qui descendait sur son bras. Mais il n'avait jamais vu l'ensemble. Il doutait que beaucoup de gens l'aient observé.

— Tu vas me frapper ou quoi ?

Gryff le regarda avec surprise.

— Quoi ? Non ! Putain ! Eli, pourquoi je te frapperais ?

— Pour avoir baisé la sœur de Trey.

Gryff se figea, ses yeux plissés clouant Eli sur place.

Oh, merde.

Oh, putain.

Gryff ne savait pas. Eli avait pensé à tort que l'homme avait deviné, et que c'était pour ça qu'il orientait la conversation au sujet d'Olivia dans cette direction. Il croyait qu'Olivia l'avait peut-être dit...

Putain ! Pourquoi diable l'aurait-elle raconté à Rayne ?

Elle ne ferait jamais cela. Même si c'était le cas, elle n'en aurait probablement pas encore eu l'occasion puisque ça ne s'était passé que la veille.

Eli gémit. Il venait de faire une grosse connerie.

— Pardon ? grommela Gryff. T'as dit que t'avais baisé Liv ?

— Gryff, commença Eli.

— Ce n'est pas une réponse. Mais je prends ça pour un oui. Est-ce que Grant est au courant ?

— Euh...

— Attends, dit Gryff en levant les mains et secouant la tête. Attends.

Il pivota et regarda, pendant un long moment, l'interminable rangée de fenêtres derrière son bureau. Puis il continua. Il était difficile de ne pas remarquer les contractions des muscles de sa mâchoire.

— C'est quoi ce bordel, murmura-t-il.

Puis il se retourna et posa à nouveau son regard sur Eli.

— Vous l'avez tous les deux fait ?

— Je n'ai jamais trompé mon mari.

— Donc, tu n'as pas couché avec Liv.

Il n'y avait pas la moindre indication d'une question dans cette phrase.

— Euh... Merde, murmura Eli.

— Putain ! cria Gryff en direction du plafond. Vous avez tous les deux couché avec elle !

— Gryff, essaya une nouvelle fois Eli.

— Non, répondit-il en secouant la tête. Non. Putain. Je suppose qu'elle était consentante. Putain ! Bien sûr qu'elle l'était. Grant et toi n'auriez pas forcé... Oh, putain, gémit-il. On doit garder ça secret. Le cacher à Trey. Au moins pour l'instant.

Gryff expira et se passa les mains sur le visage.

— Comment ça a pu arriver ?

La question sortit étouffée derrière les doigts de l'avocat.

— Elle nous a surpris...

Son patron laissa tomber ses mains et ses sourcils remontèrent sur son front.

— Dans votre chambre ?

— Non...

Lorsque ses sourcils se baissèrent, Gryff parut plus menaçant que d'habitude.

— Où ?

Merde.

— Sur le canapé.

— Vous avez une invitée et vous baisez sur le canapé ?

Eli grimaça en l'entendant crier. Il se retrouvait là, à se dire à quel point il aimait travailler pour Gryff et ce cabinet, et maintenant il avait peur de perdre son emploi.

Pire encore, Grant le perdrait peut-être aussi.

Il y aurait alors trois chômeurs vivant dans une maison dont l'hypothèque mensuelle coûtait plus cher que sa première Toyota.

— On ne pensait pas que...

— Arrête tout de suite, le coupa Gryff en levant à nouveau la main. Tu n'as pas réfléchi. C'est tout.

— T'as raison. On n'a pas réfléchi. Non... *je* n'ai pas réfléchi. J'en prends la responsabilité.

— Vous lui avez mis la pression ?

— Quoi ? Non ! On ne ferait jamais ça.

— Tu sais ce qui me surprend ? Que Grant ait accepté.

Eli se tut, car il ne pensait pas que Gryff veuille une réponse.

— Tu sais, je me demandais pourquoi t'avais si vite proposé d'accueillir Liv.

— Ce n'est pas pour ça... Je... Putain !

Eli reprit son souffle et recommença.

— Gryff, il y a quelque chose chez elle. Quelque chose qui m'a attiré dès que je l'ai vue dans le hall. Je suis désolé, mais je ne m'attendais pas à tout ça. Je t'assure. Je sais qu'elle vient d'entrer dans vos vies, dans celle de Trey... Et même dans notre vie. C'est soudain. Ça s'est juste... produit.

Gryff le regarda en silence, son visage ne laissant rien transparaître. Plus il le fixait, plus Eli rassemblait son courage pour lui faire comprendre qu'ils n'avaient pas l'intention de profiter de la sœur de Trey.

Mais il n'en eut jamais l'occasion, car Gryff fit soudain un bond en avant, obligeant Eli à reculer prestement d'un pas. Même s'il mesurait un centimètre de plus que le mètre quatre-vingt-huit de celui-ci, son patron faisait au moins neuf kilos de plus que lui. Neuf kilos de muscles massifs. Gryff pourrait écraser Eli au sol s'il le souhaitait. Il espérait vraiment que son patron n'en avait pas l'intention. Eli pouvait se défendre, mais il était sûr que Gryff finirait par prendre le dessus.

Heureusement, son patron ne fit que traverser la pièce pour décaler le tableau sur le mur, révélant ainsi son coffre-fort intégré. Il composa un code et appuya son pouce sur le clavier d'identification. Le coffre se déverrouilla alors avec un clic sonore. En quelques secondes, Gryff prit le téléphone portable, puis le coffre-fort fut à nouveau fermé et dissimulé. Il se retourna et lança subitement le portable à Eli, qui l'attrapa. Mais de justesse.

— Fais ce que t'as à faire avec ce truc. Assure-toi qu'on ne le retrouve jamais. Maintenant, sors de mon bureau. Je dois réfléchir à ce que je viens de découvrir, et savoir si je mets Rayne au courant ou non. Elle achèterait sûrement des ballons, des fleurs et des serpentins.

Eli eut envie de rire parce qu'il imaginait parfaitement Rayne le faire, mais il se dit que ce n'était pas le meilleur moment pour rire des sarcasmes de son patron.

Il était simplement heureux de quitter le bureau de Gryff en un seul morceau.

GRANT s'appuya sur le comptoir et observa Liv déambuler dans sa cuisine. Pour une fois, c'était plaisant que quelqu'un d'autre prépare le dîner. Si Eli se voyait confier la préparation du repas, ils finissaient par prendre des plats à emporter. C'était un changement agréable, mais pas tous les soirs.

Quand il était rentré à la maison, il était monté se changer pour enfiler un jean usé et un vieux T-shirt, puis était redescendu pieds nus pour regarder Liv s'affairer dans la cuisine.

Ce qu'elle préparait sentait vraiment bon, et il espérait que le goût serait aussi délicieux que l'odeur. Elle portait un pantalon de yoga noir moulant et un haut sexy et ample qui ressemblait à un chandail au col large. Il tombait sur son épaule gauche, prouvant qu'elle n'avait pas de soutien-gorge. Ce n'était pas le seul indice. Chaque fois qu'elle bougeait ou qu'elle attrapait quelque chose, ses seins se balançaient sous le coton et ses mamelons se plaquaient sous le tissu soyeux.

Il lutta contre l'envie de la saisir, remonter son haut et poser sa bouche sur l'un de ses tétons pour le sucer férocement. Mais il craignait de finir par la plier sur le comptoir pour la baiser par-derrière.

En ce moment, la dernière chose dont il avait besoin était qu'Eli entre et les surprenne à baiser sans lui.

Il ignorait quelle réaction son mari aurait, à part qu'il serait stupéfait... peut-être. Il valait mieux qu'il ne le découvre pas. Non, il devait attendre qu'Eli revienne pour toucher Liv et qu'elle se joigne à eux.

Ce n'était que justice, car il n'était pas sûr de ce qu'il ressentirait si les rôles étaient inversés, et qu'il rentrait à la maison pour trouver Eli et Liv en train de baiser sans lui.

Cependant, l'idée d'observer Eli pénétrer Liv fit passer sa bite d'une semi-érection à une dureté d'acier, se pressant inconfortablement contre la fermeture éclair de son jean.

— Liv.

Le son sortit de sa bouche d'une voix rauque avant qu'il ne puisse le retenir.

Debout devant la cuisinière, elle tourna la tête pour le regarder par-dessus son épaule. Ses longs cheveux d'un blond foncé tombant librement dans son dos et sur ses épaules, tandis que ses pupilles bleus le fixaient d'un air interrogateur.

Il se racla la gorge.

— Ce sont les vêtements que Rayne a apportés hier ?

— Oui. Pourquoi ?

Ses yeux parcoururent le dos de la jeune femme et se posèrent sur son cul à la forme parfaite, bien serré par le tissu extensible. Putain. Ce pantalon épousait toutes les courbes de son corps.

C'était de la folie. Il n'avait jamais autant eu envie d'une femme. Il imaginait que c'était parce qu'il y avait goûté et que son appétit était aiguisé. Bien qu'il ait connu beaucoup de femmes lorsqu'il était plus jeune, aucune n'avait suffisamment capté son attention pour qu'il y retourne une deuxième fois.

Pour une raison ou une autre, il ne se lassait pas d'Olivia Holloway.

C'était la faute d'Eli. C'était lui qui s'était d'abord intéressé à elle, lui qui lui avait fourré ces idées en tête. Maintenant, c'était Grant qui avait l'impression de couler.

Oser s'abandonner

Il avait besoin de prendre l'air parce qu'il aimait Eli plus que tout. Il n'avait pas besoin que ses désirs sexuels viennent tout gâcher. Pour lui, rien ni personne ne devait se mettre entre eux.

Liv ignorait le pouvoir qu'elle détenait actuellement sur eux. Ils étaient tous les deux comme des chiens haletants autour d'une chienne en chaleur.

C'était peut-être simplement parce que cela faisait long-temps que l'un d'eux n'avait pas été avec une femme et qu'ils avaient besoin de le revivre une fois de plus. Au début, il avait cru qu'être avec Liv la nuit dernière ne ferait que lui rappeler pourquoi il préférait les hommes.

Mais il s'était trompé. Et ça l'inquiétait.

Il ne saurait jamais comment il était passé du comptoir à prendre Liv dans ses bras, sa bite pressée contre le cul bombé de la jeune femme, léchant son cou et passant ses pouces sur ses tétons durcis. Une minute, il était perdu dans ses pensées, la suivante, il molestait leur invitée.

Mais il ne l'*agressait* pas vraiment puisqu'elle haletait, gémissait et l'encourageait dans ses actions. Elle devrait plutôt le repousser. Du moins jusqu'à la fin du dîner, et assu-rément jusqu'au retour d'Eli à la maison.

Mais, bon sang ! Soudain, il ressentit la même attirance pour cette femme qu'Eli avait dû ressentir lorsqu'il l'avait trouvée au bureau.

Maintenant, il comprenait, en quelque sorte. En quelque sorte seulement, car il avait encore du mal à appréhender sa propre réaction.

— Je veux te baiser, murmura-t-il contre la peau du cou de Liv, sa main remontant de son sein à sa gorge.

— Oui, répondit-elle d'une voix sifflante.

— On ne peut pas. Pas maintenant. On doit attendre.

Mais il ne fit aucun mouvement pour reculer.

— Pourquoi ?

— Parce que ce n'est pas judicieux. Non seulement parce que c'est nouveau, mais aussi parce que ce n'est pas juste pour Eli. Il doit être inclus. Si l'on doit coucher tous les trois, il faut qu'on soit tous présents, pas séparés. Au moins au début...

— Au début, répéta-t-elle doucement.

Lorsqu'elle reprit les deux mots, Grant fut frappé par ce qu'il avait dit. Il avait donné l'impression que l'expérience allait continuer. Au moins pendant un certain temps. Comme si elle ne s'arrêterait pas dès qu'ils auraient réglé son problème et que Randall Dean serait emprisonné pour meurtre.

Parce qu'il était sûr que, dès que cela arriverait, elle partirait et passerait à autre chose. Elle obtiendrait un diplôme, décrocherait un meilleur travail, un meilleur endroit pour vivre et retrouverait son indépendance.

— Je suis d'accord.

La voix grave et intense provenait de l'entrée du couloir menant à la cuisine.

Grant se figea, mais ne s'éloigna pas de Liv. Il ne voulait pas paraître coupable ou donner l'impression qu'il faisait quelque chose de mal. Il tourna la tête pour adresser un sourire accueillant à son mari.

— Désolé que tu nous aies surpris dans une position compromettante, dit-il d'une voix qu'il souhaita légère.

Eli s'avança dans la pièce, des paquets plein les bras. L'un était d'une chaîne de magasins d'électronique et l'autre d'un magasin d'informatique bien connu. Trey avait dû réaliser ses tâches. Ou du moins, Rayne avait gardé l'homme sur les rails.

— Je ne peux pas t'en vouloir, *mon amour. Elle est irrésistible, non ?*

Oui, elle était assurément excitante. Mais Grant fut

soulagé de voir qu'Eli semblait loin d'être en colère. Il décida de répondre en français.

— *Désolé, la tentation de la plier sur le comptoir et de la prendre est presque trop forte.*

Il choisit d'avouer son désir. Ils devaient rester complètement francs l'un avec l'autre pour que cela fonctionne.

— *Mais tu ne l'as pas fait.* C'est tout ce qui compte. *Mon amour*, si on veut enseigner le français à Olivia, on doit le faire suivre par de l'anglais lorsqu'on parle. T'es d'accord ?

— Oui, d'accord. Tu souhaites apprendre le français, Liv ? demanda Grant en se décollant d'elle et s'éloignant.

— Oui, j'aimerais bien. Je ne suis pas sûre d'en apprendre grand-chose dans les jours qui viennent, mais bon... Juste apprendre quelques mots, ce serait cool.

Les yeux de Grant glissèrent vers Eli, et l'homme à la peau foncée inclina la tête en guise de réponse. Eli déposa les paquets sur la table de la cuisine et s'approcha de lui, attrapant son T-shirt et attirant Grant vers lui. Sa bouche se colla alors à la sienne, l'embrassant fougueusement, ce qui fit gonfler sa bite. Grant était déjà dur à cause de Liv.

— Ça ne vient pas de moi, murmura Eli contre ses lèvres.

— Non.

Eli le fixa dans les yeux pendant un moment, puis s'écarta et se dirigea vers Liv. Il passa une main dans ses longs cheveux, puis une main dans son dos, se pencha vers elle, regardant par-dessus son épaule.

— Qu'est-ce que tu prépares ?

— Je fais un sacré poulet au citron.

— Mmmh. Ça sent bon, et toi aussi.

Eli se blottit dans le cou de Liv, puis descendit sa main dans le dos de la jeune femme pour agripper ses fesses.

— *Ça te dérange que je te touche ?*

Il lui répéta la phrase en anglais.

— Tu demandes un peu trop tard, non ?

Eli s'esclaffa.

— *Oui, c'est vrai. Pardon.* Tu peux me gifler si tu veux, pour avoir été si impoli.

En souriant, Liv tendit la main et passa ses doigts sur la mâchoire du détective.

— Je te pardonne. Tu pourras me toucher davantage après le repas.

Lorsqu'Eli jeta un coup d'œil dans sa direction, Grant lui adressa un sourire.

— Je vous laisse vous y remettre. Je vais m'occuper des cadeaux de Trey.

Alors qu'il rejoignait Grant, Liv pivota.

— Quels cadeaux ? Je n'en veux pas.

— Des choses dont tu avais besoin, Liv. Ne t'inquiète pas, il n'essaie pas d'acheter ton amour.

— Il n'a pas besoin de le faire de toute façon. J'aime mon frère.

— Je sais, répondit doucement Grant. C'est un téléphone portable provisoire puisque tu ne peux plus utiliser le tien. Il était traçable, alors Eli s'en est débarrassé. Dans l'autre paquet, il y a un ordinateur portable pour que tu puisses faire tes devoirs.

— Qu'est-il arrivé au mien ? demanda-t-elle en jetant un coup d'œil vers Eli. Tu ne l'as pas trouvé chez moi ?

Eli soupira et passa une main sur ses yeux.

— Je ne l'ai pas trouvé, Olivia. Je suis désolé.

Il regarda rapidement Grant avant de poursuivre.

— Ton appartement a été saccagé. Ils ne se sont pas contentés de te chercher au foyer de réinsertion, ils sont entrés par effraction chez toi. Ils ont pris ton ordinateur portable. Tout le reste était plutôt ravagé.

— Tout ? chuchota-t-elle, les yeux écarquillés, et maintenant brillants.

Merde. Grant se prépara, au cas où elle se mette à pleurer. Cet appartement contenait probablement tout ce qu'elle possédait et pour lequel elle avait travaillé dur. Il pouvait imaginer que c'était une grande perte.

— Oui, malheureusement. Certains vêtements pourraient être sauvés, mais on n'y retournera pas. Ça n'en vaut pas la peine pour l'instant.

Liv passa rapidement une main sur ses yeux, effaçant toute trace de contrariété.

— Ils ont récupéré la puce mémoire ?

— Non. Je l'ai trouvée.

Elle soupira de soulagement.

— OK, c'est bien, non ?

Eli hésita.

— Non ? demanda-t-elle à nouveau.

— Oui, mais tu l'as chargé sur ton ordinateur, n'est-ce pas ?

— Oui, confirma-t-elle en acquiesçant.

— Alors, quand ils entreront dans ton disque dur, ils sauront exactement ce que tu sais.

— C'est une mauvaise nouvelle.

— Oui, répondit Eli.

— Maintenant, ils vont vouloir me trouver plus que jamais.

— C'est mon sentiment, dit Eli.

— On fera avec, ajouta Grant.

Elle posa son regard sur lui, y resta un instant, puis soudain, sa colonne vertébrale se redressa et ses yeux s'éclaircirent. Elle retourna vers la cuisinière.

— C'est vrai. J'y ferai face comme à tout ce qui m'a été

infligé toute ma vie. Je n'ai pas d'autre choix que de faire avec.

— Non, Liv, *on* fera avec. Nous tous, la corrigea Grant. Tu n'es plus seule. On est tous là pour toi.

Liv hocha la tête, mais continua à s'occuper du poulet dans la poêle.

— T'as entendu Grant, Olivia ?

— Oui, répondit-elle fermement, tout en leur tournant le dos. Je dois remercier Trey pour l'ordinateur portable. Avec un peu de chance, je pourrai rattraper mon cours demain.

Grant et Eli se regardèrent pendant une seconde, puis le détective privé alla installer le nouvel ordinateur.

Chapitre Onze

Lɪᴠ ᴘᴇɴsᴀɪᴛ ᴇ̂ᴛʀᴇ incapable de mouiller davantage. Grant était allongé sur le dos tandis qu'elle encadrait sa tête avec ses jambes. Sa langue caressait ses plis et taquinait son clitoris. Lorsque le bout de sa langue décrivit des cercles et lui donna une chiquenaude, elle pressa son sexe plus fort sur le visage de l'homme. Quand il suça ardemment, elle faillit sauter au plafond.

Eli fit un bruit, et ses yeux rencontrèrent ceux de Liv. Il entrait et sortait de Grant à un rythme lent et régulier. Le regard du détective parcourut son visage, puis descendit jusqu'à ses seins où les doigts de Grant tordaient ses tétons durs et douloureux.

Les doigts noirs d'Eli s'enfoncèrent dans les hanches de Grant alors qu'il continuait à se balancer contre lui, ses yeux intenses observant son mari donner du plaisir à Liv.

Tendant la main, elle passa un doigt sur les lèvres bombées de l'homme à la peau foncée. Lorsqu'il les écarta, elle le faufila à l'intérieur. Profitant de l'occasion, il suça le doigt et fit tournoyer sa langue autour. Elle n'avait jamais réalisé que voir un homme sucer son doigt pouvait être si érotique.

— *Je veux te regarder jouir sur son visage,* indiqua-t-il d'un ton bourru quand elle retira son doigt humide de sa bouche.

Elle était d'accord avec Grant. Entendre Eli utiliser le français pendant le sexe était la cerise sur le gâteau.

— *Touche-toi,* dit-il.

Cette fois, elle n'avait pas besoin qu'il répète son ordre en anglais. Elle comprenait ce qu'il souhaitait qu'elle fasse. Après avoir glissé son doigt entre les lèvres de l'homme pour le mouiller, elle le plaqua sur son clito pendant que Grant la baisait avec sa langue.

Rapidement, des sensations l'envahirent, l'incitant à se cambrer et appuyer ses seins dans la main de Grant qui les pressa avec force. Elle se concentra sur l'endroit où les deux hommes étaient connectés, la bite sombre d'Eli entrant et sortant de l'anus de Grant jusqu'à la garde. L'avocat gémit contre sa chatte. Haletant, les vibrations la poussèrent à se frotter encore plus fort sur la bouche de celui-ci.

Elle commençait à vraiment apprécier quand Grant était violent. Cependant, il semblait se retenir, et elle ne voulait pas qu'il le fasse.

Loin de là.

Lorsque la main de l'avocat grimpa jusqu'à son cou, elle se mit à malaxer son sein, tirant brutalement sur son mamelon, tandis que les doigts de Grant s'enroulaient autour de sa gorge et serraient.

Un frisson lui parcourut l'échine alors qu'il l'étranglait juste assez pour que ce soit excitant.

— Plus fort, chuchota-t-elle.

Grant s'exécuta, ses doigts se contractant un peu plus.

Pas assez pour la faire souffrir, mais suffisamment pour l'amener au bord du gouffre.

— Je vais jouir, indiqua-t-elle en soutenant le regard d'Eli.

Puis elle explosa, son corps se raidissant et se crispant au-dessus de Grant. Elle poussa un cri alors que l'excitation qu'elle ressentait avec la main ferme sur son cou se transformait en un orgasme intense, qui lui donna envie de s'effondrer dans un état de béatitude. Mais elle ne pouvait pas. Ils étaient loin d'avoir fini.

Se décalant légèrement pour permettre à Grant de respirer, elle se pencha et lécha les perles salées de précum qui pendaient au bout de sa verge. Il était dur et prêt tandis qu'Eli continuait de le pénétrer à un rythme lent et, elle en était sûre, insupportable. Après un baiser et un autre rapide coup de langue sur l'extrémité de la bite de Grant, elle se hissa et essuya une perle de sueur sur le front d'Eli avec son pouce.

Elle se rendit compte que la cadence du détective devait rendre les deux hommes fous. Cependant, comme la bouche de Grant avait été occupée, il n'avait pas eu l'occasion de se plaindre.

Une idée lui vint alors qu'elle caressait l'érection de Grant, dont les hanches se levaient et s'abaissaient en rythme avec les mouvements de Liv et ceux d'Eli.

— Je vais le prendre en même temps, murmura-t-elle, après avoir déposé un baiser sur la bouche d'Eli.

Elle n'était pas sûre que cela fonctionnerait, car elle n'était pas experte des plans à trois. D'ailleurs, elle n'était pas une spécialiste du sexe. Mais elle voulait essayer et était certaine que les hommes la laisseraient tenter tout ce qu'elle souhaitait.

— Face à moi ou à Grant ? demanda Eli, avec une voix un peu contrainte.

— Lui, répondit-elle, après avoir réfléchi une seconde à son idée. Attrape un préservatif.

Les bras d'Eli étaient assez longs pour atteindre la boîte ouverte sur la table de nuit voisine. Il en prit un, le déchira et le déroula sur Grant.

— Je suppose que t'es d'accord, *mon amour.*

Le corps de Grant trembla sous eux alors qu'il gloussait.

— J'attendais juste de voir si tu te souvenais que j'étais là.

— Difficile de l'oublier, *mon amour*, assura Eli avec amusement. Surtout avec ma bite dans ton cul. Avec l'accent, *ma chérie*, c'est... *surtout avec ma bite dans ton cul.* Mais tu n'auras jamais à utiliser cette phrase.

— Non, c'est certain, répondit Liv en riant tendrement.

Elle se retourna avec précaution pour ne plus être à cheval sur le visage de Grant, mais plutôt sur sa taille. Elle se pencha sur lui, les mains posées sur son torse.

— Ma chérie, grogna Eli. Tu me tentes énormément. Je peux voir à la fois *ta chatte rose et lisse, et ta rosette serrée.* Grant peut avoir l'une des deux, mais je prendrai l'autre.

Liv frémit à ces mots.

— Guide-le en moi, souffla-t-elle, tout en reculant jusqu'à ce que la tête de la bite de Grant atteigne sa chair sensible et gonflée.

L'envie d'être empalée par son sexe l'envahit. Quand Eli la saisit par la hanche et maintint le manche dur de son mari en place, elle fit ce qu'elle désirait. Un long sifflement lui échappa tandis qu'il la remplissait jusqu'au fond, et elle fut excitée de pouvoir contrôler leur allure. Lorsqu'elle voulut se redresser, Eli plaqua une main sur son dos et la repoussa vers le bas.

— Reste couchée, *ma chérie*, j'ai aussi des projets.

Grant leva la tête pour étudier leur position, Eli toujours profondément enfoncé dans son cul, Liv chevauchant sa bite.

— Est-ce que je suis mort et monté au paradis ?

Eli s'esclaffa.

— Je pense que oui.

— Je suis d'accord, haleta Liv en se balançant d'avant en arrière, engouffrant toute la longueur de Grant au plus profond d'elle-même, puis la relâchant jusqu'à ce qu'il n'y ait plus que le bout en elle.

— Arrête... seulement pour un moment, réclama Eli en tapotant la hanche de Liv.

Elle s'immobilisa et tourna la tête pour le voir attraper le lubrifiant qui était toujours sur le lit, ouvrir le bouchon et répandre une généreuse quantité entre ses fesses. Le gel frais coula dans sa fente, mais Eli le récupéra rapidement et l'étala autour de son anus, y introduisant le bout de son doigt. Ce simple contact lui procura une sensation incroyable, et elle gigota pour l'encourager à aller plus loin.

— Maintenant, monte-le comme tu le souhaites, indiqua-t-il en lui tapotant une nouvelle fois la hanche.

Liv recommença à se mouvoir, gobant toute la bite de Grant. Elle sut le moment précis où Eli se mit à bouger à son tour. Les yeux de Grant se révulsèrent, et il poussa un long juron d'une voix grave.

— Non, pas le paradis. C'est l'euphorie totale, gémit-il. Bébé... putain... tu n'as pas idée.

— J'ai bien l'intention de le découvrir, répondit Eli, dont le doigt s'enfonçait de plus en plus profondément dans le trou étroit de la jeune femme. Détends-toi, *ma chérie*. Laisse-moi te donner du plaisir.

Elle avait beau essayer, elle n'y arrivait pas, mais Eli continuait quand même, et finalement... finalement, il s'affaira sur elle au même rythme qu'il baisait Grant. Les sensations s'emballèrent autour d'elle, la traversèrent, l'énergie s'accumulant dans son centre. Elle les aspira tous les deux au plus profond de son corps.

Le regard de Grant croisa le sien. Lorsqu'elle baissa la tête pour lui mordre le téton, son corps se cambra sous le sien. Les doigts de l'avocat s'enlisèrent dans ses cheveux, les tirant avec force. Elle poussa un petit cri et relâcha son emprise sur la chair de l'homme, mais elle passa à son autre mamelon pour faire la même chose, laissant une marque sur sa peau.

Puis elle enfonça son visage dans le cou de Grant et le mordit aussi à cet endroit.

— Putain, trésor. Putain !

Sa réaction l'incita à continuer. Elle saisit son cou comme il l'avait fait pour elle et serra fort.

Il haleta et se débattit sauvagement sous son poids.

— *Mon amour*, murmura Eli. Doucement.

— Plus vite, bébé. Baise-moi plus fort. *S'il te plaît*, gémit-il. Embrasse-moi, Liv.

Elle s'exécuta, tout comme Eli. Elle s'empara de sa bouche et balança ses hanches plus rapidement. Eli le pilonnant plus fort, leurs chairs se heurtèrent les unes contre les autres.

— Dis-moi si je serre trop fort, lâcha-t-elle en décollant à peine sa bouche de celle de Grant.

Grant resta silencieux, alors elle poursuivit, exerçant une pression sur sa gorge. Elle jura que sa verge durcit encore plus. Elle effleura les lèvres de l'homme avec les siennes tout en pinçant son téton avec violence. La bouche de Grant s'ouvrit, et elle y introduisit sa langue. Quand il gémit, elle lui déroba le son et l'avala.

Entre la bite de Grant et le doigt d'Eli qui s'affairait en elle, le fait qu'elle prenne la bouche de Grant et pince son mamelon, elle avait atteint sa limite. Elle vacilla sur le bord, prête à basculer. Mais si elle en avait le temps, elle voulait remonter et retomber une fois de plus.

Cependant, les hommes étaient aussi à leurs limites. Ce qui devint évident lorsqu'Eli retira son doigt, saisit fermement ses hanches et commença à baiser Grant si fort qu'elle eut presque l'impression qu'il la pénétrait en même temps. Le martèlement était brutal, et Grant rompit le baiser pour encourager son mari à continuer.

L'avocat plaça une main entre eux, trouva le clito de Liv et le pinça aussi fort qu'elle avait tordu son téton. Haletante, elle tressaillit. Sa chatte palpita autour de lui, ses doigts se resserrant encore plus sur la gorge de l'homme.

— Je jouis, déclara Grant en grognant et croisant le regard d'Olivia.

Ses mots provoquèrent un orgasme qui la frappa de plein fouet. Elle essaya de dire « Moi aussi », mais les mots lui manquèrent. Au lieu de cela, elle rejeta la tête en arrière et gémit quand la vague la submergea. Les doigts d'Eli s'enfoncèrent encore plus dans la chair des hanches de Liv. Il se propulsa une dernière fois contre Grant, restant bien en profondeur. Elle ne put que l'imaginer se déverser dans son amant, son compagnon, son mari.

Puis le front humide du détective se posa dans son dos, et elle put sentir le soulèvement et la chute rapide de la poitrine d'Eli, les battements tonitruants de son cœur. Avec un soupir de satisfaction, elle reposa davantage son poids sur le torse de Grant, dont la respiration était également rapide et saccadée. Celui-ci passa les doigts dans les cheveux emmêlés de Liv et effleura sa lèvre inférieure avec son pouce. Puis il releva la tête et lui attrapa doucement la lèvre entre ses dents. D'un soupir, il la relâcha, et sa tête retomba sur l'oreiller.

— Je pourrais rester ainsi toute la nuit. Toi sur ma queue, Eli dans mon cul. Comme je l'ai dit, l'euphorie totale.

— La prochaine fois qu'on fera cette position, je serai en bas, murmura Eli contre la peau du dos de Liv.

— Si on tournait régulièrement ? proposa Grant, les yeux plissés aux coins.

Tourner régulièrement. Il leur faudrait une troisième personne pour cela. Elle n'allait pas rester ici assez longtemps pour que ce soit elle. Elle se demandait si, maintenant qu'ils avaient ajouté un troisième élément dans leur vie sexuelle, ils souhaiteraient poursuivre l'expérience.

— Je peux attester à quiconque que cette position en vaut la peine, surtout pour la femme.

Eli leva la joue et le poids du dos de Liv, les doigts de l'homme se fléchissant sur sa taille.

— Quiconque, Olivia ? Qu'est-ce que tu veux dire ?

— Eh bien, je préfère ne pas imaginer que le pétrin auquel je suis mêlée dure longtemps, n'est-ce pas ? S'il vous plaît, dites-moi que ce ne sera pas le cas.

— J'espère que non, murmura Eli. On fait tout ce qu'on peut.

— Une fois que tout sera réglé, je retournerai à mon appartement, à mon travail, à ma... vie, pour ainsi dire. À ce moment-là, vous ne chercherez pas quelqu'un qui se joindra à vous ?

— Non, répondit Eli d'un ton sec. *Absolument pas.*

— Grant a parlé de tourner régulièrement. Je n'ai pas l'intention de rester ici aussi longtemps, donc il ne peut pas parler de moi.

— *Ma chérie...* il parle de toi.

Liv tenta de descendre de Grant, mais celui-ci lui attrapa les poignets et l'attira contre son torse.

— Je parlais de toi, trésor, assura Grant, dont la voix grave vibra contre elle.

Elle ferma les yeux un instant et essaya de comprendre ce qu'ils venaient de dire.

— Alors, même après mon départ, vous voulez poursuivre le sexe ?

— Olivia... tu penses que ce n'est que du sexe ? demanda Eli.

Grant regarda par-dessus son épaule. Elle tourna la tête et aperçut Eli. Leurs deux visages étaient beaucoup trop sérieux pour une simple partie de jambes en l'air, même si elle était explosive et stupéfiante.

— Pourquoi tu n'irais pas te nettoyer, on arrive dans une seconde, suggéra doucement Eli, au bout d'un moment.

Eli aida Olivia à descendre de Grant. Il l'observa se diriger vers la salle de bain principale, fermant la porte derrière elle. Ses yeux dévièrent à nouveau vers Grant, puis il se détacha de son mari.

— *Mon amour*, commença-t-il.

— *Eli.*

— Laissons tomber pour l'instant, d'accord ? On a d'autres chats à fouetter, d'autres choses à gérer pour le moment. Une fois que la situation se sera calmée, on pourra revoir le sujet.

— Eli, répéta Grant.

— C'est soudain pour nous tous. Et... Putain ! J'ai merdé.

— Qu'est-ce que tu veux dire ?

— Gryff est au courant.

— Putain ! grommela Grant. Il était en colère ?

— Il n'était pas ravi. Mais pour l'instant, on a tous les deux notre travail et je n'ai pas la mâchoire cassée, donc c'est bon signe.

— Il a essayé de te frapper ?

— Non, mais... répondit Eli en secouant la tête, puis il expira. Pour le moment, il veut le cacher à Trey.

— Trey risque de péter les plombs.

— C'est vrai. Alors, on le lui cache jusqu'à ce qu'on détermine ce qu'il y a entre nous. Je sais, et toi aussi, que ce n'est pas que du sexe. Mais qu'est-ce que c'est ? C'est la question à un million de dollars.

— Est-ce qu'on la laisse continuer à croire que ce n'est que du sexe ?

— *Mon amour*, je viens de lui dire que ce n'était pas le cas.

— Mais on n'est pas entrés dans les détails.

— Est-ce que tu veux essayer de l'expliquer, Grant ? Parce que j'en suis incapable. Et toi ?

Grant resta silencieux pendant un moment.

— Non. Honnêtement, je ne peux pas.

— Laissons tomber pour l'instant, dit Eli en hochant la tête. OK ?

Avant que Grant puisse répondre, la porte de la salle de bain s'ouvrit. Olivia s'arrêta, les yeux rivés sur le lit.

— Vous avez une conversation sérieuse ? Est-ce que je devrais retourner dans ma chambre pour vous laisser un peu d'intimité ?

— Non, *ma chérie*, la rassura Eli en souriant. Pas du tout.

Il tapota le matelas.

— Viens, mets-toi à l'aise pendant qu'on se nettoie.

Un petit sourire se dessina sur les lèvres de Liv et, tandis qu'elle avançait vers le lit, Grant et lui s'en levèrent et se dirigèrent vers la salle de bain.

Ils se lavèrent en silence, leurs yeux se croisant de temps à autre. Leurs doigts effleurèrent des côtes, une hanche, les creux de la colonne vertébrale de l'autre.

Eli aimait tellement l'homme qui se tenait à côté de lui, devant l'évier, qu'il pensait que son cœur allait éclater. Il n'avait jamais cru que son amour pourrait se renforcer, mais c'était le cas. Ce qui était étrange, puisque quelqu'un d'autre faisait désormais partie de leur vie. Mais Olivia semblait consolider le lien qui les unissait, Grant et lui.

Eli se plaça derrière son mari, passa ses bras autour de sa taille et posa son menton sur l'épaule de Grant. Il les regarda tous les deux dans le miroir.

— Qu'est-ce que tu vas faire pour qu'elle ne soit plus une cible ? demanda doucement Grant.

Eli prit une profonde inspiration, puis expira.

— D'abord, je vais faire une sauvegarde des preuves qu'elle possède et en enfermer une copie demain dans le coffre de Gryff. Ensuite, je vais commencer à creuser pour voir si je peux trouver quelqu'un qui n'est pas dans la poche de Dean et en fournir un exemplaire à cette personne.

— Tu vas le lui remettre directement ?

— Je ne sais pas. Je ne pense pas. Je vais déterminer qui peut recevoir cette information, mais je pourrais la leur donner de manière anonyme. Ensuite, je resterai en retrait et verrai si l'information est révélée ou pas. Si c'est le cas, je saurai que la personne est digne de confiance et ne craint pas de faire son travail.

— Tu pourrais aussi mettre cette personne en danger.

— Peut-être, murmura Eli. Mais on doit faire quelque chose. J'aimerais confier l'affaire au procureur...

— Je pourrais lui parler, bébé. Me faire une idée pour voir si elle est dans la poche de Dean. Il suffit d'engager la conversation la prochaine fois que je la croiserai. Je ne veux pas la convoquer, car elle pourrait avoir des soupçons.

— Je ne veux pas que tu te mettes en danger, *mon amour*.

— Je serai prudent, assura Grant en tapotant le bras d'Eli.

Ce sera une discussion informelle, c'est tout.

— Il y a des procureurs auxquels tu fais confiance ?

Hésitant, Grant le fixa à travers le miroir.

— Je ne sais pas. Je n'ai jamais eu à traiter d'affaires qui impliquaient de puissants politiciens pour me faire une idée sur ce sujet.

— On doit juste être prudents, dit Eli en pressant sa joue contre celle de Grant.

— Je suis d'accord.

— Je pense que Trey devrait ne pas venir chez nous. Ils pourraient le surveiller.

— Encore une fois, je suis d'accord.

Grant se leva et posa sa main sur le côté du visage d'Eli qui n'était pas collé au sien.

— Avant de retourner là-bas, je dois te dire...

Le cœur d'Eli fit un bond devant le sérieux dans les yeux de Grant.

— Quoi ?

— Je ne pensais pas vouloir te partager un jour.

Dans le miroir, Eli observa remonter la pomme d'Adam de son mari lorsque celui-ci déglutit.

— Je n'arrive pas à le croire, mais ça ne me dérange pas de te partager avec Liv. Ça devrait me gêner, mais ce n'est pas le cas.

— Tu dois te rappeler que je te partage aussi, fit remarquer Eli en lui adressant un petit sourire.

Grant lui rendit son sourire.

— Oui, c'est vrai. Tu peux me partager comme tu viens de le faire quand tu veux. C'était vraiment incroyable, insista-t-il en secouant la tête.

— Mmmh. Maintenant, je suis tenté de retourner là-bas et recommencer, mais en prenant ta place.

— La prochaine fois.

— Oui, la prochaine fois, dit Eli en le relâchant et déposant un baiser sur son épaule. Ne la laissons pas se demander ce qu'on fait là-dedans.

Grant ouvrit la porte, et ils virent Olivia recroquevillée sous les couvertures, face à la salle de bain, les yeux fermés, la respiration régulière.

Eli jeta un coup d'œil à Grant alors qu'ils s'approchaient. Ils se séparèrent de part et d'autre du lit et montèrent dessus avec précaution, essayant de ne pas la réveiller.

Mais lorsque leurs deux poids lourds se posèrent sur le matelas, elle ouvrit les yeux et roula sur le dos.

— Je me suis endormie, murmura-t-elle d'un air somnolent.

— Tu peux te rendormir si tu veux.

— Je peux retourner dans ma chambre. Je ne veux pas vous encombrer.

— Olivia, tu ne vas pas nous encombrer. Dors ici.

— Je veux me blottir contre toi, mais je souhaite aussi me lover contre Grant, déclara-t-elle en se mettant sur le flanc, face à Eli.

— Je peux te prendre en cuillère, proposa Grant en se rapprochant.

Il la prit en sandwich entre Eli et lui, passant un bras autour de sa taille et posant une main sur le ventre d'Eli.

— C'est agréable, murmura-t-elle, les paupières tombantes.

— Oui, c'est vrai, lui répondit Grant en chuchotant.

Eli couvrit la main de Grant avec sa main gauche et, avec sa main droite, il enfila ses doigts dans les longues tresses d'Olivia, puis les fourra dans les cheveux plus courts de Grant.

Là, il resta étendu pendant l'heure suivante, à les regarder dormir.

Chapitre Douze

Eli s'adossa contre la tête de lit et but une gorgée de son café. Grant s'était levé tôt et leur avait préparé un petit-déjeuner copieux qu'il avait apporté à l'étage pour qu'ils puissent manger au lit.

Eli préférait ne pas le faire, puisqu'il aimait éviter d'avoir des miettes dans ses draps, mais Grant y avait beaucoup travaillé, alors il n'allait pas se plaindre. De plus, Olivia appréciait, souriant entre deux toasts de confiture de fraises et deux gorgées de thé Chai.

— On ne t'a jamais servi de petit-déjeuner au lit auparavant ? lui demanda Grant après avoir avalé une bouchée de ses œufs brouillés.

— Non, mais ce sont les meilleurs œufs de ma vie ! Qu'est-ce que tu mets dedans ? l'interrogea Olivia.

Eli adorait les œufs brouillés de son mari. D'une certaine manière, il donnait un goût gastronomique à quelque chose d'aussi simple. En plus, l'homme savait faire une tasse de café comme personne. Toutefois, Eli avait fait des folies en lui offrant une cafetière hors de prix à Noël dernier. Une machine qui préparait des expressos et d'autres cafés raffinés, qui moulait les grains de café, et nettoyait les fesses de Grant. Du moins, elle devrait le faire, compte tenu de son prix. Venant d'un milieu modeste, Eli avait dû se forcer à débourser autant d'argent pour un truc qui faisait du café. Mais cela rendait Grant heureux.

S'il était content, Eli l'était aussi.

Grant aimait vraiment se prélasser au lit le samedi matin, même s'il devait faire tout le boulot.

— C'est un secret, répondit Eli. Il ne le dira à personne.

— Il a raison. Je ne le révèle à personne, mais je vais te montrer, déclara Grant en faisant un clin d'œil à Olivia.

— J'adore cuisiner, confirma-t-elle doucement.

— Ton poulet au citron était très bon hier soir. Peut-être que tu peux partager cette recette avec moi, suggéra Grant.

— Je l'ai trouvée sur Internet, alors je serais ravie de te la faire découvrir. Ce n'est pas comme si c'était un secret de famille.

Eli était persuadé que leur mère, à Trey et elle, ne prenait jamais la peine de cuisiner pour ses enfants. Le seul repas dont la femme se préoccupait était liquide.

— Comment t'as appris à cuisiner ? lui demanda Eli.

— En essayant et faisant des erreurs.

Elle lécha un peu de confiture de fraises sur le bout de son doigt et, immédiatement, la bite d'Eli tressaillit et s'épaissit.

Cela dut aussi ébranler Grant, car il pointa les lèvres de Liv du doigt.

— T'en as juste là.

Il se pencha vers elle et embrassa une tache de confiture au coin de sa bouche. Il ne s'écarta pas, mais intensifia le baiser quelques instants. Regarder n'aida pas Eli avec son érection. Elle grossissait de seconde en seconde et n'allait pas tarder à cogner le plateau en bois qui avait été placé sur ses genoux en même temps que son petit-déjeuner.

— Mmmh. J'adore la fraise, déclara Grant en souriant.

Il se redressa pour manger une autre bouchée de saucisse.

— Moi aussi, murmura Olivia en passant un doigt sur sa lèvre inférieure.

— Arrête, Olivia, protesta Eli. Ou je vais jeter ces plateaux par terre et te prendre avant que t'aies eu le temps de finir ton petit-déjeuner.

— Arrêter quoi ? demanda-t-elle, les yeux pétillants.

Grant s'esclaffa.

— Je ne pense pas qu'elle réalise à quel point elle fait bouillir *notre sang*.

— J'en suis consciente, avoua-t-elle en mettant dans sa bouche le dernier morceau de pain grillé couvert de confiture.

Elle passa son doigt sur une tache de confiture collée dans son assiette et la tamponna sur sa lèvre inférieure.

— Qui va m'aider avec les dégâts que je viens de créer ?

Eli éclata de rire, mais s'élança rapidement avant que Grant puisse le faire et lécha le fruit sucré sur la bouche d'Olivia.

— Mmmh. J'aime bien ce concept de petit-déjeuner au lit, dit-elle en gloussant.

— Moi aussi, affirma Grant avec amusement.

— *Je suis tenté de recouvrir tout ton corps avec ces confitures et de te lécher jusqu'à ce que tu sois toute propre.*

— Compte sur moi, dit Grant en riant à nouveau.

La tête d'Olivia passa d'Eli à Grant.

— Je ne suis pas certaine d'avoir tout saisi, avoua Olivia dont la tête pivota entre Eli et Grant.

— *Ma chérie*, je disais être séduit par l'idée d'étaler de la confiture sur ton corps, puis de te lécher. Ça te plairait ?

— Oui, je crois bien, confia-t-elle alors qu'un sourire illuminait son visage.

Grant fit un bruit avec sa gorge.

— Je vais ajouter quelques bocaux à la liste de courses, indiqua-t-il d'une voix rauque.

— Bonne idée.

Olivia but une gorgée de son thé et se tourna vers Eli.

— Alors, comment ça se fait que tu parles couramment le français ? Tu ne l'as pas dit.

Non, il n'avait rien expliqué. Ni lui ni Grant n'avaient beaucoup parlé d'eux. À cause de la précédente enquête sur le passé de Trey, il en savait plus qu'il ne le devrait sur l'enfance d'Olivia. Il était donc normal qu'elle en apprenne un peu plus sur lui.

— Je suis originaire de la Martinique, j'ai grandi en parlant anglais et français.

— Oh ! Tes parents sont toujours là ?

— Malheureusement, ma *maman* est morte il y a plus d'un an. Mon père...

Eli inspira profondément.

— Il était Américain et était venu en vacances sur notre île. Il a engrossé ma *maman* et est parti à la fin de son voyage, sans se douter qu'il m'avait engendré. Non pas qu'il s'en serait soucié. Ma *maman* a eu du mal à m'élever, alors j'ai fait de mon mieux pour l'aider à mettre de la nourriture sur la table et payer les factures en faisant des petits boulots, et parfois même en mendiant. On était très pauvres.

Olivia glissa sa main sous le plateau d'Eli et lui pressa la cuisse. Il couvrit sa main avec la sienne et lui retourna son geste.

— Comme toi, j'ai voulu partir à seize ans. Mais pour moi, il s'agissait de venir aux États-Unis pour retrouver mon père. Ma mère m'a convaincu de rester et d'obtenir d'abord mon *baccalauréat* au *lycée*. Ici, aux États-Unis, c'est la même chose que le diplôme d'études secondaires. Quoi qu'il en soit... Je m'imaginais qu'il serait ravi d'apprendre qu'il avait un fils. Honnêtement, je ne savais pas grand-chose de lui puisque je n'avais qu'un nom, et une photo de lui et de ma *maman* ensemble. Inutile de dire que lorsque je l'ai trouvé, j'ai vite compris que j'avais tout faux. Il était horrifié que je l'aie localisé, et il a refusé de reconnaître mon existence.

— Pourquoi ? s'étonna-t-elle alors que ses doigts se resserraient sur la cuisse d'Eli. Pourquoi quelqu'un rejetterait-il sa chair et son sang ?

— Il était marié quand il a eu son aventure de vacances avec ma *maman.* Non seulement il avait une femme, mais il avait déjà trois enfants.

Eli passa un doigt sous le menton d'Olivia pour fermer sa bouche béante. Il sourit avec tendresse.

— Il a menacé de me tuer si je le dénonçais, si je réapparaissais chez lui ou si je contactais mes demi-frères et sœurs.

— C'est horrible ! s'exclama Liv.

— Comme je n'avais aucun lien avec cet homme, à part son sperme, j'ai gardé mes distances. Mais une chose positive en est ressortie.

— Qu'est-ce que c'était ?

— En le localisant, j'ai trouvé mon talent. Je pouvais reconstituer un puzzle avec des bouts d'information. Je pouvais décrypter le langage corporel et comprendre des trucs simplement à partir des nuances de la voix. J'étais doué pour reconnaître les profils. J'ai réalisé que j'avais l'instinct pour le travail d'investigation. Tu vois ? Le destin avait un plan pour moi. Par contre, je suis arrivé aux États-Unis qu'avec quelques dollars en poche et les vêtements que j'avais sur le dos. Je suis donc allé bosser gratuitement pour un détective privé et faire ce qu'il appelait un « stage ».

Même si je n'étais rien de plus qu'un esclave, ça m'a permis de mettre un pied dans le milieu et d'acquérir une bonne expérience. J'ai appris la surveillance, la filature, à faire une enquête. Comme le travail n'était pas rémunéré, j'ai fait des petits boulots comme quand j'étais gamin. J'ai rassemblé assez d'argent pour acheter une Corolla rouillée, qui ressemblait à un tas de ferraille. J'ai fini par vivre dedans pendant un an parce que je n'avais pas les moyens de payer un loyer, et que le connard pour lequel j'étais « stagiaire » ne me laissait pas rester dans son arrière-boutique, qu'il n'utilisait que pour le stockage. Mais, encore une fois, j'ai appris, perfectionné mes compétences, développé mes contacts et acquis suffisamment d'expérience pour devenir un enquêteur certifié. Quand j'ai demandé à mon soi-disant mentor de commencer à me payer pour le temps que je passais, il a refusé. Comme je l'ai dit, je n'avais rien d'autre que les vêtements que j'avais achetés dans un magasin d'occasion, ma voiture et le quart de réservoir d'essence rempli. Mais, comme toi, Olivia, j'étais déterminé à réussir. Devenir quelqu'un. Moi non plus, je ne voulais pas d'aide ni de coup de main. Je ne souhaitais compter que sur moi-même. Est-ce que j'ai fait des choses dont je ne suis pas fier pour me sortir du pétrin ? Oui. C'est ce qu'a fait ton frère avec cet entraîneur, et je suis sûr que t'y as été amenée aussi. On a tous des fardeaux à porter.

Olivia resta silencieuse quelques instants, le temps de digérer tout ce qu'il venait de lui dire. Elle enveloppa ses mains autour de son thé.

— Alors, parle-moi de cet entraîneur, demanda-t-elle en hissant la tasse à ses lèvres. Qu'est-ce qui s'est passé ?

— C'est à Trey de raconter cette histoire, Olivia. Tu dois lui poser la question. Ce que je veux dire, c'est que... Maintenant, j'ai cette maison, un homme que j'aime et que je respecte énormément, un travail formidable avec des gens que je respecte et que j'admire, et aujourd'hui... on t'a toi.

— Moi ?

— T'es entrée dans notre vie pour la rendre encore meilleure. Plus spéciale.

— Non, je ne suis personne, protesta-t-elle en secouant légèrement la tête et fronçant les sourcils.

Il lui prit sa tasse des mains et la posa sur le plateau, puis caressa sa joue et sa mâchoire.

— Non, Olivia, tu n'es pas rien. Tu te soucies des autres. T'es prête à donner alors que tu n'as rien. Ce n'est pas nul. T'es une sacrée personne. T'as aidé une prostituée à sortir de la rue, à trouver un endroit où vivre, et un emploi. Combien de gens peuvent dire ça ?

— Elle a été tuée, chuchota Liv.

— Ce n'est pas ta faute.

— Je voulais qu'elle soit en sécurité. Elle ne l'était pas assez. J'aurais dû faire plus.

— Comme quoi ?

— Je ne sais pas.

— T'as fait ce que tu pouvais. C'est plus que ce que font la majorité des gens.

Grant tendit la main et posa ses doigts sous le menton d'Olivia, la tournant vers lui.

— Liv, Eli a raison. Tu n'es pas une moins que rien. T'es importante pour beaucoup de personnes. T'es assurément quelqu'un de spécial pour nous.

— Très spécial, confirma Eli en hochant la tête. Maintenant...

Eli fit glisser la bretelle de la chemise de nuit d'Olivia jusqu'à ce que le tissu soyeux tombe, dévoilant son sein gauche.

— Même si le petit-déjeuner était *délicieux*, j'ai encore

faim et suis prêt pour le dessert.

Il ramassa la confiture qui restait dans son assiette, puis l'appliqua sur le téton en pointe d'Olivia. Il écarta le plateau de ses genoux et le posa par terre, puis saisit celui de la jeune femme pour faire de même. Il eut l'eau à la bouche en voyant la confiture de fraises pendre sur le bout de son sein.

Grant déplaça son plateau sur le sol, de son côté du lit, mais pas avant d'avoir récupéré une goutte de confiture sur son doigt. Il fit glisser le pan droit de la nuisette et tamponna la confiture sur le mamelon d'Olivia.

En échangeant un rapide regard et un sourire, ils baissèrent tous les deux la tête et sucèrent chacun un téton.

Haletante, Olivia se cambra, ses mains attrapant leurs deux têtes pour les retenir contre elle. Non pas qu'il y ait la moindre chance que Grant et lui partent de sitôt.

Puis Eli sentit le souffle chaud de Grant contre son oreille.

— Embrasse-moi.

— *Vraiment délicieux*, dit le détective en relâchant le téton.

Il revendiqua la bouche de Grant, leurs langues s'emmêlèrent, le goût de la confiture rendant leur baiser plus exquis.

— Super savoureux, traduisit Olivia.

— Je suis d'accord, confirma Grant lorsqu'ils se séparèrent.

De nouveau, ils prirent chacun un des mamelons d'Olivia dans leur bouche, la faisant crier. Eli baissa les couvertures sur les jambes de la jeune femme et releva sa longue chemise de nuit. Révélant sa chaleur humide, il glissa son majeur en elle. Elle était mouillée et prête.

Lui aussi était prêt. Il imaginait que Grant l'était également. Il n'avait pas besoin d'en voir la preuve. Ajoutant un deuxième doigt, les hanches d'Olivia se soulevèrent tandis qu'il faisait des va-et-vient dans sa chatte. La main de Grant frôla la sienne alors qu'il tournait autour du clito de Liv et le taquinait.

— Dis-nous quand tu vas jouir, grogna Eli en relevant rapidement la tête.

Il égratigna ensuite le bout dur du mamelon de la jeune femme avec ses dents, puis l'aspira une fois de plus.

— Je...

Puis elle gémit bruyamment alors que son corps se crispait entre eux. Eli sentit la force des contractions autour de ses doigts, et une fois qu'elles se furent calmées, il les retira. Les deux hommes se redressèrent. Eli passa sa main sur la nuque de Grant et l'attira à nouveau vers lui, pressant ses doigts humides sur les lèvres de son mari. Ce dernier lécha les doigts, puis les engloutit dans sa bouche en grognant.

Lorsqu'il eut fini de savourer les jus d'Olivia, Grant embrassa la femme, qui était maintenant adossée à la tête de lit, telle une poupée de chiffon, relâchée et détendue.

— Est-ce que j'ai dit que j'aimais ce concept de petit-déjeuner au lit ? s'enquit-elle une fois que Grant eut libéré sa bouche. J'avais tort. *J'adore.*

— Moi aussi, mais le petit-déjeuner n'est pas encore terminé, indiqua Grant.

Il était persuadé d'avoir un grand sourire idiot sur le visage. Il reflétait probablement celui qu'arborait Eli.

Il ressentait toujours cette sensation folle que tout cela n'était pas réel. Il avait du mal à se faire à l'idée qu'une femme passe la nuit dans leur lit. Pas juste pour dormir, d'ailleurs. Pas seulement dans leur lit, mais entre eux. Jamais, dans ses rêves les plus dingues, il n'aurait cru que sa relation conjugale prendrait une telle tournure.

Au cours de l'année écoulée, il avait observé avec fascination l'histoire entre Rayne, Trey et Gryff. Il l'avait vue se développer et progresser. Enfin, dès que Gryff avait arrêté de vouloir plaquer Trey au sol. Mais maintenant, ils étaient heureux et complètement amoureux. Même chose pour Gray, le frère de Gryff, avec Paige et Connor. Une autre relation très peu conventionnelle qui fonctionnait et s'épanouissait.

Ce n'étaient pas les seuls trios engagés les uns aux autres qu'il connaissait. Le frère de Paige, Logan, était dans le même type de relation. Le polyamour était-il, dans l'ensemble, de plus en plus accepté ?

Grant l'ignorait. Il s'en foutait. Si Eli et lui voulaient emprunter cette voie, ils le feraient. Les gens qui les jugeaient pouvaient se jeter d'une falaise. L'amour ne s'expliquait pas.

Non pas que ce soit de l'amour dans ce cas. Du moins, pas encore. Il était éperdument amoureux d'Eli, mais Liv... Tout était très nouveau. Pourtant, il pouvait s'imaginer, et même Eli, tomber amoureux d'elle. Souhaiter qu'elle fasse partie intégrante de leur vie.

Encore une fois, c'était fou, et l'idée lui faisait tourner la tête. Mais, sans aucun doute, il était ouvert d'esprit sur le sujet. Tant que rien ne mettait en péril son mariage ; c'était le plus important.

Cependant, pour l'instant, il devait cesser d'analyser le caractère incroyable de la situation et devait se contenter d'apprécier ce qui, ou qui, avait littéralement atterri sur leurs genoux.

Ce matin, il était d'humeur à prendre le contrôle. Il écarta alors les couvertures du lit.

— Retire ta chemise de nuit, Liv.

Comme elle était amassée autour des hanches et de la taille de la jeune femme, il lui suffit de se tortiller pour l'enlever, et elle la jeta de côté. Une rougeur remonta de sa poitrine à ses joues, et ses yeux brillèrent. Il espérait que c'était dû à son impatience.

— On dirait que *mon cher mari* prend le contrôle ce matin, mmh ?

— Il prend le contrôle et te prend aussi, déclara Grant en glissant du lit. Tu veux qu'elle te regarde ou qu'elle te tourne le dos ?

— Par derrière, *mon amour*, puisque j'ai l'impression que c'est comme ça que tu me prendras.

— Oui, en effet, confirma Grant. Tout le monde descend du matelas. Liv, viens à moi.

Après s'être extirpée du lit, elle alla devant Grant, clignant des yeux, les lèvres écartées, le souffle haletant. Il plaça sa main sur la gorge de la jeune femme, sentant son pouls battre vite et fort.

— T'es partante ?

— Oui, répondit-elle d'une voix sifflante, les yeux mi-clos, et regardant dans le vague, les mamelons durcis.

— Tu veux qu'Eli te baise ?

— Oui, proclama-t-elle, ses mains saisissant ses seins et les malaxant.

— Est-ce que tu mouilles pour lui ?

— Oui, souffla-t-elle.

— Montre-moi.

Elle glissa une main entre ses jambes tandis qu'Eli s'approchait par-derrière, pressant son torse dans le dos de Liv et passant un bras autour de sa taille.

Elle remonta sa main, ses doigts aussi humides qu'avaient été ceux d'Eli plus tôt, après le premier orgasme qu'elle avait eu dans la matinée.

Grant espérait qu'ils lui en donneraient beaucoup d'autres.

Il prit les doigts de Liv dans sa bouche et fit exactement ce qu'il avait fait avec ceux d'Eli. Il les lécha et les suça, savourant le goût qu'elle avait.

— Recommence, exigea-t-il. Pour Eli.

Elle répéta les gestes en insérant ses doigts au fond de sa chatte, son visage s'adoucissant à mesure qu'elle le faisait. Puis elle présenta sa main à Eli par-dessus son épaule alors qu'il enveloppait les doigts de la jeune femme avec sa bouche.

Grant n'eut pas besoin de la toucher pour remarquer le frémissement de son corps.

— Mmmh, *ma chérie, merci pour ce partage.*

— Je devrais vous remercier tous les deux, murmura-t-elle.

Grant lui saisit les hanches et la retourna alors qu'Eli s'écartait.

— Mets tes mains sur le matelas. Oui, c'est ça, trésor. Les fesses en l'air. Comme ça. C'est si beau.

Il jeta un coup d'œil à Eli.

— Tentant, non ?

— Très, confirma Eli, qui s'éloigna pour prendre un préservatif et du lubrifiant, puis revient rapidement.

Son mari lui tendit le gel, puis celui-ci déroula un préservatif sur sa longueur foncée et épaisse. Il se plaça derrière Liv, faisant glisser le bout de sa bite recouverte de latex le long de ses plis roses et gonflés. Grant ne manqua pas le tremblement des bras et des jambes de Liv.

— Elle a très envie de toi, mon grand, déclara l'avocat en passant une main le long de la colonne vertébrale d'Eli. Autant que je te désire.

— Alors, prends-moi, *mon cher mari*, murmura Eli en s'alignant et s'élançant, sombrant au fond de Liv.

Son exclamation et le grognement d'Eli incitèrent Grant à fermer les yeux et à se caresser la queue. Eli ne se retint pas, il martela Liv en profondeur. Avec les yeux clos, le simple fait d'écouter les deux autres, ainsi que le claquement de leurs chairs, provoqua une accumulation de précum au bout de la bite de Grant. Ouvrant les yeux, il l'appliqua autour, l'étalant avec son pouce. Puis il se plaça derrière Eli, observant l'ondulation des muscles de son dos, de ses fesses et de ses cuisses pendant qu'il martelait Liv encore et encore. Sans ménagement, son mari tira sur les tétons de Liv. Aucun des sons qu'elle émettait ne laissait penser qu'elle détestait ce qui se passait. Grant adorait les jeux un peu brutaux. Si Liv montrait d'autres signes qu'elle appréciait aussi, la situation n'en serait que meilleure.

Il fit sauter le bouchon du lubrifiant et enduisit son manche d'une généreuse quantité. Après l'avoir refermé, il le lança sur le lit et s'avança pour enfoncer le sommet de sa bite entre les fesses musclées d'Eli.

— Penche-toi, bébé, demanda-t-il plaquant une main sur le dos de son mari.

Eli se plia, recouvrant complètement Liv, frottant ses hanches contre le cul de la jeune femme. Saisissant les fesses du détective, Grant les écarta, s'aligna à lui et se jeta en avant.

— C'est ça, bébé. Prends-moi en entier.

D'une voix grave, Eli poussa un long gémissement tandis que Grant le fourrait jusqu'au fond.

— Ce cul est à moi, bébé. À moi.

Eli s'était immobilisé lorsque Grant l'avait pénétré, mais il recommença à bouger un peu, s'habituant à la position. Ils étaient tous les trois alignés. Dans cette position, la personne du milieu donnait le rythme. Mais cela permettait à Grant de voir Eli baiser Liv, de sentir les muscles de son mari se contracter et se détendre, lui coupant le souffle à cause de la tension soudaine de l'anus de son amant.

Grant se pencha en avant pour passer une main derrière

Eli, saisissant la crinière de Liv et les tirant brutalement en arrière, arquant son cou jusqu'à la limite.

— Comme ça, trésor ? Ça te fait du bien ? T'aimes que je te tire les cheveux ?

— Oui, hoqueta-t-elle.

— Putain, *mon amour*, elle me serre tellement fort.

Le cul d'Eli était tout aussi tendu. Les yeux de Grant se révulsèrent un instant alors qu'il essayait de se ressaisir.

— Tout comme tu le fais avec moi... Reste tranquille une minute, bébé, demanda Grant en haletant.

Quand son mari s'exécuta, avec une main sur la hanche d'Eli et l'autre enroulée dans les cheveux de Liv, Grant commença à pilonner les fesses du détective. Il ne fut pas doux du tout. Au contraire, il posséda son amant avec violence et force, jusqu'à ce qu'il doive se forcer à ralentir avant de jouir. Se déhanchant, il martela le cul d'Eli, puis se pencha sur lui et le mordit à l'endroit où son cou rencontrait son épaule.

Sous lui, Eli rua, faisant crier Liv à cause du mouvement.

— Baise-moi, s'il te plaît, supplia-t-elle.

Eli tourna la tête pour jeter un coup d'œil vers Grant.

Celui-ci se redressa et donna une tape sur les fesses d'Eli.

— Fais ce que t'as à faire, j'apprécierai la balade en m'accrochant aux rênes, dit-il en secouant la poignée des cheveux de Liv qu'il tenait.

— N'aie pas peur de lui dire s'il est trop brutal, *ma chérie*.

— J'aime ça, souffla-t-elle.

Avec un sourire, Grant lécha la colonne vertébrale de son mari, le faisant frémir. Il arpenta l'enveloppe extérieure de l'oreille d'Eli avec le bout de sa langue avant d'approcher sa bouche.

— Baise-la bien, bébé. Fais-la jouir. Je veux l'entendre

gémir en prenant ta grosse bite. Je veux t'entendre quand je te donne la mienne.

— *Donne-moi tout ce que t'as.*

Eli gémit en se plaquant contre Grant, puis il s'élança pour pilonner Liv. Il prenait le relais, contrôlant le rythme. De temps à autre, son corps hésitait lorsque Grant bougeait, comme en tendant la main et pressant ses bourses ou tordant son téton. Il perdait presque la tête chaque fois que les muscles d'Eli se contractaient, et que son canal glissant se crispait autour de sa bite.

Il ignorait comment Eli parvenait à tenir aussi longtemps. Avec la nuit dernière, il savait à quel point c'était difficile quand Eli et Liv l'avaient chevauché en même temps. Ce n'était peut-être pas un marathon, mais cela valait bien les rapides orgasmes intenses qu'ils avaient tous eus.

Leur vie sexuelle n'avait jamais manqué de rien et elle était assez active, mais avec Liv, Grant avait le sentiment qu'ils baiseraient plus que jamais.

Il n'allait pas s'en plaindre.

— Dis-le-moi, exigea Grant alors qu'Eli se crispait.

— Putain... elle vient de jouir.

C'était difficile à rater puisque Liv l'avait crié, mais il aimait quand même entendre Eli le lui annoncer.

— Fais-la jouir une nouvelle fois, bébé. Quand elle le fera, j'éjaculerai dans ton cul.

Grant passa ses doigts sur la peau sombre et lisse d'Eli, sentant ses muscles se tendre.

— Ça te va, Elliott ? Tu veux que j'éjacule au fond de ton anus ? Tu veux que je te remplisse ?

— Oui, *mon amour.*

— Alors, fais-la jouir.

Il souhaita ajouter « vite », car il ne tenait plus qu'à un fil.

Être au fond des fesses de son amant, tout en le regardant faire convulser et crier Liv sous lui, était dangereux.

Menaçant son contrôle. Ou son manque de contrôle.

Soudain, Eli se cabra, percutant le torse de Grant. Ce dernier lâcha les cheveux de Liv tandis que son mari la retournait et relevait ses jambes. Avec un autre mouvement brusque, il sombra de nouveau en elle avec un grognement. Grant tendit les bras et aida à maintenir les jambes de Liv en l'air, car elle n'avait plus que le haut de ses épaules et la tête sur le matelas. Grant glissait dans le cul d'Eli alors que celui-ci pilonnait la jeune femme à un rythme devenu délirant. Se penchant, Eli enfonça ses dents dans les seins de Liv, dont le corps se courba tandis qu'elle hurlait. Elle griffa les épaules du détective et cria qu'elle allait jouir.

Grant souffla de soulagement. Il était sur le point d'exploser.

— Viens en moi, lui ordonna Eli alors qu'il se pliait sur Liv et prenait sa bouche, capturant sa plainte.

Eli n'eut pas besoin de le lui dire deux fois. Alors qu'Eli se raidissait, Grant passa la main et attrapa la racine du sexe de son amant, sentant les pulsations puissantes quand celui-ci éjacula au fond de Liv. Avec un gémissement, Grant se soulagea, son sperme se libérant en de violents jets au plus profond d'Eli.

Une fois de plus, il possédait Eli. Il le marquait comme étant son mari, son amant, son partenaire pour la vie.

Lorsque Grant se retira des fesses d'Eli, il effleura d'un baiser les égratignures que Liv avait laissées sur l'épaule de celui-ci.

Puis il fut percuté par la réalité de la situation. Son mari, son amant, son partenaire pour la vie n'était plus uniquement à lui.

Chapitre Treize

Liv grogna. Elle avait le ventre plein du délicieux petit-déjeuner de Grant, et était maintenant complètement rassasiée sexuellement. Une sonnette lointaine vint perturber la tranquillité de leur sieste. Un tas de membres enchevêtrés étaient partiellement recouverts de draps, dont l'autre moitié se trouvait sur le sol.

Elle ressentait un niveau de satisfaction hors norme en étant prise en sandwich entre deux hommes exceptionnels. Tant que ça leur convenait, elle comptait bien rester dans leur lit pour le reste de son séjour au lieu de retourner dans la chambre d'amis.

C'était bien plus agréable d'être au lit avec deux hommes torrides et virils.

— Qui ça peut être ? grommela Grant en levant la tête de la poitrine de Liv qui lui servait d'oreiller.

— Je me demandais la même chose, *mon amour*, commenta Eli d'une voix ensommeillée.

Avec un soupir irrité, il se redressa après avoir démêlé ses jambes de celles de Liv. Il prit son téléphone portable et l'alluma.

— Il est onze heures.

— Je m'en fous qu'il soit trois heures de l'après-midi. Dis-leur de s'en aller, râla encore Grant en se blottissant davantage contre Liv.

Elle montra son approbation silencieuse en faisant dériver ses doigts sur le dos de l'avocat.

— Apparemment, c'est un Samedi Tyrannique pour *mon amour*.

Liv détourna le visage pour qu'Eli ne voie pas son rire.

Avec un autre soupir, celui-ci sortit du lit alors que la sonnette retentissait à nouveau. Il enfila un long short ample qu'il ramassa par terre et quitta la chambre.

— Tu penses que je suis trop autoritaire ? lui demanda Grant en levant les yeux vers elle.

Liv écarquilla les yeux et fourra ses doigts dans les cheveux foncés de l'homme, puis sur sa barbe naissante.

— Mmmh.

— Ce n'est pas une réponse.

— Je sais.

— Tu n'aimes pas, lâcha-t-il en resserrant le bras qu'il avait passé autour de sa taille.

— J'aime bien, mais il y a un temps et un lieu pour le faire.

— Eli a aussi ses moments.

— Oui, c'est vrai, lui accorda-t-elle.

Elle avait déjà été confrontée à certaines exigences du détective.

— N'hésite pas à nous dire si tu n'apprécies pas un truc. On est partenaires avec Eli. On souhaite que tu sentes qu'on est tous sur le même pied d'égalité, que t'es au même niveau.

— Je m'en souviendrai.

Même en le disant, elle n'était pas sûre que c'était vraiment important. Avec un peu de chance, Randall Dean serait bientôt attrapé. Elle serait alors libre de retourner vivre sa vie. Même si cela impliquait d'y intégrer quelques personnes supplémentaires.

Sa « nouvelle » famille ne se résumait plus qu'à son frère. Elle devait absolument discuter avec lui, avoir de longues conversations et prendre le temps de reconstruire ce lien qui s'était brisé lorsqu'elle l'avait laissé.

Chaque fois qu'elle y pensait, la culpabilité envahissait son cœur.

— Combien de temps faut-il pour dire à quelqu'un de se casser ? murmura Grant contre la peau de Liv alors qu'il déposait un baiser entre ses seins.

L'apparition d'Eli dans l'embrasure de la porte fut la réponse à sa question.

— Enfin, lâcha Grant.

— Habille-toi et descends. Toi aussi, Olivia. Prends autre chose que cette chemise de nuit. Gryff est ici avec Rayne. Même si je sais qu'elle l'a choisie pour toi, je préférerais que notre patron ne te voie pas dedans.

— Mmmh. Je suis d'accord, approuva Grant en tournant la tête pour la regarder. Tu vois ? Il est aussi autoritaire.

— C'est vrai, dit-elle en souriant.

Les ignorant, Eli entra dans la chambre, attrapa un T-shirt dans le tiroir de la commode et l'enfila.

Avec un petit gémissement, Grant se leva du lit pour chercher un truc à se mettre.

— Tu veux que j'aille récupérer des affaires dans la chambre d'amis ?

Liv remarqua qu'Eli n'avait pas dit « ta chambre ». Cela pouvait signifier qu'il désirait également qu'elle reste dans la leur pour le reste de son séjour.

Ou peut-être qu'elle surinterprétait ses paroles.

— Bébé, fais-le. Ce n'est pas la peine qu'elle s'habille deux fois. Comme ça, ce que tu sélectionneras sera acceptable à tes yeux, l'informa Grant avec un sourire en coin.

— Il n'y a pas grand choix, leur rappela Liv.

— Ce que tu portais en arrivant au cabinet fera l'affaire. On ira bientôt t'acheter d'autres affaires. C'est sans doute pour ça que Rayne est là.

Il disparut et revint avec le jean et la chemise qu'elle avait portés le jour où elle s'était présentée au cabinet.

Elle lui prit les vêtements des mains et s'habilla. Dès qu'ils furent dans une tenue décente, Grant et elle descendirent les escaliers sur les talons d'Eli. Il les mena dans le salon, où les amants de son frère patientaient. Il n'y avait cependant aucun signe de Trey.

Les yeux sombres de Gryff se fixèrent immédiatement sur elle et la scrutèrent attentivement.

— Tout va bien ici, Olivia ?

— Liv, s'il te plaît. Et oui, tout va bien. Pourquoi ?

Le regard de Gryff se porta sur Eli, puis revint sur elle.

— Je me posais simplement des questions puisqu'on a essayé de vous appeler et de vous envoyer des messages à tous les trois, sans avoir aucune réponse. Alors on a décidé de venir.

Rayne fit un bruit et passa un bras autour de la taille de Gryff, lui tapotant le ventre de la main.

— On sait que tu vas bien. N'est-ce pas, Patron ? On souhaitait juste te prévenir qu'on déposait des cartes-cadeaux pour acheter des vêtements en ligne. Je devais les donner à Eli hier, mais j'ai été retenue par un client difficile. Par contre, on voulait s'assurer que tu ferais du shopping jusqu'à l'épuisement aujourd'hui, même si c'est en ligne.

Elle s'approcha de Liv et lui tendit une petite pochette.

Liv l'attrapa et sortit quelques cartes. L'une d'entre elles présentait une valeur de 500 $. Une autre de 1000 $. Le sac était rempli de cartes de différentes valeurs.

— C'est trop.

— Pas du tout, répondit Rayne en agitant la main. Si t'as besoin d'aide pour choisir, je serai ravie de t'assister.

— Je... euh...

— J'aurais pu te les envoyer sur l'ordinateur, mais je ne savais pas si tu avais installé le nouveau ou même si tu avais déjà accès à ta boîte mail. Je n'avais pas ton adresse mail non plus.

— Ça me rappelle qu'elle devrait peut-être changer d'adresse électronique. Au moins temporairement, suggéra Gryff.

— Est-ce que ça va perturber ton accès aux cours en ligne, Olivia ?

Elle ignorait pourquoi elle ne corrigeait pas Eli quand il utilisait son prénom. Avec tous les autres, elle le faisait automatiquement. Mais entendre son nom complet sortir de la bouche du détective lui faisait le même effet que lorsqu'il parlait français. Elle le trouvait mélodieux, surtout avec l'accent à peine perceptible qu'il avait.

— Je ne sais pas. J'en doute, murmura-t-elle, détournant son regard de la quantité folle d'argent que contenait ce petit sac vers Eli. Je devrais pouvoir y arriver. Pourquoi ? Est-ce que c'est nécessaire ?

— Je sais que c'est embêtant, mais on n'est jamais trop prudent, dit Gryff.

— Où est Trey ? demanda-t-elle.

— Il est parti tourner une publicité pour une boisson énergisante.

— Il en a besoin ?

Liv se doutait que son frère n'avait sûrement pas besoin d'argent.

— Non, mais il apprécie l'attention, rit Rayne.

— Vous pouvez lui dire de venir ici ? J'aimerais passer un peu de temps avec lui.

— Ce n'est pas une bonne idée, dit Gryff.

— Non, il doit rester à l'écart, confirma Eli.

— Pourquoi ? s'enquit-elle en relevant les sourcils.

— On ne sait pas si Dean le fait suivre, et dans ce cas ils pourraient te trouver, expliqua Eli.

— En plus, on n'a pas besoin qu'il découvre ce qui se déroule sous ce toit. Du moins, pas tout de suite.

— Attends. Qu'est-ce qui se passe sous ce toit ? demanda Rayne à Gryff en haussant également les sourcils.

— Comme si tu n'avais rien comploté, lui répondit Gryff.

— Comploté quoi ?

— La chemise de nuit ? rétorqua Gryff en posant ses mains sur ses hanches.

— La chemise de nuit ? répéta Rayne, visiblement confuse.

Puis sa bouche forma un O et ses sourcils se froncèrent de colère.

— Tu crois que je lui ai acheté la chemise de nuit pour qu'elle les séduise ? T'es sérieux ?

— C'est la sœur de Trey, Rayne, répondit Gryff, dont le visage prit un masque sombre et impassible.

— J'en suis bien consciente, *Patron*. Et alors ?

— On est censés veiller sur elle.

— Au lieu de la jeter dans la gueule du loup ? Ce que tu sous-entends par ta voix. Parce qu'Eli et Grant ne peuvent pas se contrôler devant une belle femme, que ce soit ou non la sœur de Trey ?

— Eh bien, apparemment, ils n'ont pas réussi.

— Oh ? s'exclama-t-elle en haussant les sourcils.

Son regard balaya Grant et Eli, puis se posa finalement sur Liv.

— Il s'est passé quelque chose ?

— On est trois adultes consentants, Gryff, dit Eli d'une voix grave.

— Il s'est passé quelque chose ? redemanda Rayne, la voix plus aiguë et un peu plus excitée.

Elle donna l'impression de se retenir de sourire.

— Tu vois ? Je savais que tu complotais ! aboya Gryff. Si Trey le découvre...

— Qu'est-ce que tu racontes ? Bien sûr qu'il va le découvrir. Pourquoi...

— Rayne, dit Gryff d'un ton grave. *On* ne va pas lui dire, dit-il en agitant un doigt entre elle et lui.

— Mais, Patron, s'il réalise qu'on savait et qu'on ne lui a rien dit...

— Il s'en remettra, répliqua Gryff avec fermeté.

— Non, ça va briser sa confiance en nous. On ne peut pas garder ça pour nous. Il nous fait totalement confiance et s'attend à ce qu'on soit honnêtes et ouverts avec lui.

Rayne secoua la tête.

— Je ne peux pas le faire. Peut-être que ça ne te dérange pas qu'il ne te parle pas pendant une semaine quand il est en colère, mais moi si. Ça me tue. Ça tend l'atmosphère au boulot.

— Rayne.

— Si tu le lui caches et qu'il le découvre, j'irai avec lui dans la chambre d'amis. Tu dormiras seul tant qu'il sera énervé.

— Rayne, répéta-t-il.

— Patron, réfléchis-y.

— C'est le cas, c'est pour ça que je prends cette décision.

Elle jeta ses mains en l'air et fit un bruit.

— C'est quoi ce bordel, Gryff ? s'écria-t-elle en secouant la tête. Peut-être que je devrais m'installer dans la chambre d'amis. Quand Trey me rejoindra et me demandera pourquoi on a tous les deux déménagé de la chambre principale, je lui dirai de te poser des questions.

— Ce n'est même pas drôle.

— Je n'entends personne rire. Et toi, Liv ?

Lorsque les yeux verts de Rayne se fixèrent sur elle, Liv porta une main à sa gorge.

— Euh... non.

— Si l'on allait dans la cuisine pour discuter ? Je peux te parler des bons et mauvais côtés d'un trouple. Un des bons côtés, c'est qu'il t'en reste toujours un contre lequel te blottir si t'es fâchée avec l'autre. C'est bien de pouvoir les remplacer.

Sur ce, elle se dirigea d'un pas lourd vers la cuisine.

Elle jeta un coup d'œil vers Eli et Grant qui étaient tous deux figés sur place. Ils donnaient presque l'impression d'avoir peur de bouger, tandis que Gryff demeurait immobile, le corps inébranlable, un air ténébreux sur le visage.

Avec une grimace, Liv suivit Rayne.

Lorsqu'elle entra dans la cuisine, l'autre femme était appuyée contre le comptoir, ses longs cheveux blond vénitien rassemblés dans ses mains et maintenus sur le dessus de sa tête.

— Tu vas bien ? demanda Liv.

— Oui, tout va bien.

— Je ne voulais pas causer cette situation.

— Ce n'était pas intentionnel. Ce n'est pas toi. Mais est-ce que c'est vrai ce que Gryff a dit ? Est-ce que tu couches avec eux ?

Liv sentit la chaleur remonter de sa gorge à son visage.

— Je...

— Inutile de répondre, ton visage m'a déjà tout révélé, lâcha Rayne en levant une main. Honnêtement, ce n'était pas mon intention quand j'ai acheté cette chemise de nuit. Ces têtes de cochon ont tort. J'ai juste pensé que tu méritais d'avoir un truc sexy et joli, plutôt que de porter un T-shirt d'homme au lit.

— J'adore ça.

— Je suis sûre que ça te va à ravir, répondit Rayne en lui faisant un grand sourire. Tu as le corps parfait.

Elle pencha la tête vers la pochette cadeau que Liv tenait toujours dans sa main.

— Maintenant, tu peux en acheter une dans toutes les couleurs disponibles. Ou acheter des nuisettes sexy. On s'en fout. Tant que c'est quelque chose que tu désires, Liv. Comme être avec Grant et Eli. Des gars vraiment super, et honnêtement, je ne pourrais pas être plus heureuse. Mais j'aime aussi éperdument Trey, c'est ma famille, donc ça veut dire que toi aussi. Je ne veux pas que tu souffres. Même à cause de têtes de cochon.

— Ils n'ont été que bons et attentionnés.

— Par bons, j'espère que tu veux dire bons au lit.

— Très généreux, dans tous les sens du terme, répondit rapidement Liv.

— Tu peux obtenir tout ce que tu souhaites, Liv, dit doucement Rayne.

Liv se dit que les paroles de l'avocate avaient un sens beaucoup plus profond que ce qu'on percevait de prime abord.

— Tu parles d'Eli et de Grant ?

— Seulement en partie. Regarde le chemin parcouru par ton frère. C'est un bon exemple.

C'était vrai, mais quand même...

— Rayne, j'ai trente-deux ans. Je n'ai pas besoin d'être encouragée comme si j'étais ado.

— Je sais, dit Rayne en riant et secouant la tête. Je suis juste très fière de lui.

— Moi aussi. Crois-le ou non, j'ai suivi sa carrière. Je suis restée au courant de tout ce qu'il a fait. C'est comme ça que j'ai su où le trouver.

— Pourquoi tu n'es pas revenue plus tôt auprès de lui ?

Liv inspira profondément. Elle avait une réponse, mais elle n'était pas géniale. Une personne qui n'avait pas grandi avec eux pourrait ne pas l'estimer acceptable.

— Trey et moi avons toujours été considérés comme un fardeau par notre mère. Elle nous traînait dans les bars juste pour se saouler et elle n'avait pas d'argent pour payer une baby-sitter. Si ça avait été le cas, on ne l'aurait probablement jamais vue... ce qui aurait peut-être été préférable. Bon sang ! Mais pendant toute mon enfance, j'ai eu l'impression d'être un problème à résoudre. Quand je suis partie... quand je me suis *échappée*, je me suis juré de ne plus jamais ressentir ça. J'étais déterminée à me débrouiller seule. Je ne voulais rien demander à personne. J'ai passé des journées très difficiles.

Elle secoue la tête.

— Non, des semaines, des mois, des années compliquées. Parfois, j'ai eu de longues périodes où j'essayais juste de m'en sortir. Mais tu sais quoi ? J'ai réussi. J'ai survécu, et je pense que ça m'a rendue plus forte.

— Alors avec le peu que t'avais, t'as cru que tu serais un fardeau pour Trey si tu revenais quand il était dans l'opulence ?

— Oui. C'est stupide ? Peut-être. Mais pas pour moi. Je me suis dit que quand... un jour... quand j'aurais réussi, on pourrait se retrouver sur un pied d'égalité. Je n'ai jamais voulu demander quoi que ce soit à Trey. S'il avait vu comment je galérais, dans quel endroit je vivais, je sais qu'il serait intervenu. Et tu sais quoi ? C'est exactement ce qui se passe maintenant.

Elle agita le bras dans la cuisine.

— Avec tout ça. On s'occupe de moi. Je ne veux pas de ça, Rayne. Je ne veux pas.

Elle tendit la pochette cadeau à Rayne.

— Je ne peux pas accepter. Je n'en veux pas.

— Liv...

— Je n'en veux pas, répéta-t-elle en secouant la tête. Encore une fois, je sais que ça n'a probablement aucun sens pour toi, mais...

— T'as ta fierté, déclara Rayne.

— Oui.

— Tu peux être fière et quand même accepter de l'aide quand t'en as besoin.

— Peut-être bien. Mais je ne suis pas habituée à une telle générosité.

— Pourquoi ne pas l'accepter et te réjouir d'avoir des gens dans ta vie qui peuvent faire ce genre de choses pour toi ? Qui *veulent* le faire pour toi.

— J'ai été seule pendant si longtemps... chuchota Liv.

Rayne se rapprocha d'elle et passa un bras sur ses épaules, la serrant dans ses bras.

— Je sais. Mais tu ne l'es plus maintenant, et l'on te ne laissera pas non plus t'éloigner.

Elle rit.

— Je suis désolée de t'annoncer qu'à présent, t'es coincée avec nous. Alors, s'il te plaît... ça nous ferait extrêmement plaisir si tu acceptais ce qu'on est prêts à te donner.

— Bébé.

La voix grave provenait de l'entrée de la cuisine.

Les deux femmes levèrent les yeux vers Gryff, qui avait un air inquiet sur le visage.

— On doit partir. Eli va nous raccompagner jusqu'à la maison.

— Pourquoi ?

— Trey vient d'appeler. Il est rentré et a découvert qu'on a été cambriolé. La police est en route parce que le système d'alarme s'est déclenché, mais il faut quand même qu'on y aille. On ne sait pas si c'est lié à l'affaire Dean ou non.

Eli passa devant Gryff et s'approcha de Liv, la prenant dans ses bras.

— Je vais aller voir là-bas, murmura-t-il en posant ses lèvres sur sa tempe. Grant reste ici avec toi. Il va enclencher l'alarme après notre départ. Reste à l'intérieur et fais ce qu'il te dit, s'il te plaît.

Avec raideur, Liv hocha la tête. Elle avait l'impression que son visage s'était vidé de son sang.

— Je suis désolée si c'est à cause de moi, murmura-t-elle à Gryff et Rayne.

Gryff parut surpris et ouvrit la bouche. Mais avant qu'il puisse dire quelque chose, Rayne arriva, lui prenant le bras et l'entraînant hors de la cuisine.

— On reparlera bientôt, Liv, lança-t-elle par-dessus son épaule.

— Il faut que j'y aille. Ce n'est pas de ta faute, alors n'y pense même pas. Je suis juste content que tu ne sois pas restée chez eux. J'avais le sentiment qu'ils te chercheraient là-bas.

Il déposa un autre baiser sur sa tempe, puis Grant s'approcha, la prenant dans ses bras et la serrant contre lui. Les deux hommes échangèrent un baiser d'adieu, puis Eli partit.

Chapitre Quatorze

La poitrine d'Eli se serra tandis qu'il examinait les dégâts causés aux portes-fenêtres, à l'arrière de la maison de Gryff. La vitre était brisée d'un côté, et la bâtisse avait été sillonnée à la hâte. Il ne manquait rien, peu de choses étaient cassées, le problème majeur résidant dans la porte elle-même. Celui qui était entré par effraction cherchait quelque chose de précis... ou plutôt quelqu'un en particulier.

Olivia.

Dès qu'ils étaient parvenus tous les trois à la maison, Trey les avait rejoints sur le perron, un air préoccupé sur le visage.

— Ils cherchaient Liv, annonça-t-il alors qu'Eli descendait de sa Land Rover.

C'était ce qu'Eli avait soupçonné, que Dean enverrait des hommes de main à la recherche de la jeune femme.

Ils se trouvaient maintenant dans l'ombre de la terrasse arrière, tentant d'éviter la chaleur du soleil de l'après-midi, pendant que la police parcourait l'intérieur de la résidence pour rédiger leur rapport. Avant l'arrivée des forces de l'ordre, ils s'étaient tous les quatre mis d'accord pour ne pas parler d'Olivia et de sa situation.

Ils ignoraient encore à qui faire confiance. Tous les flics qui étaient venus sur place pouvaient être corrompus, ce n'était pas la peine de prendre ce risque. À partir de lundi, il savait que Grant et lui devraient rapidement commencer à sonder le terrain pour essayer d'identifier quelqu'un à qui divulguer les preuves.

Ou plusieurs personnes. S'ils en choisissaient quelques-uns, au moins l'un d'entre eux agirait et ferait ce qu'il faut.

Ce n'était pas non plus une garantie, mais il devait faire quelque chose.

— Tu penses qu'on te suit ? demanda Eli d'une voix calme, tout en tenant la police à l'œil.

— Je ne sais pas, répondit Trey en lui lançant un regard surpris. Si c'est le cas, ce n'est pas flagrant.

— Eh bien, de toute évidence, quelqu'un guette la maison, dit Gryff, en baissant la voix lui aussi. Même si Trey n'est pas suivi. Ils savaient qu'on était tous partis. S'ils croyaient qu'on cachait Liv, ils viennent de découvrir leur erreur.

Eli passa une main sur son menton, ses doigts effleurant sa barbe naissante.

— Par contre, je ne pense pas qu'ils vont arrêter celui qui surveille la maison. Elle doit donc rester où elle est.

— Je suis d'accord, confirma Gryff.

— Je souhaite la voir, insista Trey.

— Ce n'est pas malin, dit Eli en secouant la tête. Tu ne devrais pas venir chez nous, au cas où tu serais suivi. Ils pourraient aussi surveiller le cabinet, alors je ne veux pas l'y emmener.

— Putain ! aboya Trey en fourrant une main dans ses

cheveux blond foncé. Ma sœur est enfin de retour dans ma vie, mais elle ne l'est pas vraiment.

Rayne se pencha vers lui et Trey passa un bras autour de sa taille, l'attirant près de lui. Elle posa sa tête sur son épaule et saisit sa chemise pour s'y accrocher.

— Dès que ce sera fini, tu pourras passer plein de temps avec elle, lui rappela-t-elle.

Trey fronça les sourcils, mais ne dit rien.

— Si tu faisais une vidéoconférence avec elle ? continua Rayne. Vous pourrez parler et bavarder ainsi.

— Tu crois qu'elle sait comment utiliser Skype ? demanda Trey en tournant la tête vers Eli.

— Si ce n'est pas le cas, je lui montrerai.

— Ce soir, suggéra Trey en acquiesçant. Dis-lui qu'on aura une discussion vidéo.

— Pas trop tard, par contre, *mon ami*, hein ?

— Pourquoi ? s'étonna Trey en fronçant les sourcils. Elle se couche tôt ? On est samedi.

Tous les regards se tournèrent vers Eli, qui déglutit, mal à l'aise.

— Vous avez probablement beaucoup de choses à vous dire et vous n'en avez pas encore eu l'occasion. Donc, je peux imaginer que votre conversation va prendre un certain temps.

— Ouais. Et ?

— Trey, tu pourras discuter en vidéo juste après le dîner, déclara Rayne en lui tapotant le ventre. Eli, dis-lui vers sept heures.

Eli acquiesça et fit un regard de remerciement à la jeune femme.

Gryff se contenta de faire une mine renfrognée et secouer la tête en fixant les planches de la terrasse.

Finalement, les deux policiers sortirent par le côté intact des portes-fenêtres, bloc-notes en main.

— Vous avez trouvé quelque chose ? demanda Gryff.

— Rien. Ça ressemble à un cambriolage ordinaire. Vous avez dit que vous n'aviez rien remarqué de manquant, donc il n'y a rien que nous puissions faire, à part remplir un rapport pour votre compagnie d'assurance.

— Vous n'allez pas chercher d'empreintes digitales ? s'enquit Eli.

L'un des policiers secoua la tête.

— Désolé, on n'appelle pas notre unité médico-légale pour ce genre de dégâts. C'est minime, et ils sont au milieu d'une grosse enquête pour meurtre. Le préjudice sera probablement inférieur à mille dollars.

Bien sûr. Eli ne croyait pas ce qui sortait de la bouche de cet homme. Il n'y avait peut-être rien de probant, mais ils auraient pu au moins vérifier s'il y avait des empreintes.

Eli étudia attentivement les deux flics qui tendirent leurs cartes à Gryff en lui disant d'appeler s'ils découvraient quoi que ce soit d'autre.

Ce fut tout.

Leur maison avait été cambriolée par des inconnus et « Voici ma carte. Désolé pour votre problème, mais on s'en fiche complètement. »

— Tu penses que l'enquête concerne le meurtre de l'amie de Liv ? demanda Rayne, une fois que les policiers furent partis.

— Non. La découverte d'une ancienne prostituée morte dans son appartement ne serait pas considérée importante par les flics, murmura Eli. Je rentre chez moi si vous n'avez pas besoin de moi ici.

— Merci d'être venu et merci de veiller sur la sœur de Trey, déclara Gryff en lui donnant une tape dans le dos.

Eli ignora l'inflexion sarcastique de Gryff tandis que Trey

lui serrait la main, sans avoir, heureusement, perçu le ton particulier.

— Oui, merci. Je suis reconnaissant que vous la protégiez. Dis-lui que je l'appellerai plus tard pour qu'elle installe son ordinateur.

— Je le ferai.

———

— Parle à la procureure lundi. Sème des graines et vois si elle saute dessus, dit Eli à Grant.

La procureure était peut-être un bon point de départ, même si Grant n'avait eu que deux fois affaire à elle depuis qu'elle avait été élue à ce poste. Il traitait généralement avec les assistants du procureur pour les dossiers pénaux dont il s'occupait.

— Comme la nouvelle procureure est une femme, elle ne sera peut-être pas la plus grande fan de Randall Dean.

— Une femme puissante et indépendante en plus, ajouta Eli.

— Elle pourrait être notre moyen de lancer une investigation sur lui au sujet du meurtre.

— Ça ne veut pas dire que l'affaire ne sera pas couverte, commenta Eli en soupirant et se pinçant l'arête du nez.

— Je ne sais pas, j'ai entendu dire qu'elle ressemblait à un pitbull.

— Pourtant... commença Eli.

— On lui glisse cet os à ronger et elle pourrait ne pas le lâcher.

— Ce serait trop facile.

— Ne m'en parle pas.

— Comment elle était tout à l'heure, après mon départ ? demanda Eli en prenant le bras de Grant et l'attirant à lui.

— Bien. Mais je ne devrais pas être surpris. Elle a une carapace blindée, Eli. Je ne sais pas si je serais aussi calme en sachant être recherchée pour quelque chose dont j'ai été témoin.

— Elle était nerveuse le premier jour, lui rappela son mari.

— C'est compréhensible. Non seulement elle fuyait et n'avait nulle part où aller, mais elle était consciente qu'elle aurait affaire à son frère, qui ne serait peut-être pas très heureux de la voir. Et, et c'est un grand *et*, elle venait lui demander de l'aide. Quelque chose qu'elle n'a pas l'habitude de faire.

— Elle ne veut pas être un fardeau, lui rappela Eli, même si ce n'était pas nécessaire.

— C'est vrai. C'est ce qu'elle dit, mais elle ne réalise pas qu'elle se trompe. Elle ne se rend pas compte qu'une famille, dans la plupart des cas, intervient et s'entraide. Ce n'est pas normal pour elle. T'as peut-être eu une enfance merdique, mais t'avais ta *maman*. Elle t'aimait et aurait fait n'importe quoi pour toi.

— Et t'avais ta famille... Du moins quand t'étais enfant.

— C'est vrai. Jusqu'à ce que je me déclare bisexuel.

Grant ne voulait pas penser au rejet de sa propre famille. C'était arrivé après son coming out, et il avait tourné la page. C'était inutile d'essayer de rétablir une relation avec des gens aussi fermés d'esprit, même s'il s'agissait de sa chair et son sang.

— S'ils ne peuvent pas m'accepter tel que je suis, c'est leur problème, pas le mien.

— Je suis content que tu voies les choses comme ça, *mon amour*.

— Il n'y a pas d'autre façon de voir les choses, bébé. Je t'aime. Je suis avec toi. Il était hors de question que je cache ma relation avec toi, comme j'ai dissimulé toutes les autres. Je savais qu'on resterait ensemble. Ce ne serait ni juste pour toi ni pour moi. S'ils ne peuvent pas accepter que j'aime un homme, alors...

Grant haussa les épaules.

— Tant pis pour eux, *mon cher mari.*

— Tant pis pour eux, répéta Grant en hochant la tête.

Il n'oublierait jamais le soir où il avait fait son coming out à ses parents et son frère. Même s'il était adulte à l'époque et qu'il vivait seul depuis quelques années, c'était tout de même une tâche pénible. Mais après avoir rencontré Eli et s'être rendu compte que c'était « le bon », il avait refusé de venir aux repas de fête et aux réunions de famille sans son futur mari, l'amour de sa vie, à ses côtés.

Dommage que son sang ne soit pas du même avis. Lorsqu'il avait quitté leur maison ce soir-là, il avait su que sa relation avec sa famille avait été irrémédiablement brisée.

Eli avait essayé d'endosser une partie de la responsabilité. Mais ce n'était pas sa faute, et Grant ne pouvait pas assez le lui faire comprendre. Eli n'était pas le problème. Non, le souci c'était que Grant était bisexuel, et pour sa famille conservatrice, sa sexualité dépendait de ses choix. Des choix qu'il pouvait changer. Ils n'admettraient jamais avoir donné naissance à un enfant qui aimait et n'avait pas de complexes à fréquenter les deux sexes.

Grant n'avait aucun regret puisque son « grand bonhomme » était devenu *tout* pour lui.

Il plongea son nez dans le cou d'Eli et inspira le parfum familier de son mari. Une odeur qui avait tendance à le calmer.

— Tu crois qu'elle est en sécurité ici ?

— Où peut-elle aller sinon ?

Grant soupira.

— Je crains juste que les hommes de main de Dean fassent le rapprochement.

— Espérons qu'ils pensent que notre lien avec Trey, Rayne et Gryff reste professionnel, sans rapport avec Olivia.

— Ils pourraient ne rien laisser au hasard, bébé. On devrait garder ça à l'esprit.

— Où pourrait-elle aller pour être en sécurité ?

— Les parents de Gray et Gryff en Arizona ? Peut-être dans la ferme du frère de Paige ? Ty et Logan pourraient la protéger, suggéra Grant.

— Espérons de ne pas en arriver là. On va voir ce qu'on peut trouver lundi, en tentant de transmettre l'information à quelques personnes d'ici lundi soir, puis souhaiter que quelque chose se produise.

— Si ce n'est pas le cas ? Ou pas dans l'immédiat ?

— Alors on envisagera de l'envoyer chez Logan et Ty pour un moment. Par contre, je sais qu'ils sont très occupés avec les enfants et les affaires.

— Ça serait bien que Gryff parle à Paige, pour qu'elle puisse prévenir son frère.

— C'est vrai.

Grant poussa un long soupir.

— Je sais que tu ne veux pas qu'elle soit loin de nous. Pas maintenant. Je ressens la même chose. Mais c'est peut-être préférable ainsi. Du moins jusqu'à ce que Dean soit arrêté.

— Pas seulement arrêté, *mon amour*. Il doit être inculpé et détenu sans possibilité de caution. Dans ce cas-là, je pourrais respirer un peu mieux.

— Compris.

Grant passa un doigt sur la joue d'Eli, puis laissa descendre sa main sur son torse jusqu'à la ceinture de son short ample. Glissant un doigt dans l'élastique, il l'écarta du ventre d'Eli et jeta un coup d'œil à l'intérieur.

— Qu'est-ce que t'as pour moi, mon grand ?

Eli saisit la main de son mari et l'enfonça à l'intérieur de son short, enroulant les doigts de Grant autour de son érection croissante.

— Découvre-le par toi-même.

— Difficile de la rater, gloussa Grant contre la gorge d'Eli, caressant lentement sa longueur dure et chaude.

— Je me demande combien de temps Olivia va passer à discuter avec Trey par vidéo.

— Mmmh. Quelqu'un s'impatiente ? On pourrait commencer sans elle.

— C'est vrai, mais, *mon amour*, je pense qu'on devrait établir quelques règles de base.

— Des règles de base ? répéta Grant en descendant ses doigts vers les couilles de son mari et les pressant. Du genre ?

— Comme qui et quand.

— Explique-moi, dit Grant en fronçant les sourcils.

Eli s'écarta, rompant la prise de Grant. Ce dernier retira sa main du short d'Eli et fit un pas en arrière.

— De quoi tu parles ?

— D'abord, on doit décider si ce truc est temporaire avec Olivia. Est-ce que c'est juste une « histoire » parce que c'est nouveau et excitant pour nous ? Ou souhaite-t-on vraiment l'intégrer à notre vie ?

— De façon permanente ?

— Oui, c'est exactement de ça que je parle.

Grant scruta Eli, mais son expression ne laissait rien transparaître.

— Est-ce qu'on ne devrait pas avoir cette conversation avec elle ?

— On doit savoir ce qu'on désire avant de lui demander ce qu'elle veut. J'ai besoin de connaître ce que tu souhaites.

Tu es mon cher mari et l'amour de ma vie. Tu es tout pour moi.

Le cœur de Grant battit à tout rompre dans sa poitrine.

— T'es aussi tout pour moi, bébé. On doit prendre cette décision tout de suite ?

— Non. Mais on devrait le faire vite. Si l'on parvient à résoudre son problème rapidement, elle voudra retourner dans son appartement et reprendre son travail, si les deux sont encore possibles. Si ce n'est pas le cas, elle désirera avoir son chez-soi et trouver un autre emploi.

— Mais ça ne veut pas dire qu'on ne pourra pas la voir, Eli. Elle ne va pas partir à l'autre bout du monde. Qu'est-ce qui t'inquiète ?

Un air traversa le visage d'Eli. Un que Grant ne reconnut pas.

— Tu souhaites que ce soit permanent, dit-il doucement.

Il ne devrait pas être surpris, mais il l'était. Il ignorait ce qu'il ressentait à ce sujet.

— Je crois que oui. Est-ce que ça te dérange ?

Grant déglutit.

— Je ne sais pas. Je veux dire, j'aime ce qu'on a pour le moment. Est-ce que je désire que ça dure le reste de notre vie ? Notre vie *maritale* ? Quand on s'est mariés, on a juré de rester tous les deux. Je suis ouvert d'esprit, tu le sais. Je ne suis pas contre les trouples ou les triades. Mais est-ce que c'est quelque chose que je veux pour toujours ? J'aime bien t'avoir pour moi tout seul. Et puis, comme tu l'as dit, il nous faudra des règles.

— Ce qui me ramène à la raison pour laquelle j'ai lancé cette conversation. Les règles de base. On sait qu'il ne faut pas laisser de place à la jalousie. On a connu suffisamment de triades pour savoir que ça ne fonctionne pas du tout. Est-ce que ça te dérange si je suis avec Olivia quand tu n'es pas là ?

Est-ce que ça me dérange de savoir qu'Olivia et toi faites l'amour sans moi ?

Eli secoua sa tête sombre, le regard inquiet.

— Je ne sais pas. Notre relation est forte, mais l'est-elle assez ?

— D'un autre côté, est-ce que ça la gênera qu'on soit ensemble sans elle ? Je ne veux pas renoncer à mon temps avec toi. Jamais, bébé. Si je ne peux pas t'avoir pour moi tout seul, au moins de temps en temps...

Grant secoua la tête.

— C'est une chose à laquelle on doit tous réfléchir. Mais je comprends qu'on doit d'abord déterminer ce qu'on désire, puis l'approcher et lui exposer tout ça. Voir si elle est partante.

— Si elle ne l'est pas, alors inutile de s'inquiéter.

Si Liv ne souhaitait pas poursuivre une relation avec eux, Grant avait le sentiment qu'Eli serait très déçu. Il se sentait connecté à cette femme. Mais Grant aussi. Leur attraction n'était simplement pas aussi forte que celle qu'il avait avec Eli. Pas encore, en tout cas.

Le sexe était génial, oui. Mais, en fin de compte, se mettre en trouple signifiait qu'il devait partager son mari avec quelqu'un d'autre. Pas seulement de temps en temps.

Il fallait qu'il y réfléchisse sérieusement. Mais avant tout, ils devaient la mettre en sécurité. Résoudre le premier problème, puis passer au suivant.

— Eh bien, Trey et moi avons bien discuté, annonça Liv en entrant dans le salon. Mais je... euh... j'ai accidentellement laissé échapper quelque chose. Il n'est pas très... heureux.

Eli et Grant se lancèrent un regard traduisant *Oh merde*. Ils savaient *très bien* de quoi il s'agissait. Un autre problème venait sûrement de se retrouver en tête de liste.

Liv était assise à la table de la cuisine, son manuel sur le mariage et la famille, ouvert à gauche de son nouvel ordinateur portable, son carnet à spirales sur la droite. Après avoir griffonné quelques notes, elle prit son surligneur pour mettre en évidence un passage du chapitre qu'elle lisait.

Après avoir stabiloté une phrase importante qu'elle imaginait bien dans le prochain test, elle le jeta sur la table, s'adossa à sa chaise et soupira.

Elle ne détestait pas faire ses devoirs, mais n'appréciait pas particulièrement ça non plus. Elle considérait plutôt cela comme un mal nécessaire. Elle n'arriverait à rien sans diplôme. Non seulement son frère avait obtenu son bachelor avant d'être recruté par la NFL, mais il avait continué en décrochant son diplôme de droit et avait passé le barreau après avoir remporté le foutu Super Bowl.

Liv n'avait qu'un tiers des crédits requis pour l'obtention de son bachelor en Action Sociale. Elle avait un long chemin à parcourir, surtout si elle ne suivait qu'un cours en ligne par semestre.

Lorsque Trey et elle avaient eu leur longue et intense conversation, quelque peu émotionnelle, samedi soir, il avait déclaré qu'il paierait ses études. Mais une fois de plus, quelqu'un essayait d'intervenir et prendre soin d'elle. Elle avait dit à son frère que ce n'était pas la peine, mais il avait insisté.

Et ce, même après qu'il eut pété un plomb lorsqu'il avait découvert qu'elle couchait avec Eli et Grant. Heureusement, Rayne était apparue de nulle part et avait calmé Trey en lui rappelant leur propre relation et la manière dont elle avait vu le jour.

Même si Rayne n'était pas entrée dans les détails, cela

avait suffi pour apaiser Trey et l'empêcher de vouloir botter le cul d'Eli et de Grant. Sans parler de les virer.

Ce qui fit lever les yeux au ciel de Rayne de façon exagérée poussant Liv à retenir un gloussement.

Il était évident que la jeune femme menait les deux hommes par le bout du nez. C'était une magicienne lorsqu'il s'agissait de calmer leurs humeurs.

Après que Rayne s'était éloignée de l'écran, Trey lui avait raconté en détail ce qui lui était arrivé après le départ de Liv. Elle avait eu le cœur brisé en entendant ce qu'il avait fait avec l'entraîneur de football de son lycée. Trey avait dédramatisé en présentant la situation comme si ce n'était rien de plus qu'une personne s'occupant de lui et l'aidant à avancer.

Elle n'avait jamais autant détesté sa mère qu'après avoir entendu l'histoire de son frère.

— La famille, ce n'est pas toujours par le sang, avait-il répondu quand elle le lui avait confié.

C'était vrai. Il avait surmonté leur enfance, non seulement en étant couronné de succès, mais aussi en atterrissant dans une famille aimante composée de Gryff et Rayne, et leurs familles respectives.

Maintenant, Liv avait de nouveau Trey dans sa vie. Elle avait également longuement réfléchi au sujet de Grant et d'Eli.

Elle ignorait ce que les hommes attendaient d'elle si un jour Dean se faisait enfin arrêter. Ils n'avaient encore rien dit de concret. Elle espérait que leur relation continuerait. Elle se voyait bien retourner chez elle, puis se retrouver souvent à trois.

Elle espérait vraiment qu'ils souhaiteraient la même chose. Mais si ce n'était pas le cas, elle passerait à autre chose. C'est ce qu'elle avait toujours fait.

Cependant, elle n'avait jamais vécu des expériences

sexuelles pareilles auparavant, et elle n'était pas sûre de pouvoir y renoncer si facilement...

Un fracas retentit sur sa gauche, la faisant sursauter. Lorsque la sirène aiguë de l'alarme se déclencha, son cœur battit à tout rompre, et elle se leva d'un bond.

Elle entendit le grommèlement d'une voix masculine et vit du mouvement en direction du salon, situé juste à côté de la cuisine.

Putain de merde !

Saisissant son téléphone portable, elle s'élança dans la maison, son cœur s'emballant, sa respiration contrainte par la peur. Son esprit partit en vrille alors qu'elle essayait rapidement de trouver où aller.

Il devait savoir qu'elle était là. Elle n'avait pas été silencieuse. En fait, sa chaise était tombée à la renverse sur le sol lorsqu'elle s'était mise précipitamment debout. En plus, son ordinateur portable était resté allumé.

Elle ignorait si elle devait fuir par la porte d'entrée. Quelqu'un pouvait attendre qu'elle sorte.

Merde ! Merde ! Merde !

Il fallait qu'elle réfléchisse, et vite.

Elle n'avait aucune idée de l'endroit où aller. Ses mains tremblèrent lorsqu'elle appuya sur le bouton d'alimentation de son téléphone jetable. Elle tenta de taper un message tout en traversant précipitamment le premier étage de la maison, mais elle n'y parvint pas. Ça ne donna rien d'autre qu'un méli-mélo de lettres et de chiffres.

Frustrée, elle ouvrit discrètement la porte du sous-sol. Franchissant le seuil, elle la referma tout aussi silencieusement et souhaita qu'il y eût un verrou sur la poignée. Prudemment, elle descendit les escaliers, essayant de faire le moins de bruit possible. Mais elle n'entendait rien d'autre que les battements de son cœur.

— Putain, murmura-t-elle, la voix tremblante.

Arrivée en bas des marches, elle jeta un coup d'œil autour d'elle. Évidemment, il fut difficile de voir quoi que ce soit dans l'obscurité, alors elle brandit son téléphone portable qui éclaira un tas de cartons dans un coin. Elle pouvait peut-être se cacher derrière. En se servant de son téléphone comme lampe de poche, elle s'approcha et en trouva un assez grand pour s'y cacher. Elle le sortit de la pile, l'ouvrit et découvrit qu'il était rempli de linge et de serviettes. Elle jeta les affaires, les dissimula derrière une autre boîte et grimpa à l'intérieur, essayant de contrôler sa respiration. Mais c'était impossible. Rabattant les côtés, elle patienta.

Elle souleva son téléphone, appuya à nouveau sur le bouton d'alimentation pour l'allumer et put enfin envoyer en même temps un message à peu près cohérent à Eli et Grant.

Intrus. Homme. Cachée dans le sous-sol.

Elle maintint le bouton de volume de son téléphone enfoncé jusqu'à ce qu'il passe en mode silencieux, ce qu'elle fit juste à temps puisqu'elle reçut deux messages presque simultanément.

Ne bouge pas d'Eli.

En route de Grant.

Puis *Ne fais pas de bruit. Reste calme* de la part d'Eli.

Bien sûr !

Elle essaya de ralentir sa respiration en aspirant de l'air par son nez et l'expulsant par la bouche. Inspirer par le nez, expirer par la bouche. Mais cela ne fonctionna pas. Elle pencha la tête pour écouter et perçut des pas lourds au-dessus d'elle. Cela ne l'aida pas du tout à respirer.

Fermant les yeux avec force, elle s'ordonna de rester calme. *Ne bouge pas. Ne fais pas de bruit. Reste calme.*

Les pas s'éloignèrent, et elle n'entendit plus rien pendant un long moment. Elle fut tentée de composer le 911, mais elle savait que cela pouvait être dangereux. Elle devrait peut-être envoyer un message d'adieu à son frère et lui dire qu'elle l'aimait, juste au cas où il lui arriverait quelque chose.

Elle s'apprêtait à le faire lorsqu'elle détecta à nouveau des bruits de pas qui firent grincer le plancher au-dessus d'elle. Puis la poignée bougea en haut des marches.

Oh, putain !

Elle se figea, les muscles tendus, et retint sa respiration alors que les marches en bois craquaient à chaque pas lourd.

Merde. Merde. Merde.

Elle aurait aimé pouvoir regarder et voir où se trouvait l'homme, à quoi il ressemblait, afin de pouvoir envoyer cette information à quelqu'un. Eli, Grant, n'importe qui, si jamais elle avait disparu au moment où ils arriveraient à la maison. Cela pourrait leur donner un indice sur la personne à chercher.

Mais non, les rabats étaient au sommet de la boîte. Il serait stupide qu'elle sorte sa tête.

Elle se mit en boule et ferma à nouveau les yeux tandis que les pas se rapprochaient d'elle et des cartons. Elle sursauta lorsque l'homme en balança une à travers la pièce avec un juron.

— T'es où, salope ? demanda-t-il d'une voix grave. Tu dois bien être quelque part dans cette maison. Je ne partirai pas tant que je ne t'aurai pas trouvée ! hurla-t-il ensuite.

Putain de merde !

Elle ne pouvait plus retenir sa respiration et la relâcha aussi lentement que possible. Elle serra le téléphone si fort avec ses doigts qu'ils se bloquèrent, mais elle ne bougea pas. Pas avant qu'il le fasse.

Elle essaya de ne pas toucher les côtés de la boîte en carton plus que nécessaire, car elle tremblait. Elle ne voulait pas qu'il s'aperçoive que le carton bougeait.

C'était complètement fou ! Pourquoi sa vie ne pouvait-elle pas être simple, facile, tranquille et...

Une larme glissa sur sa joue. Elle pressa le dos de sa main contre sa bouche pour ne pas se mettre à pleurer.

— Facilite-moi la tâche et sors de l'endroit où tu te caches. Je ne vais pas te faire de mal.

Oh, bien sûr. Comme si elle y croyait.

— On veut juste te parler.

Encore un mensonge. Liv serra ses lèvres et ferma à nouveau les yeux.

— Putain, marmonna-t-il, puis elle entendit un bruit ressemblant à un carton balancé à travers la pièce.

Merde, s'il continuait à frapper ou déplacer les boîtes, il la trouverait.

Oh, s'il te plaît, s'il te plaît, s'il te plaît... passe à autre chose.

Elle gémit presque de soulagement lorsqu'elle l'entendit remonter les escaliers. Elle souleva prudemment l'un des volets et jeta un coup d'œil à l'extérieur, apercevant son révolver au moment où il sortait de la pièce.

Les doigts tremblants, elle tapa *FLINGUE* ! et appuya sur Envoyer.

Bon sang ! Eli et Grant allaient se retrouver dans une situation où ils risquaient d'être tués.

Elle sursauta en entendant des voix masculines crier, puis un coup de feu. Puis un second. Une altercation, puis un autre coup de feu, qui traversa le sol. La balle perdue toucha quelque chose à proximité.

Elle recouvrit sa bouche d'une main pour s'assurer que ses cris demeuraient dans sa tête et ne s'échappaient pas.

Elle ignorait l'identité du tireur. Si c'était l'intrus ou bien la police, en réponse au déclenchement de l'alarme.

Ou peut-être même Grant ou Eli.

Merde. Ils pouvaient être blessés ou morts.

Elle voulait bouger, vérifier, mais elle resta figée sur place.

Son téléphone s'éclaira, et elle y jeta un coup d'œil.

Reste où tu es. Ça va ?

Oui, répondit-elle à Eli en tapant vite, les doigts tremblants.

Les flics sont là. Tirent sur intrus. T'es où ?

Oh, mon Dieu. Et si ce n'était pas Eli ? Si quelqu'un avait pris son téléphone et essayait de savoir où elle était ?

Dis-moi quel nom tu donnes à Grant en français, écrivit-elle rapidement.

Mon amour, répondit-il après une longue hésitation.

Liv soupira de soulagement, et une autre larme coula sur sa joue.

Une boîte dans le sous-sol.

Reste là. On viendra te chercher quand ce sera bon.

OK.

Elle resta où elle était pendant ce qui lui sembla être des heures. Elle avait des crampes dans les muscles, sa vessie la faisait souffrir, son esprit était incontrôlable.

Mais elle ne bougea pas. Elle entendit les voix, puis les flics arpentèrent la maison. L'un d'eux descendit même au sous-sol, s'approchant de l'endroit où elle s'était cachée. Mais finalement, il cria à ses collègues en haut des marches que le sous-sol était vide, puis remonta à l'étage.

Ensuite, ce qui lui parut être une heure s'écoula, et tout devint silencieux.

Les secondes ressemblaient aux heures, les minutes aux jours, jusqu'à ce que la porte d'entrée claque. Deux paires de pieds dévalèrent enfin les marches.

— Olivia !

— Liv !

Elle ferma les yeux une seconde, respira, puis se leva, ses

muscles la faisant gémir et trembler tandis qu'elle poussait les volets en carton.

— Oh, merci putain ! s'écria Grant en la voyant.

— Mon Dieu, marmonna Eli, alors qu'ils se précipitaient vers elle et l'aidaient à sortir de la boîte, puis ils la prirent dans leurs bras.

Ils l'écrasèrent entre eux, et elle se mit à pleurer à grosses gouttes.

Au début, elle pensait que c'était parce qu'elle se sentait soulagée... C'était d'ailleurs peut-être en partie le cas, mais elle réalisa ensuite que c'était parce qu'elle se trouvait dans les bras de ces deux hommes. Elle ne s'était jamais sentie aussi aimée et en sécurité.

Dingue, mais vrai.

— Je suis désolée, bredouilla-t-elle, tentant d'essuyer les larmes de son visage.

— *Inutile de t'excuser, tu n'as rien fait de mal*, murmura Eli dans ses cheveux.

— Il a raison, trésor. Pas de raison de t'excuser. On est simplement heureux que tu sois en sécurité.

— Pour le moment, chuchota-t-elle. Vous n'êtes pas en sécurité avec moi ici.

Aucun d'eux ne dit un mot alors qu'ils l'aidaient à monter.

— Il y a du sang dans l'entrée, l'avertit Grant. Les flics l'ont touché à la poitrine, alors beaucoup de sang a coulé.

— Il est mort ?

— Je ne sais pas. Je l'espère, dit Grant alors qu'ils atteignaient le palier.

— Moi je ne préfère pas. Il faut l'interroger, expliqua Eli en aidant Liv à franchir le seuil et l'éloignant de l'entrée.

— Je vais vous aider à nettoyer, déclara-t-elle en jetant un œil dans cette direction.

— Non, on a des choses plus importantes à faire pour l'instant, protesta Grant en secouant la tête. On s'en occupera plus tard.

— On emballe le peu d'affaires que t'as et on t'emmène dans la ferme du frère de Paige, l'informa Eli.

— Quoi ?

— Oui. En fait, on ne t'y conduit pas, au cas où on serait surveillés. Mais quelqu'un d'autre viendra te chercher à proximité, précisa Eli. On va te faire sortir en douce par l'arrière de la résidence et traverser un pâté de maisons, où Ren et Cole te récupéreront et t'emmèneront là-bas.

— C'est qui Ren et Cole ?

— Ils sont de confiance et peuvent te protéger. Rassemble tes affaires. Il leur faudra environ une heure pour arriver ici avec la circulation.

— Je ne veux pas entraîner d'autres personnes dans cette histoire, murmura-t-elle.

— Chérie, dit doucement Grant. On désire tous que tu sois en sécurité. S'il te plaît, laisse-nous faire.

Le regard de Liv croisa le sien et le soutint. L'inquiétude se lisait dans ses yeux.

— Juste pour un petit temps ? demanda-t-elle en hochant la tête.

— Oui, assura Grant en replaçant une mèche de ses longs cheveux derrière son oreille. Juste un petit moment. Eli et moi avons l'intention de divulguer quelques informations et voir ce qui se passe.

— Je ne veux pas partir.

— On ne veut pas non plus que tu nous quittes, *ma chérie*. Mais il le faut, juste pour l'instant.

— Vous venez aussi dans cette ferme ? Vous n'êtes pas non plus en sécurité ici.

Elle ne manqua pas le regard qu'Eli et Grant échangèrent.

— Je ne sais pas, dit finalement Eli. On doit s'assurer que cette information tombe entre les bonnes mains. Je ne suis pas certain qu'on pourra le faire de là-bas.

— Vous savez combien de temps ?

— Non, avoua Eli en secouant la tête. Aussi longtemps qu'il le faudra pour te mettre en sécurité et foutre ce bâtard derrière les barreaux.

— J'ai besoin de savoir que vous êtes aussi en sécurité.

— On fera tout pour. Maintenant, prends tes affaires. Vois ça comme des vacances à la campagne.

Elle renifla, puis laissa échapper un rire gras.

— Ouais. Des vacances.

— Quinn et les enfants vont t'adorer, lui assura Grant.

Malheureusement, elle ignorait qui était Quinn.

Chapitre Quinze

En fin d'après-midi, Liv était assise sur la vaste terrasse, à l'arrière de la bâtisse, profitant de la chaleur du soleil. L'immense maison en rondins à laquelle elle était rattachée surplombait un grand vide. Juste de l'herbe. Beaucoup, beaucoup d'herbe.

Non, ce n'était pas de l'herbe. C'était du gazon, lui avait-on dit. De la pelouse utilisée dans les stades, les arènes et autres.

Ty, Logan et leur femme, Quinn, avaient été des hôtes parfaits. Drôles et gentils, ils s'aimaient tous clairement et adoraient leurs enfants, bien sûr.

Les enfants, Preston et Cayden, étaient de petits garnements énergiques, mais c'était un vrai plaisir de les côtoyer.

Il était facile de voir qui était le père biologique de chacun d'eux. Logan pour leur fils Preston et Ty pour leur fille Cayden. Mais en regardant les hommes, on pourrait croire que cette distinction n'existait pas, et les deux hommes répondaient quand les enfants appelaient « Papa ».

C'était adorable. Mais la maison semblait un peu délirante parfois. Surtout quand Paige, Gray et Connor étaient aussi présents. En plus, Paige était *souvent* là puisqu'elle bossait pour l'entreprise, dont les bureaux se trouvaient sur la propriété.

Puisqu'elle venait d'apprendre qu'elle attendait des jumeaux, la sœur de Logan était également un désastre émotionnel, ce qui n'arrangeait rien au chaos qui régnait dans la demeure.. Paige ignorait de qui provenait les jumeaux. Ou s'en fichait. Tout ce qui la préoccupait, c'était de savoir que son corps serait étiré à l'extrême par les deux bébés qui grandissaient en elle. La femme avait donc tendance à déambuler dans la maison en pleurant et en fourrant des biscuits dans sa bouche. Elle portait un récipient de beurre de cacao pour demander toutes les heures à Gray ou Connor de frotter son ventre avec. C'en était au point où tout le monde, y compris les enfants, soupirait de soulagement lorsque les trois rentraient enfin chez eux.

En fait, Logan et Ty avaient menacé Paige de la mettre en congé maternité anticipé. Ils avaient évoqué de proposer à Liv de rester et récupérer son poste de « couteau suisse » jusqu'à la naissance des jumeaux. Les deux hommes donnaient l'impression de ne plus endurer les hormones enragées de Paige.

Liv voulait prendre leur offre au sérieux parce qu'elle avait besoin de travailler, mais elle savait que leur ferme était trop éloignée de la ville. Elle n'avait pas de voiture pour parcourir cette longue distance.

Dans tous les cas, la proposition était plaisante. Bien qu'elle ait apprécié le temps passé avec la famille Reed-White, elle était prête à rentrer. Elle souhaitait à tout prix en finir avec toute cette histoire.

Elle en avait assez de compter sur les autres pour assurer sa sécurité.

En plus, Grant et Eli lui manquaient.

Énormément.

Elle parlait presque tous les soirs à son frère par Skype, ainsi qu'à Grant et Eli.

Comment les deux hommes pouvaient-ils lui manquer à ce point alors qu'elle n'avait passé que quelques jours avec eux ? Quelques nuits aussi. Mais tout de même...

Maintenant, cela faisait une semaine qu'elle était là. Cinq jours, et à sa connaissance, rien n'avait changé. Randall Dean était toujours libre comme l'air, alors qu'elle se cachait encore.

Mais la seule bonne nouvelle, c'était que Grant et Eli étaient en route pour la ferme puisqu'on était vendredi, et ils avaient l'intention d'y passer le week-end. Logan, Ty et Quinn décidèrent d'emmener les enfants camper avant que le temps refroidisse. Les hommes et elle avaient donc la résidence pour eux.

La porte coulissante à l'arrière de la maison s'ouvrit, et Liv tourna la tête, espérant voir Eli ou Grant, ou même les deux.

— Ils ne sont qu'à vingt minutes d'ici, lui assura Quinn en sortant sur la terrasse et refermant la porte coulissante derrière elle.

Facile à vivre, la femme avait de longs cheveux ondulés d'un blond foncé, était une beauté naturelle et avait un grand sens de l'humour. Liv comprenait pourquoi Ty et Logan étaient autant amoureux d'elle. Bien qu'ils soient ensemble depuis des années, la relation entre les trois semblait encore nouvelle, même après avoir eu deux enfants.

— J'apprécie tout ce que vous avez fait pour moi.

Quinn sourit et s'assit dans la chaise Adirondack à côté de Liv, pivotant pour lui faire face.

— Et toi, pour moi. Crois-moi, je sais que nos gosses sont

dynamiques. Même si on a trois paires de mains pour les élever, c'est bien d'en avoir une quatrième pour nous offrir un peu de répit. T'es douée avec eux. Tu feras une excellente mère.

— Je doute que ce soit dans les cartons.

— Tu n'en sais rien, rétorqua Quinn en penchant la tête pour étudier Liv.

— T'as raison, je n'en sais rien. Mais je n'y ai pas réfléchi.

— Bientôt peut-être.

— Peut-être, souffla Liv.

— Tu veux qu'on en parle pendant que mes gars s'occupent des enfants ? On a quelques minutes pour discuter en privé.

— Parler de quoi ?

— Toi. Eli. Grant.

— Tu les connais ?

— Oui, je les ai rencontrés. *On* les a croisés plusieurs fois à des évènements. Mais je ne les connais pas très bien.

— Ah, oui. Parce que ta belle-sœur vit avec Gray, dont le frère est Gryff, pour qui Eli et Grant travaillent tous les deux.

— Oui, tout simple, non ?

— Très, rit Liv.

— Je sais que c'est un peu bizarre.

Ce fut au tour de Liv d'observer attentivement l'autre femme.

— Quoi ?

— Tout ça, répondit Quinn en agitant sa main en l'air. Ces relations peu conventionnelles.

Liv ne dit rien. Même si ce n'était pas la norme, elle n'y voyait pas d'inconvénient. Ils étaient tous adultes et pouvaient prendre leurs propres décisions. Ce qui fonctionnait pour eux ne marchait pas forcément pour les autres, et vice versa.

— Si tu veux en parler ou si tu as des questions... continua Quinn. Je t'en prie, tu peux me demander n'importe quoi.

Elle se rapprocha de Liv.

— Ne demande pas à Paige. Elle n'est pas dans un état normal en ce moment, chuchota-t-elle vigoureusement.

— À cause des jumeaux.

— Parce qu'elle est enceinte. Je ne pense pas que c'était attendu. Enfin, plutôt, je sais que ce n'était pas prévu puisqu'elle a toujours dit qu'elle n'aurait pas d'enfant avant longtemps.

— Oh, mon Dieu.

Si c'était vrai, la pauvre femme était passée d'une volonté à ne pas avoir d'enfants, à en attendre deux en même temps. Au moins, elle avait deux hommes compétents pour l'aider.

— Du coup, elle est un peu irritée contre ses hommes parce que les nageurs de l'un d'eux ont été assez vigoureux pour « l'engrosser » et lui faire monter les hormones.

— Mais elle les aime tous les deux.

— Oui, elle les aime, répondit Quinn en souriant tendrement. C'est juste les dérèglements hormonaux qui parlent en ce moment. Une fois que les bébés seront nés, elle ira mieux.

Soit ça, soit elle deviendra encore plus dingue avec deux enfants en bas âge.

— Alors...

Quinn se tut dès que les portes vitrées s'ouvrirent à nouveau.

Lorsque Liv tourna la tête pour voir qui c'était, ses yeux s'écarquillèrent. Elle bondit de sa chaise pour se précipiter droit dans les bras de Grant, puisqu'il fut le premier à franchir la porte.

— Salut, trésor, tu nous as manqué, murmura-t-il dans ses cheveux.

Liv enroula ses bras autour de la taille de l'avocat et le

serra aussi fort que possible. Elle ferma les yeux, enfonça son visage contre son torse et inspira profondément son parfum.

Un « Olivia » grave et rauque lui parvint par-dessus son épaule. Ouvrant les yeux, elle vit Eli avec un sourire.

Elle lâcha rapidement Grant et se dirigea vers le détective, qui l'enveloppa fermement dans ses bras et déposa un baiser sur ses lèvres. Il l'embrassa plus fougueusement pendant un moment, puis libéra sa bouche.

— *C'est tellement bon de te voir, mais surtout de te toucher, chérie*, murmura-t-il.

— Et ça veut dire ? chuchota-t-elle en retour.

— C'est bon, de te voir bien qu'on faisait des Skype, mais surtout de te toucher, *ma chérie*.

— Oh, un homme qui parle français ! *Très sexy*, lança Quinn derrière eux.

— *Est-ce que tu parles français ?* demanda Eli en jetant un œil dans sa direction.

— Non, pas vraiment, rit Quinn. Je me souviens de quelques mots du lycée, c'est tout.

Eli acquiesça et plongea son regard dans celui de Liv.

— Tu vas bien ?

— Très bien. Ils ont tous été des hôtes très généreux, mais je vais encore mieux maintenant que Grant et toi êtes là.

— On parlait justement des enfants. Elle a vraiment été attentionnée avec eux, lança Quinn en passant devant eux pour retourner à l'intérieur. Un bon entraînement, peut-être ? ajouta-t-elle en tapotant l'épaule de Grant, puis pénétrant dans la maison. On vous fout la paix. J'ai hâte d'aller camper !

Puis la porte coulissante se referma.

— On dirait dit de l'ironie, songea Grant.

— Apparemment, Logan et Ty adorent camper avec les enfants. Elle ? Pas tellement.

— Mais elle y va quand même ?

— Elle considère que c'est un sacrifice qui en vaut la peine, expliqua Liv en haussant une épaule.

— Logan et Ty étaient en train de charger le 4x4 quand on est arrivés, annonça Eli. Ils devraient donc être partis dans peu de temps.

— Et ça veut dire ? demanda Liv en fronçant les sourcils.

Eli sourit à Grant, puis à Liv.

— Tout ce que tu souhaites, *ma chérie*, déclara-t-il.

— Logan a dit qu'ils avaient changé les draps de leur chambre, pour qu'on puisse prendre le grand lit, révéla Grant.

— Oui, ils ont un énorme sommier qui a été fait sur mesure. C'est assez impressionnant, ajouta-t-elle en souriant à l'idée de pouvoir bientôt l'utiliser.

— Alors je suis impatient de le découvrir, dit Eli.

— Moi aussi, confirma Grant en souriant.

Liv poussa un cri quand les doigts de Grant creusèrent la chair de ses hanches alors qu'il la pénétrait. Elle gémit quand Eli suça son clito avec force.

Elle était à quatre pattes au centre du plus grand lit qu'elle ait vu, Grant derrière elle, et Eli étendu sur le dos sous elle. Sa bouche faisait des merveilles à sa chatte et aux couilles de Grant. Chaque fois qu'Eli prenait les bourses de son mari dans sa bouche, elle en bénéficiait également, car Grant se plaquait plus fort contre elle. Il enfonçait sa bite aussi profondément que possible.

La verge d'Eli était longue, dure et frétillante, le précum s'écoulant sur son bas-ventre. Il ne s'affairait pas seulement avec sa bouche sur eux, mais avait aussi attrapé les deux mamelons de la jeune femme entre ses doigts. Il les tordait jusqu'à ce que les organes internes de Liv se contractent autour de Grant.

— Bébé, quoi que tu fasses, continue, souffla Grant derrière elle.

Enroulant ses doigts autour du sexe d'Eli, elle baissa suffisamment la tête pour le lécher et aspirer la couronne dans sa bouche, faisant le tour avec sa langue.

Elle ne fut pas surprise qu'Eli ne réponde pas à Grant. À cet instant, elle n'était pas non plus capable d'avoir une conversation.

Lorsque la main de Grant vint s'abattre sur sa fesse, elle poussa un deuxième petit cri et tenta de se retenir de mordre Eli.

Eli finit par écarter sa bouche.

— *Mon amour*, t'essaies de me faire castrer ?

— Non, désolé. Mais... Je... Je suis obligé, gémit Grant.

Rapidement, Liv laissa Eli glisser d'entre ses lèvres, juste à temps pour que Grant lui donne une nouvelle fessée. Elle couina et fit un mouvement brusque vers l'avant.

— *Ma chérie*, dis-lui d'arrêter si tu ne veux pas qu'il le fasse.

Puis la bouche du détective trouva à nouveau son clito, sa langue l'effleurant et décrivant des cercles, lui donnant envie de fondre.

— Non, je... J'aime ça. Recommence.

Elle tourna la tête pour jeter un coup d'œil à Grant, qui arborait un sourire crispé, et dont les yeux qui l'observaient semblaient sombres.

Lorsqu'il leva une nouvelle fois la main, elle se prépara, car elle savait ce qui arrivait. Le craquement de sa paume contre sa chair la fit sursauter, mais elle resta immobile, essayant de ne pas détourner Eli de ses machinations démentes.

— Encore, gémit-elle.

D'une main, il lui saisit les cheveux, et de l'autre, il lui frappa les fesses si fort qu'elle glapit sous l'effet de la brûlure. Avec le supplice que lui prodiguaient les deux hommes, elle ferma les yeux et laissa la sensation l'envahir, la faisant encore plus mouiller qu'avant.

Eli se déplaça sous elle.

— Assez, dit-il, la voix serrée, en se décalant sous elle.

Il s'éloigna.

— J'en peux plus.

La passion enflamma son regard ténébreux alors qu'il regardait Grant continuer à la baiser par-derrière.

— Ça t'excite aussi, mon grand ?

— Tu sais bien que oui, répondit Eli en tendant la main pour saisir un préservatif.

Le déchirant, il le déroula sur sa longueur. Il attrapa également le lubrifiant, et Liv se demanda quel était son plan.

Elle le découvrit assez tôt lorsqu'il s'étendit sur le dos et lui offrit sa main.

— Viens à moi, *ma chérie*. Sur moi. Grant, libère-la.

Une fois que Grant l'eut relâchée, elle s'installa à califourchon sur Eli. La main sur sa bite, il se guida pour entrer en elle alors qu'elle s'affaissait de tout son poids sur lui.

— C'est ça, *ma chérie*. C'est ça. Pose ta poitrine contre la mienne. Comme ça. Oui.

Les yeux d'Eli se tournèrent vers Grant, et il lui fit un petit signe de tête. Puis Liv sentit Grant se placer à nouveau derrière elle, ses genoux entre les jambes d'Eli.

Son mari lui tendit le lubrifiant et Liv entendit le bouchon s'ouvrir. Elle sentit le gel frais couler sur sa peau brûlante et dans sa crevasse.

Elle frémit à l'idée de ce qui allait se produire. Elle n'était pas tout à fait certaine de la suite. Selon elle, il semblait impossible qu'elle puisse loger deux hommes à la fois. Surtout s'ils n'étaient pas de petite taille.

— T'es prête, trésor ? lui demanda Grant, d'une voix grave et rauque, tandis qu'il faisait glisser la tête de sa bite dans la fente de Liv et sur son trou serré pour étaler le lubrifiant.

— Je... je ne sais pas, répondit-elle en toute sincérité.

— On va y aller doucement, lui assura Grant en appuyant.

La pression contre son anus fut immense. Ce n'était pas du tout comme avec un doigt, loin de là. C'était bien plus.

Eli la maintint immobile alors que Grant progressait.

— Dis-lui d'arrêter si c'est trop pour toi, *ma chérie*. Je me souviens de ma première fois.

Liv se mordit la lèvre inférieure et acquiesça. Alors qu'elle pensait ne plus pouvoir résister, Grant franchit son anneau serré. Elle poussa un cri, car elle avait maintenant deux hommes en elle à la fois.

Personne ne bougea pendant un moment et, lentement, Liv détendit tous les muscles qu'elle n'avait pas réalisé avoir crispés.

— On va y aller très lentement, répéta Grant. Très lentement. *Putain.*

— *Mon amour*, je devrais être jaloux que tu sois le premier.

— Je suis plus petit que toi, lui répondit-il, la voix tendue.

— Pas de beaucoup, ajouta Liv, qui essayait encore de savoir si elle aimait les avoir tous les deux en même temps en elle.

Elle avait peur de bouger. Ses entrailles étaient bien plus étirées que ce qu'elle aurait pu imaginer avec les deux en elle.

— OK, et maintenant ?

— Et si on te laissait décider de ce qu'on fait à partir de maintenant ? gloussa Eli sous elle.

Liv commença timidement à balancer ses hanches, de petits mouvements pour tester jusqu'où elle pouvait aller sans que ce soit désagréable.

— Trésor, même ces petits mouvements vont me rendre fou, grogna Grant. D'ordinaire, tu serais serrée, mais avec le grand bonhomme en toi, c'est... *Putain.* Il faut que je bouge. Désolé.

Grant commença à entrer et à sortir d'elle, s'enfonçant plus profondément à chaque mouvement de ses hanches. Chaque fois que l'avocat la pénétrait, Eli inclinait ses hanches, se retirant presque complètement pour lui laisser de l'espace.

Une fois qu'elle eut pris le rythme, elle se détendit davantage, se laissant envahir par les sensations que lui procuraient les deux hommes à la fois. Bien qu'intimidant, ce sentiment était aussi incroyable. Grant se pencha sur elle alors qu'il accélérait ses poussées.

— Tellement serrée, trésor, dit-il en pressant sa bouche contre l'oreille de Liv. Tellement serrée, putain.

Il glissa sa main sur sa gorge et exerça une légère pression.

— Grant, l'avertit Eli d'une voix grave.

— Elle va bien, bébé.

— Je vais bien, lui assura Liv en croisant son regard. J'aime ça.

Puis elle baissa encore plus la tête pour l'embrasser. Eli émit un bruit au fond de sa gorge, qu'elle captura dans sa bouche, sa langue caressant la sienne. Il faufila ses doigts dans ses cheveux et la maintint contre lui alors qu'il intensifiait le baiser.

Tandis que les doigts de Grant se resserraient autour du

cou de Liv, il grogna, ses mouvements devenant plus frénétiques.

— Grant, l'appela Eli en rompant le baiser.

— Bébé... Je ne vais pas... tenir... Désolé.

Avec un autre grognement, Grant s'élança, puis s'immobilisa, sa respiration rapide et saccadée contre la peau de Liv. Puis il déposa une ligne de baisers le long de sa colonne vertébrale avant de se redresser.

— Désolé, trésor. Je ne voulais pas m'emporter comme ça... T'es juste... *Bon sang*... J'ai hâte de recommencer.

J'ai hâte de recommencer.

Une fois de plus, ils donnaient l'impression de souhaiter poursuivre leur expérience ensemble.

— Je vais aller me débarrasser de ça, indiqua Grant en s'écartant avec précaution d'elle. Je reviens tout de suite.

Dès que la porte de la salle de bain fut refermée, Eli les retourna tous les deux, de sorte à se placer au-dessus.

— Maintenant, on va s'occuper de toi, *ma chérie.*

Il commença par bouger lentement, les mouvements de ses hanches s'accordant aux siens. À chaque coup de reins, il touchait le point qui la faisait crier et la faisait encore plus mouiller. Baissant la tête, il aspira dans sa bouche l'un de ses tétons durs, ses dents égratignant la peau de Liv.

Lorsqu'il écrasa son bassin contre son clitoris, elle se tortilla et enroula ses jambes autour de ses hanches, enfonçant ses talons à l'arrière de ses cuisses.

Ils bougeaient à l'unisson, poussant, tirant, Eli se propulsant plus fort contre elle.

De loin, elle entendit Grant sortir de la salle de bains, mais son attention fut rapidement ramenée vers Eli. Il la pénétrait d'une force ni douce ni lente, secouant son corps.

Elle l'encouragea en griffant ses épaules et son dos avec

ses ongles, puis en les enfonçant dans ses fesses puissantes qui fléchissaient à chacun de ses mouvements.

— *Ma chérie*, je ne me lasse pas de toi. C'est loin de me suffire.

— Moi aussi, murmura-t-elle en se tenant plus fermement.

Elle rejeta la tête en arrière et cria tandis qu'un orgasme la submergeait. Eli se déhancha une fois de plus et s'écrasa contre elle quand il jouit, sa bite palpitant au fond d'elle, sa respiration saccadée alors qu'il plaquait son visage dans le cou de Liv.

Alors qu'elle tournait la tête pour inviter Grant à les rejoindre dans leur béatitude, son cœur s'arrêta.

Il n'était plus là.

Chapitre Seize

Grant pensait que la situation lui convenait, qu'il accepterait de partager Liv. Il *était* d'accord pour la partager. Mais peut-être pas forcément pour prêter son mari.

Sortir de la salle de bain et voir Eli au-dessus de Liv alors qu'ils baisaient sans lui... D'un côté, ça l'excitait, de l'autre, ça lui faisait peur. Mais il avait réalisé de plein fouet qu'il pouvait perdre son partenaire. Qu'Eli ne serait plus à lui seul, qu'il ne s'agissait pas d'une petite « expérience » dans leur histoire. Qu'Eli désirait être avec cette femme.

La possibilité que Liv intègre de manière permanente leur vie impliquait qu'Eli et Liv continueraient, à certains moments, d'avoir des relations sexuelles sans Grant.

Son mari avait dit qu'ils devaient fixer des règles de base. Ce serait absolument nécessaire d'établir ces détails.

Debout sur la balustrade de la terrasse, à l'arrière de la maison, regardant les vastes champs de gazon bien entretenus, Grant inspira de l'air par les narines pour tenter de calmer sa confusion.

La porte vitrée s'ouvrit derrière lui, et il n'eut pas besoin de se retourner pour savoir de qui il s'agissait.

Il le savait.

Lorsque Grant avait quitté la chambre à la hâte, il n'avait que pris le temps de ramasser son jean sur le sol en sortant. À présent, des bras sombres entourèrent sa taille nue, et Eli l'attira contre son torse. En temps normal, le contact de leurs deux peaux aurait été apaisant. Là, ce n'était pas le cas.

— *Mon amour*, murmura Eli, sa bouche contre l'oreille de Grant. *Je suis désolé si j'ai fauté.*

— Tu n'as pas besoin de t'excuser, Elliott. Tu n'as rien fait de mal. Je... C'est... *Putain.*

Grant ratissa ses cheveux.

— Je suis sorti de la salle de bains, je vous ai vus et ça m'a... ça m'a fait peur.

— *Je suis désolé.*

— Moi aussi. Je suis désolé d'avoir réagi comme ça. Je crois qu'en vous voyant ensemble dans ce lit, seuls, sans moi, j'ai réalisé... juste...

Il secoua la tête, puis se retourna dans les bras d'Eli pour lui faire face.

— Je sais pas si j'en suis capable.

Eli resta silencieux. Grant connaissait suffisamment son mari pour savoir qu'il était déçu.

— T'avais terminé. Je pensais que ça ne te dérangerait pas qu'on finisse, *mon amour*. J'aurais dû attendre que tu reviennes. Je me suis trompé.

— Quand je suis sorti de la salle de bains, je vous ai vus tous les deux emboîtés, et ça m'a excité, je dois l'admettre. Mais ensuite, la jalousie et la peur se sont installées, Eli. Je suis désolé, mais c'est vrai. Vous regarder baiser tous les deux...

— *Faire l'amour.*

— Quoi ? s'étonna-t-il en tournant les yeux vers Eli, bouche bée.

— Grant...

— On ne fait pas l'amour avec une étrangère, Eli. On baise avec une étrangère.

— T'es dur, *mon cher mari*. Ce n'est pas une étrangère.

Grant ferma les paupières un instant, essayant de calmer ses pensées effrénées.

— C'est vrai. T'as raison. Ce n'est pas une étrangère. Je suis désolé.

— Ne t'excuse pas. Je veux que tu sois complètement honnête sur tes sentiments. J'ai *besoin* que tu sois totalement honnête. Pour que ça marche...

— Ça ? répéta Grant, le coupant dans son élan. Tu l'aimes, Elliott ?

Sa poitrine se serra, et son cœur se mit à battre la chamade quand Eli ne lui répondit pas instantanément.

— Elliott...

— Je ne sais pas, dit doucement Eli. J'ai essayé de ne pas y penser parce que je sais que c'est trop tôt. Est-ce que c'est possible d'aimer quelqu'un qu'on vient de rencontrer à peine deux semaines auparavant ?

— On est tombés amoureux presque immédiatement, lui rappela Grant.

— En effet. T'as raison.

— Ce n'était pas instantané, mais c'était rapide. On savait, Eli. On *savait*.

— Oui, c'est vrai.

— Alors, pour toi, ça te fait la même chose avec elle qu'avec moi ? Tu le sais ?

Grant posa sa paume sur le cœur d'Eli, ne manquant pas de remarquer qu'il battait frénétiquement.

— Tu le sais là-dedans ?

— Tu sais que je ne chercherais jamais à te faire de mal, déclara Eli en couvrant la main de Grant avec la sienne. Je ne veux pas que quelqu'un ou quelque chose se mette entre nous. J'ai fait le vœu de rester avec toi pour toujours. Ne crois jamais le contraire. T'es mon mari et je t'aimerai pour l'éternité.

Grant attendit le « mais ».

Les doigts d'Eli se serrèrent sur les siens, et sa main dans le dos de Grant monta et descendit plus lentement sur sa peau nue.

— Mais je pense que l'amour est présent, poursuivit enfin Eli. Il éclot et se renforce jour après jour. Cependant, j'écouterai tes désirs. Je ne risquerai pas ce qu'on a. Je veux que tu l'aimes aussi. Je souhaite qu'elle nous aime. Je veux qu'on ne fasse qu'un, et je ne veux pas qu'elle nous quitte une fois qu'elle sera en sécurité. Je ne veux pas que notre histoire à trois prenne fin à ce moment-là. Mais si tu dis non, que ce n'est pas ce que tu désires, je t'écouterai. Si t'as simplement besoin de plus de temps, je te l'accorderai, tu n'as qu'à le dire.

Grant retira sa main de celle d'Eli et lui prit la mâchoire.

— Je t'aime, Elliott. T'es mon mari. Je t'ai aimé comme personne d'autre avant toi. Si quelque chose t'arrivait, je ne trouverais personne à aimer autant. T'es tout pour moi. T'as dit qu'on devait déterminer ce qu'on voulait avant même d'aborder le sujet avec Liv. Mais... Je ne suis pas sûr de ce que je ressens. Est-ce que j'aime baiser avec Liv ? Oui. Plus que ça. Est-ce que j'aime qu'on couche tous les trois ? Absolument. Mais encore une fois, j'ai peur. Je crains qu'un jour tu l'aimes plus que moi. Est-ce une inquiétude justifiée ? Je pense que oui.

— Je comprends tes doutes, mais, *mon amour*, mon cœur est assez grand pour vous deux. Quand on a des enfants, est-ce qu'on aime l'un plus que l'autre ? Ou aime-t-on les deux autant ?

— Certains parents aiment l'un de leurs enfants plus que les autres. Ils ne l'admettent pas, c'est tout, dit Grant, un sourire courbant ses lèvres.

— T'as sans doute raison, s'esclaffa Eli. Mais je veux aussi dire que ton cœur est assez grand pour Olivia et moi, ajouta-t-il en touchant le cœur de Grant avec son index. Encore une fois, si tu préfères quand on fait l'amour à trois, je n'y vois pas d'inconvénient. Au moins au début, jusqu'à ce que tu te sentes mieux.

— Si je ne suis jamais à l'aise avec le fait que vous le fassiez tous les deux quand je ne suis pas là ?

— Eh bien, tu ne le seras pas, et on respectera tes désirs.

— Tu parles pour elle maintenant ? Tu sais, au moins, ce qu'elle souhaite ?

Eli secoua la tête.

— Non, je l'ignore. Alors toute cette conversation est peut-être théorique.

Grant passa son pouce sur les lèvres pulpeuses et foncées d'Eli, qui embrassa son doigt.

— Je te propose qu'on profite de ce week-end. Je crois que j'ai envie de vous revoir ensemble...

— Sans toi ? demanda Eli en fronçant les sourcils.

— Eh bien, je peux me joindre à vous après, mais j'aimerais m'asseoir et regarder. Comprendre ce que je ressens quand je vous vois tous les deux seuls.

— OK, et quoi d'autre ?

— Puis je verrai comment je me sens après dimanche. Une fois qu'on saura que l'affaire est réglée, on pourra présenter le sujet à Liv et découvrir ce qu'elle ressent. On ne sait jamais, elle en aura peut-être marre d'être enfermée dans la maison avec nous après ce long week-end.

— C'est bien vrai, *mon amour*, gloussa une nouvelle fois Eli. Elle pourrait fuir à force de supporter deux mâles très autoritaires.

— Prendre les jambes à son cou.

— Mmmh. On va peut-être devoir explorer la ferme ce week-end.

— J'ai entendu dire qu'ils avaient une croix de Saint-André dans le sous-sol.

— Vraiment, songea Eli en haussant un sourcil.

— Vraiment, confirma Grant en souriant. Je doute que ça les dérange qu'on le dépoussière ce week-end.

— Tu te portes volontaire pour y être attaché ?

— Pas moi, non, rit Grant.

Puis il dégrisa vite en se demandant si Liv les attendait dans le lit, confuse de sa rapide disparition.

— On devrait retourner voir Liv.

— Oui, en effet, confirma Eli en posant ses lèvres sur les siennes et l'embrassant brièvement.

— J'ai une idée... Si on retournait là-bas et que tu t'asseyais dans le coin de la chambre pour nous observer, Liv et moi ? De cette façon, on pourra déterminer si ça nous convient d'être en tête-à-tête avec elle.

— C'est une idée géniale, *mon amour*, répondit Eli d'une voix grave et rauque en pressant à nouveau ses lèvres sur l'oreille de son mari. Je pense adorer vous voir ensemble. Je vais avoir du mal à rester assis sur un siège et ne rien faire.

— Qui a dit que tu devais ne rien faire ?

— C'est vrai, rit Eli en se redressant.

— Ça va être tellement excitant de te regarder te branler pendant qu'on baise.

— Ça pourrait être torride.

— Alors qu'est-ce qu'on attend ?

— Ouvre la voie, *mon amour*. Olivia doit nous attendre

avec impatience. On ne devrait pas la faire attendre plus longtemps.

───────────

Liv était assise dans le grand lit, à se mordiller la lèvre inférieure. Eli s'était précipité après Grant dès qu'ils avaient remarqué son départ. Maintenant, elle se demandait ce qui se passait entre eux. Mais elle voulait leur laisser un peu d'intimité. Ils étaient mariés, bon sang, elle n'avait pas à se mêler de leurs affaires.

La peur la rongeait de l'intérieur. Elle se demandait si Grant considérait le fait qu'Eli et elle fassent l'amour sans lui comme une tromperie. Même si ça n'avait duré que quelques minutes et qu'ils ne le lui cachaient pas ? Ils ne faisaient que terminer ce qu'ils avaient commencé.

Elle ne souhaitait pas provoquer de troubles dans leur relation. C'était déjà assez pénible que toute l'histoire avec Dean leur cause des soucis.

Elle ne voulait pas être considérée comme « l'autre femme », parce qu'elle n'était pas ce genre de personne. Elle ne ferait jamais sciemment quelque chose qui blesse autant une autre personne. Elle appréciait tout ce qu'ils avaient fait pour elle jusqu'à présent. Surtout quand, avant d'aller dans la chambre, Eli et Grant lui avaient donné des nouvelles au sujet de Dean...

— Il y a de bonnes nouvelles, la procureure ne semble pas être corrompue. On lui a donc transmis l'information de manière anonyme et on l'a aussi fait fuiter à une inspectrice du commissariat responsable du secteur où vivait Peggy. On ne peut qu'espérer que ces femmes détestent fortement Dean, comme la majorité d'entre elles.

— Maintenant, qu'est-ce qu'on fait ? avait-elle demandé à Eli.

Sa réponse avait été simple.

— On patiente.

— Cette attente me tue, avait-elle répondu.

— Non, c'est Dean qui te tuera, avait rétorqué Eli en secouant la tête. L'attente n'est qu'un inconvénient, *ma chérie.*

Il avait raison.

Mais maintenant qu'elle guettait leur retour, ou du moins celui d'Eli, elle se demandait si elle ne devrait pas retrouver la chambre qu'elle occupait depuis qu'elle était arrivée à la ferme. Ce serait peut-être mieux de laisser aux deux hommes le temps de régler ce qui se passait avec Grant.

Ou ils décideraient peut-être de quitter la ferme et de rentrer chez eux. Grant ne souhaitait peut-être plus être avec elle. Ou, peut-être, ne voulait-il plus qu'Eli soit avec elle.

Soudain, sa poitrine se serra et son estomac se noua.

Si c'était vrai...

Jamais dans sa vie elle n'avait eu besoin de quiconque. Elle avait l'habitude d'être seule, de faire les choses par elle-même. Mais maintenant...

Bon sang ! La situation avait changé. L'idée de ne pas passer une minute, une seconde de plus avec Eli et Grant, de ne pas voir leurs visages, de ne pas entendre leurs voix, de ne pas les toucher, était...

Dévastatrice.

Elle devait donc arranger ce qui n'allait pas avec Grant. Elle devait lui faire comprendre qu'elle ne détruirait pas leur mariage ni compromettrait leur relation.

Cela n'a jamais été son intention.

Elle ne désirait même pas l'un d'eux plus que l'autre. Elle

considérait Eli et Grant comme les deux moitiés d'un tout. Elle...

Putain de merde.

Elle les aimait autant l'un que l'autre.

Son esprit s'emballa tandis qu'elle cherchait à déterminer si c'était vrai, si c'était réellement ce qu'elle ressentait.

Comment cela pouvait-il être de l'amour ?

Impossible.

Dans sa vie, l'unique personne qu'elle avait aimée était son frère. Même leur relation avait été gâchée après qu'elle l'avait quitté des années plus tôt.

Alors peut-être qu'elle ne comprenait pas ce qu'elle éprouvait. Ce qu'elle croyait être de l'amour était peut-être davantage de la luxure.

C'était forcément ça.

Parce qu'il était impossible de tomber amoureux d'un seul homme en si peu de temps, mais de deux ?

Jamais.

Lorsqu'Eli revint dans la chambre, son visage impassible, son cœur fit un bond. Puis elle fut soulagée de voir Grant le suivre de près.

Eli ne s'approcha pas du lit, mais Grant, si. Il s'assit sur le bord du matelas, vêtu d'un simple jean dont le bouton du haut n'était pas fermé. Elle laissa errer son regard sur son torse musclé, mais mince, sur la légère couche de poils qui recouvrait ses pectoraux, sur ses larges épaules, puis elle releva les yeux vers le visage de l'homme, et elle attendit.

— Je suis désolé, Liv.

Son cœur bascula à nouveau vers la panique. Il était sur le point de lui annoncer une mauvaise nouvelle. Leur histoire était finie. Il ne supportait pas qu'ils soient tous les trois. Il ne voulait pas qu'elle touche son mari...

— Je n'aurais pas dû partir. J'avais besoin d'air pour comprendre ce que je ressentais.

Il n'était pas le seul.

— Je comprends. Pendant votre absence, j'ai aussi un peu réfléchi.

Un bruit s'éleva dans la direction où Eli était assis dans un fauteuil, niché dans un coin de la pièce. Elle se demanda pourquoi il restait si loin. Était-il possible qu'il ne soit pas d'accord avec les désirs de Grant ? Qui, lui, voulait éventuellement rompre leurs relations ?

— Qu'est-ce que t'as découvert ? s'enquit Grant d'une voix douce.

— Je devrais peut-être d'abord écouter ce que t'as à dire.

— Je sais ce qu'Eli souhaite, déclara Grant en secouant la tête. J'ai besoin d'entendre ce que tu désires faire de tout ce qui se passe. De nous.

— Peut-être pas la même chose que toi, commença-t-elle.

Mais elle hésita quand il fronça les sourcils, étudiant son visage.

— Alors tu ne veux pas aller plus loin ? demanda-t-il doucement.

Le regard de Liv se plongea dans le sien, puis dériva vers celui d'Eli, dont le visage restait un masque vierge.

— Quoi ?

Grant tendit le bras et saisit ses mains, les piégeant entre les siennes, chaudes et beaucoup plus grandes.

— Chérie, qu'attends-tu de nous ?

— Grant.

L'avertissement d'une voix grave provenait du coin de la pièce.

— Je sais que je ne fais pas les choses dans l'ordre que tu souhaitais, bébé, dit Grant en tournant la tête vers son mari, leur permettant d'échanger un regard. Mais je dois l'entendre de sa bouche.

— Qu'est-ce que t'as besoin d'entendre de ma part ? demanda-t-elle.

Parce qu'à ce stade, elle était presque prête à lui dire n'importe quoi pour qu'ils restent dans sa vie.

Ce qui la surprenait au plus haut point.

— Je suppose que j'ai besoin d'entendre que tu nous veux tous les deux. Que tu ne désires pas seulement Eli.

— Est-ce que j'ai donné cette impression ? s'enquit-elle en haussant les sourcils. Si c'est le cas, je suis désolée.

— Non, tu n'as rien fait dans ce sens, la rassura Grant en secouant la tête et serrant ses doigts de manière réconfortante. S'il te plaît, fais-moi plaisir, j'ai besoin de l'entendre.

Liv se mit à genoux et se rapprocha de Grant. Lorsqu'il relâcha ses mains, elle posa ses doigts sur sa joue. Elle les laissa retomber sur son torse, y aplatissant ses paumes.

— Bien sûr que je te désire, Grant. Tout autant qu'Eli. Je vous désire tous les deux. Justement, je me disais que vous étiez les deux moitiés d'un tout. J'ai de la chance de profiter de l'ensemble. C'est...

— Quoi ? insista-t-il.

— Aussi longtemps que vous souhaitez me garder. Je veux dire, je sais que vous me désirez sexuellement, mais le reste...

— Le reste ? demanda Eli, de l'autre côté de la pièce.

Merde. Elle ignorait comment aborder le sujet.

— Le reste, répéta-t-elle en agitant la main entre eux. À part le sexe.

— Une relation ?

— Oui, répondit-elle doucement.

— Un engagement ?

— Oui, ça aussi.

— L'amour ?

— Peut-être. Si vous pouviez tous les deux m'ouvrir vos cœurs, je crois que ça me plairait.

Grant passa ses doigts dans les cheveux de Liv et les déploya sur son épaule nue.

— Je pense qu'on peut ouvrir nos cœurs, trésor. Mais je ne sais pas ce qu'il en résultera. Je ne peux rien promettre. Eli et moi sommes ensemble depuis longtemps... Juste tous les deux.

— Je comprends, dit-elle en hochant la tête. Je comprendrais que vous ne souhaitiez pas m'intégrer à votre relation. Je serais la troisième roue du carrosse.

Eli fit du bruit dans le coin.

— *Mon amour*, j'ai du mal à ne pas m'approcher du lit pour la rassurer.

— Pourquoi tu ne peux pas venir près du lit ? demanda Liv en fronçant les sourcils et fixant Eli.

— Je vais m'asseoir ici et vous observer, Grant et toi... si t'es d'accord, bien sûr.

— Pourquoi ? s'enquit-elle en secouant la tête, confuse.

— Pour voir si j'accepte que tu fasses l'amour avec mon mari sans que je sois directement impliqué. Ensuite, on fera la même chose, pendant qu'il regarde. Est-ce que ça te va ?

L'idée d'être seule avec chacun des hommes pendant que l'autre observait la fit frémir. Ses tétons pointèrent et sa respiration devint saccadée.

— Je n'y vois pas d'inconvénient. Mais pour votre information, j'aime vous avoir en même temps. Je ne veux pas que vous pensiez le contraire.

— Oui, on sait, s'esclaffa Eli. On aime aussi te prendre en même temps. Mais on ne sera peut-être pas tout le temps tous ensemble, et on doit savoir ce qui fonctionne et ce qui ne fonctionne pas. Ce que Grant tolère, ce que j'accepte et ce que toi aussi tu permets, Olivia.

Elle acquiesça. Glissant une main sur les larges épaules de Grant, elle avança à genoux jusqu'à ce que ses tétons durs se pressent dans le dos de l'homme. Elle passa ses bras autour de son cou, faisant courir ses mains sur son torse, appréciant les poils courts et drus qui chatouillaient ses paumes. Plaquant ses lèvres sur le cou de l'avocat, elle égratigna sa peau avec ses dents.

Grant tendit la main et saisit ses poignets, entraînant l'une de ses mains vers sa bite, qui était ferme comme la pierre sous son jean.

— Est-ce que t'as envie de moi ? lui chuchota Liv à l'oreille.

— Est-ce que je te fais douter ? lui demanda-t-il à voix basse.

— Non, pas du tout.

D'un signe de tête, il tordit son cou pour la regarder.

— Alors t'es d'accord pour le faire ?

— Oui, absolument, répondit-elle, la voix teintée d'excitation. Tout ce que tu veux...

Elle hésita un instant.

— J'ai besoin d'un petit nom pour chacun de vous. Tu m'appelles trésor. Eli m'appelle « *ma chérie* ». Tu appelles Eli « bébé » ou « mon grand ». Alors je suppose qu'il faut que j'en trouve un pour vous.

— Mmmh, répondit Grant en se levant de sa position assise pour se mettre debout. Tu peux m'appeler comme bon te semble. Maintenant... enlève mon jean, trésor.

Avec un sourire, elle se leva du lit comme lui, et se rapprocha pour attraper sa fermeture éclair. Elle la baissa lentement, sans rompre leur contact visuel. Il ne portait pas de caleçon, donc plus la fermeture éclair descendait, plus sa bite était révélée, jusqu'à ce qu'elle se dégage complètement du pantalon. Elle la caressa deux fois avant de glisser ses pouces dans la ceinture, puis elle abaissa le jean le long des jambes de Grant. En descendant, elle lécha rapidement la goutte de précum qui perlait sur la couronne de son sexe. Lorsqu'elle abattit le jean sur les chevilles de l'homme, il recula, et avant qu'elle ait pu se relever, il la prit sous les bras et la jeta sur le lit.

Elle poussa un cri, puis gloussa en atterrissant d'un rebond. Mais la bouche de Grant captura son dernier rire pour l'embrasser fougueusement, sa langue tourbillonnant contre la sienne. Lorsqu'elle gémit, il l'imita.

— Tu sais ce qu'est une croix de Saint-André, Liv ? lui demanda-t-il en s'écartant légèrement.

Elle secoua la tête.

— Tu veux le découvrir ?

— Maintenant ?

— Non. Pas maintenant. Tout de suite, c'est juste nous. Puis Eli et toi. Lorsqu'on aura fini de s'occuper de toi, on prévoit de te satisfaire pleinement et de te fatiguer jusqu'à l'épuisement. Je suis certain qu'on sera dans le même état. Demain, on explorera peut-être cette option quand on sera plus frais.

— Tout ce que tu veux, bébé, murmura-t-elle, et elle adora voir ses yeux s'illuminer à cet aveu.

Mais c'était vrai, plus tôt, elle avait décidé qu'elle ferait tout ce qu'il fallait pour rectifier le tir avec Grant. Ce n'était pas du tout un sacrifice. Elle profiterait de tout ce qu'ils lui feraient et de tout ce qu'ils demanderaient en retour. Elle savait qu'ils ne la forceraient jamais à faire quelque chose qu'elle ne souhaiterait pas faire ou qui la blesserait.

— À quel point me désires-tu ? grogna Grant dans son oreille.

Sa bite se pressant contre la cuisse de Liv, le précum soyeux coulant sur la peau de la jeune femme.

Elle attrapa la main qui tenait son sein et tordait son mamelon, et la glissa entre eux. Elle la fourra entre ses cuisses et, avec ses doigts sur les siens, elle enfila leurs deux majeurs à l'intérieur de sa chatte.

— Tu le sens ?

— Je vais peut-être devoir pousser mes recherches plus loin, murmura-t-il en mordant son épaule et sa poitrine, grignotant un sein puis l'autre.

Il descendit en picorant son ventre et enfin, il suça son clitoris. Leurs majeurs la pénétraient simultanément.

Il la dévora comme un homme affamé, ses lèvres et sa langue faisant bondir ses hanches. Elle cria son nom, son dos se cambrant tandis qu'il continuait à la baiser, non seulement avec son doigt, mais aussi avec celui de Liv puisqu'il ne voulait pas le lâcher. Lorsque Grant enfonça ses dents dans la chair tendre de l'intérieur de sa cuisse, elle sursauta et jouit avec une vague d'humidité.

— C'est ça, chérie, donne-moi tout ce que t'as. Montre-moi à quel point tu peux mouiller, murmura-t-il contre sa peau.

Puis il se leva et monta sur elle, son grand corps la recouvrant entièrement, la prenant avec force et rapidité, la pilonnant jusqu'au fond.

Elle se rendit vaguement compte qu'il n'avait pas utilisé de préservatif, mais elle oublia vite ce détail quand il entoura son cou de ses doigts et l'embrassa fougueusement. Plus il serrait avec ses doigts, plus elle mouillait. Une fois de plus, il n'alla pas jusqu'à la blesser, mais juste assez pour l'exciter, pour lui faire ressentir ce frisson qui lui était désormais familier.

Il savait comment l'amener à l'extrême limite, mais sans la dépasser. Quand il changea l'angle auquel il se propulsait, il ne fallut que quelques instants pour que la vague reprenne, la ruée vers l'orgasme. Après un coup de reins particulièrement puissant, elle tomba... Son corps convulsant intensément autour du sien, essorant sa bite. Elle poussa un cri quand ses doigts se resserrèrent. Il rompit leur baiser, pressant son front contre le sien et soutenant son regard.

— Je vais jouir maintenant, Liv... Dis-moi de venir en toi.

— Viens en moi, bébé.

— Redis-le-moi. Utilise mon nom.

— Viens en moi, Grant. S'il te plaît !

Avec un grognement, son corps s'arqua au-dessus du sien. Il plongea une dernière fois en elle avant de s'immobiliser, la bite palpitante, alors qu'il se déversait au fond du corps de Liv.

Il ne rompit pas leur contact visuel avant de longs instants, puis lui sourit.

— Je t'ai faite mienne. Eli fera de même juste après. Puis, demain, on te possèdera une fois de plus.

Il pressa légèrement ses lèvres contre les siennes.

— Tu n'as pas utilisé de préservatif, murmura-t-elle en glissant ses doigts sur la nuque de Grant.

— Non. Tu as dit que tu n'avais pas eu de rapports sexuels depuis douze ans et on se fait régulièrement tester.

C'était bien beau tout ça, mais...

— Grant, je ne prends aucun moyen de contraception.

— *Merde* ! s'exclama-t-il en écarquillant les yeux et reculant un peu. Je n'aurais pas dû le supposer.

La voix grave d'Eli retentit tout près.

— Mais tu l'as fait, *mon amour*. Alors maintenant, c'est mon tour. Demain, on fera de nouveau attention jusqu'à ce qu'elle soit protégée.

Grant et elle tournèrent en même temps la tête pour regarder Eli, qui se tenait maintenant à côté du lit, sa dure longueur dépassant de son corps.

— Et si... commença Liv, mais elle se tut parce qu'elle ne répugnait pas l'idée d'avoir leur enfant.

Pas du tout. Ce ne serait peut-être pas le meilleur moment, ce ne serait peut-être pas prévu. Mais le fait d'être entourée de Preston et de Cayden la semaine dernière avait fait émerger un instinct maternel dont elle ignorait l'existence.

Après avoir eu une mère qui ne s'était jamais comportée de la sorte, elle n'avait jamais envisagé d'en devenir une. Elle ignorait ce qu'était une mère aimante. Mais observer Quinn pendant cette courte semaine lui avait montré à quel point c'était naturel.

Mais la question ne se posait pas pour l'instant...

— Alors on fera face aux conséquences si quelque chose en résulte, déclara Eli en tendant la main à Grant. Maintenant, *mon amour*, il est temps pour toi d'aller t'asseoir sur la place chauffée et nous regarder.

— Tu veux que j'aille me nettoyer ? demanda Liv en commençant à se lever alors que Grant s'extirpait d'elle et descendait du lit.

— *Absolument pas.* Pas du tout, *ma chérie.*

Liv hésita et réfléchit à ce que cela signifiait. Eli désirait répandre sa semence en elle, pour la mélanger à celle de Grant. L'idée était...

Excitante.

Son cœur s'emballa en réalisant qu'Eli allait lui faire l'amour.

Elle s'installa sur le lit, observant Grant prendre la place d'Eli sur la chaise, sa bite toujours à moitié dure. Puis ses yeux dévièrent vers Eli alors que le matelas sombrait sous son poids.

— Comment tu veux que je me mette, *mon cœur* ?

Ses iris sombres tournèrent vivement vers les siens et un large sourire se dessina sur le visage du détective.

— Je ne t'ai pas appris ça.

— Non, confirma-t-elle en lui rendant son sourire. J'ai suivi un cours gratuit en ligne pendant mon séjour ici. Mais j'ai bien l'intention de suivre le cours de français 101 au prochain semestre. Ça te plairait ?

— J'aimerais beaucoup, *ma chérie*. Maintenant... *à genoux face à Grant, afin qu'il puisse te contempler quand je te ferai jouir.*

Elle gloussa parce qu'elle ignorait ce qu'il venait de dire.

— Eli...

Il rit lui aussi, la tira à genoux et, les mains sur les hanches, l'orienta vers l'endroit où était assis Grant.

— À quatre pattes, *ma chérie, traduisit-il. Laisse mon cher mari* me regarder te faire jouir.

Liv sourit à Grant alors qu'il se calait plus confortablement dans le fauteuil, lui faisant un clin d'œil.

Puis Eli la fit venir facilement.

Deux fois.

Chapitre Dix-Sept

ELI GÉMIT en se décollant du dos d'Olivia. Ce devait être le milieu de la nuit, et il avait fini par la prendre en cuillère alors qu'elle était blottie contre le flanc de Grant.

Il cligna des yeux alors que son téléphone vibrait à nouveau sur la table de nuit. La pièce était sombre et, pendant un instant, il oublia qu'ils étaient toujours à la ferme de la famille Reed-White, dormant dans leur grand lit.

Il roula sur le côté et se redressa, attrapa le portable et regarda l'heure. Minuit. Il se dit qu'il n'était pas si tard après tout, mais quand même, pourquoi Gryff appelait-il maintenant ?

Avec un autre gémissement, il se leva et se dépêcha de sortir de la chambre, appuyant sur la touche Réponse après avoir fermé discrètement la porte derrière lui.

— Patron, salua-t-il.

— Désolé, Eli, si je te *dérange*. Mais j'ai pensé que tu voudrais tout de suite avoir les nouvelles.

— Tu ne me déranges pas. On dormait.

— Alors je m'excuse de te réveiller, mais j'ai une nouvelle qui ne peut pas attendre.

Eli s'éloigna de la chambre pour ne pas avoir à chuchoter. Mais son cœur se mit à marteler sa poitrine au ton de Gryff.

— Qu'est-ce qu'il y a ?

— Dean a été arrêté il y a deux heures environ. Il a déjà été inculpé et est détenu sans possibilité de caution.

Eli eut le souffle coupé, puis expira lentement, laissant cette donnée infiltrer son cerveau embrumé.

— OK.

— Comme c'est pour un meurtre, il est détenu sans caution jusqu'à l'enquête préliminaire.

— Bien sûr.

— Eli, c'est une bonne nouvelle.

— Évidemment.

— Pourquoi tu n'as pas l'air plus enthousiaste ? C'est ce qu'on attendait. Maintenant, Liv peut revenir en ville et, avec un peu de chance, elle sera en sécurité.

— Il plaidera non coupable, murmura Eli.

— C'est normal. Mais il risque de s'enfuir, alors ils ne le relâcheront pas.

— Il a des gens de pouvoir derrière lui.

— C'est un meurtre au premier degré, Eli, lui rappela Gryff.

— Pourtant...

— Elle sera en sécurité, et on suivra l'affaire de près. Si, pour une raison ou une autre, ils le libèrent avant son procès, ce dont je doute, même s'il a ce genre d'influence, on s'en occupera à ce moment-là. Vous pouvez la ramener à la maison. En fait, Trey veut qu'elle reste chez nous jusqu'à ce qu'il lui trouve un meilleur appartement.

— Je vois, dit Eli en s'efforçant de garder une voix stable et neutre.

— Tu n'as pas l'air soulagé, Elliott, insista son patron, dont le ton devint grave et grincheux. Qu'est-ce qu'il se passe ?

— Rien.

— Non, il y a quelque chose...

Le silence s'installa entre eux.

— Putain, murmura Gryff. Ça ne fait que deux semaines, mon gars. Ce n'est pas assez long pour que quelqu'un tombe amoureux.

— C''est faux.

— Putain, répéta son patron, plus fort cette fois. Alors, tu veux qu'elle retourne chez vous ? C'est ce qu'elle désire ? Trey risque de vous faire des reproches. Il souhaite réellement passer du temps avec sa sœur, sans que vous soyez tous les deux à lui tenir la main... C'est juste une mise en garde.

— D'accord.

Gryff poussa un long soupir.

— Pour l'amour du ciel, pourquoi j'ai l'impression que je vais devoir intervenir sur ce coup-là ?

Eli décida qu'il valait mieux ne pas répondre à cette question.

— Putain, continua Gryff, donnant l'impression de se parler à lui-même. Rayne peut peut-être le faire. Il est plus enclin à recevoir de mauvaises nouvelles venant d'elle.

Alors qu'Eli ouvrait la bouche pour réagir, Gryff lui coupa la parole.

— Bon, eh bien, je vais laisser Trey discuter avec sa sœur. Elle pourra lui dire ce qu'elle veut faire. Ensuite, on s'occupera des retombées. Si j'ai d'autres informations au sujet de Dean, je vous appellerai. Sinon, on se voit lundi.

La ligne téléphonique fut coupée.

Eli éloigna le portable de son oreille et fixa l'écran

sombre, puis jeta un coup d'œil vers la porte fermée de la chambre.

Il n'allait pas les réveiller pour leur annoncer la nouvelle. Cela pouvait attendre jusqu'au matin. Si cela ne tenait qu'à lui, il attendrait au moins jusqu'à dimanche soir. Il ne voulait rien de plus que poursuivre leur temps ensemble à la ferme. Il souhaitait s'assurer que tout était réglé entre eux avant de rentrer.

La dernière chose qu'il désirait, c'était qu'Olivia retourne dans son appartement merdique et son travail à chier. Elle en serait capable si elle pensait qu'elle était en sécurité et que ces options étaient encore possibles.

Il devait la convaincre avant dimanche d'emménager avec eux.

Il mettrait peut-être Grant au courant et se retiendrait de le dire à Liv.

GRANT PASSA une main dans ses cheveux alors qu'il courait lentement à côté d'Eli sur l'un des chemins de terre qui bordaient un champ de gazon. Eli lui avait annoncé l'arrestation de Dean et ses projets pour le futur.

— Tu veux qu'elle vienne tout de suite vivre avec nous ?

— Tu penses qu'on devrait attendre ? demanda Eli en contournant une pierre solitaire qui était sur leur route.

Il poussa un juron silencieux, puis expira.

— Je ne sais pas. On doit le lui dire.

— Pas encore, *mon amour*.

— Pourquoi ?

— J'aimerais terminer notre week-end ici. Je préférerais qu'on passe du temps ensemble sans qu'on se fasse interrompre par quelqu'un.

— Quelqu'un... comme Trey.

Du coin de l'œil, Grant vit Eli hocher la tête.

— Toute cette triade, oui. Je veux qu'il n'y ait que nous pour l'instant. Hier soir, c'était le début. Je n'ai eu aucun problème à vous observer. Tu semblais bien aimer nous regarder aussi.

Après avoir affronté ses peurs, Grant admettait que cela l'excitait vraiment.

— Oui, l'inquiétude me taraude encore un peu. Mais, honnêtement, je crois qu'avec le temps, ça s'atténuera.

— C'est une bonne nouvelle, *mon amour*. Si t'es autant certain que moi sur l'évolution de cette relation, alors on ne devrait pas attendre. Qu'en penses-tu ?

— Pourquoi t'es aussi pressé ? demanda Grant en se stoppant au milieu du chemin de terre.

Eli s'arrêta un peu plus loin, se retourna et secoua la tête.

— Je ne sais pas.

— Tu ne crois pas qu'on devrait se donner plus de temps ? Si Trey veut qu'elle reste avec eux, pourquoi ne pas accepter ? Seulement une semaine, peut-être plus. Le temps qu'il leur faut pour se retrouver. Bébé, ils viennent de renouer leurs liens. On ne souhaite pas les priver de ce temps, n'est-ce pas ?

— Ils n'ont pas besoin de vivre dans la même maison pour ça, insista Eli.

— Non, mais...

— Elle pourrait travailler pour le cabinet. Elle pourrait travailler avec Trey... Ainsi qu'avec Rayne et Gryff. Apprendre à tous les connaître. On ne les empêchera pas de passer du temps ensemble.

— Je sais. Mais est-ce que tu veux énerver Trey ?

— Non. Mais si on lui suggère de lui proposer un job...

— Pour faire quoi ?

Eli posa les mains sur les hanches et se retourna, marchant en rond d'un pas lent.

— Je ne sais pas. C'est juste une idée.

— Mais tu n'as pas vu avec Gryff.

— Non. Mais je pourrais le lui souffler.

— Elle veut être assistante sociale. Elle souhaite aider les gens.

— Je comprends, *mon amour*. Elle peut terminer son diplôme tout en travaillant avec nous.

Grant inspira une grande bouffée d'air.

— Putain de merde, Elliott, est-ce que tu t'entends ? Tu ne peux pas contrôler tous les aspects de sa vie. Elle a été indépendante presque toute son existence. Du moins jusqu'à cette histoire avec Dean. Maintenant, tu veux tout faire pour elle. Elle ne va pas accepter.

Eli s'éloigna de lui et Grant le suivit tranquillement en secouant la tête.

— Peut-être pas.

— Il n'y a pas de peut-être, Eli.

— On peut convenir de ne pas lui dire avant demain soir, au moment de partir ? Est-ce qu'on peut au moins avoir ce week-end ?

Grant n'était pas certain que c'était une bonne idée, mais il comprenait ce qu'Eli désirait ou même ce dont il avait besoin. Après la veille, il avait aussi hâte de passer le reste du week-end pour approfondir leur relation et profiter les uns des autres, sans s'inquiéter d'une quelconque intrusion.

Et puis, il était pressé d'essayer la croix de Saint-André plus tard. Il regarda Eli qui marchait devant lui, vêtu d'un long short ample en nylon et d'un T-shirt moulant qui épousait ses muscles. Le cul de l'homme lui plaisait toujours autant. Il trottina pour le rattraper. Lorsqu'il parvint à lui, il tendit la main, saisit le bras d'Eli pour stopper son avancée.

— Attends, mon grand.

— Qu'est-ce qu'il y a ? demanda Eli en s'arrêtant, les sourcils froncés.

— Rien, répliqua Grant en faisant pivoter son mari vers lui. Je dois dire qu'après toutes ces années, j'apprécie toujours ton putain de cul.

Un petit sourire se dessina sur le visage d'Eli, ses yeux se plissant aux coins.

— Ah bon ?

Grant lui répondit par un sourire malicieux. Sa voix lui sembla rauque, même à ses oreilles.

— Oh, oui. Est-ce que c'est mal de notre part de partager un moment intime ici, au milieu de ces champs verts romantiques ?

Arquant un sourcil, Eli jeta un coup d'œil derrière son mari, lui, vers le vaste pré.

— Tu penses que ces champs de pelouse sont romantiques ?

— Non, mais ça sonnait bien, rit Grant.

— Est-ce une négociation, maître ? demanda Eli en penchant la tête pour observer l'avocat.

— Tu veux dire que j'ai le droit de t'enculer si j'accepte d'attendre demain soir pour le lui annoncer ? Non, mais... maintenant que tu le dis...

— Es-tu *d'accord* ?

Grant soupira. Si c'était ce qu'Eli désirait...

— Oui, je suis d'accord. Mais si elle s'énerve parce que tu lui as dissimulé cette information, c'est toi que je blâmerai.

— J'accepte, rit Eli.

— Est-ce que t'acceptes que je t'encule ici, au milieu de la nature ? demanda Grant en balayant l'espace autour de lui.

— Au grand jour ? s'enquit Eli en faisant un signe du menton dans la direction d'une ligne d'arbres qui séparait un champ de l'autre. Ou on peut aller vers cette rangée d'arbres là-bas ?

Grant glissa une main sur son érection palpitante, montrant à son mari ce qui l'attendait.

— Mmmh... Te baiser contre un arbre... L'idée me plaît.

Soudain, Eli partit en trottinant vers les arbres.

— Alors, dépêche-toi, *mon amour*, je t'attends ! lança-t-il par-dessus son épaule.

Regardant son partenaire s'éloigner, Grant réalisa avec déception qu'ils n'avaient pas de lubrifiant. Enculer son mari serait hors de question. Mais cela ne signifiait pas qu'il ne pouvait pas jouir. Avec un sourire, Grant poursuivit Eli.

Liv s'essuya les mains sur le torchon et le suspendit pour le faire sécher. Elle était un peu triste que Grant et Eli retournent en ville sous peu. Au moins, ils avaient profité d'un dernier repas ensemble avant de se séparer.

De toute façon, la famille Reed-White devait bientôt rentrer. La maison n'allait donc pas rester silencieuse bien longtemps. Elle souhaitait seulement repartir chez elle avec ses hommes.

Ses hommes.

Elle devait admettre que, même si elle se cachait à la ferme pour une raison négative, elle avait adoré le temps qu'elle avait eu avec eux. Ils avaient passé la majeure partie du week-end nus ou à peine vêtus, à discuter ou être intimes.

La veille, elle avait même aimé être attachée à la croix de Saint-André dans le sous-sol. Pendant ce temps, Grant et Eli faisaient ce qu'ils voulaient d'elle, essayant des choses inconnues et qu'elle ne pensait nullement pouvoir apprécier un jour.

Mais ça avait été le cas. Elle y avait pris beaucoup de plaisir.

Grant avait même envisagé d'acheter un mécanisme similaire pour leur maison. Eli avait accepté volontiers et, s'ils lui demandaient son avis, elle serait aussi partante. Elle n'avait jamais cru être attirée par le côté pervers du sexe, mais c'était amusant et excitant. Bien qu'elle ne veuille pas le faire tout le temps, elle pouvait les imaginer tous les trois le faire, de temps à autre, pour varier les plaisirs.

Comme si leur relation serait permanente. Ce dont ils n'avaient pas discuté.

Pourtant, elle aimerait bien que ce soit le cas.

Elle devrait peut-être en parler avant qu'ils partent. En fait, elle devrait peut-être aller tout de suite dans le salon, où ils se câlinaient sur le canapé en regardant un drame policier, attendant qu'elle ait fini de nettoyer la cuisine.

Grant avait cuisiné, Eli avait mis la table et aidé à préparer le repas, et Liv avait accepté de faire la vaisselle. Ils formaient une bonne équipe.

Près d'elle, son téléphone jetable sonna, et elle le ramassa pour voir qui l'appelait.

Son frère.

Elle appuya sur le bouton pour répondre.

— Hé, Trey.

— Salut, sœurette. Comment tu vas ?

Elle se rapprocha de l'évier de la cuisine pour jeter un coup d'œil à la terrasse qui se situait derrière la bâtisse. Le soleil commençait à se coucher.

— Super.

— Alors, il faut qu'on discute de ce que tu vas faire quand tu rentreras ce soir.

— Qu'est-ce que tu veux dire ? demanda Liv en se retournant et s'appuyant contre le comptoir.

— Quand ils te ramèneront à la maison ce soir, j'aimerais que tu séjournes chez nous pendant un certain temps. Au moins jusqu'à ce que je te trouve un meilleur appartement.

De quoi parlait Trey ?

— Je ne rentre pas avec eux ce soir, Trey.

— Bien sûr que si... À moins que tu veuilles rester à la ferme ? Je ne vois pas pourquoi tu préférerais cette option.

— Je suis perdue, avoua Liv en secouant la tête.

— Ils n'ont pas évoqué où t'irais à ton retour ?

— Grant et Eli ?

Trey laissa échapper un sifflement.

— Oui, bien sûr, Grant et Eli. De qui d'autre je parlerais ?

— Est-ce que je peux rentrer en toute sécurité ?

— Pour l'instant, oui. Ils ne t'ont rien annoncé ?

— Me dire quoi ? demanda Liv en s'écartant du comptoir. Le sang lui montait à la tête.

— Que Dean a été arrêté et est détenu jusqu'à son audience préliminaire.

— Non, ils ont oublié de me le dire, lâcha Liv en tournant les yeux vers l'entrée de la cuisine.

Trey siffla doucement à l'autre bout du fil.

— Une deuxième bonne raison pour que tu viennes passer un peu de temps avec nous.

— Quand l'ont-ils su ?

— Je sais juste que Gryff l'a annoncé vendredi soir à Eli.

L'esprit de Liv s'emballa. Eli ne lui avait rien dit vendredi soir. Ni samedi. Ni aujourd'hui.

— Ils auraient dû me le dire, murmura-t-elle, plus à elle-même qu'à son frère.

Trey soupira.

— Écoute, je les aime comme des frères, mais ils n'auraient pas dû te le cacher.

— Non, en effet, confirma-t-elle en fronçant les sourcils.

— Alors, j'ai demandé à Gryff de présenter ma proposition à Eli, qu'ils te déposent ici. On pourra récupérer demain le reste de tes vêtements chez eux.

— Et mon appartement ?

— J'ai payé le solde de ton loyer et mis un terme à ton bail.

— Pourquoi t'as fait ça ?

— Parce que ce coin était horrible et dangereux, voilà pourquoi.

— Trey, je...

— Liv, je suis ton grand frère, il est temps que je t'aide. On peut se soutenir, d'accord ? Comme les frères et sœurs devraient le faire. S'il te plaît, ne refuse pas. Viens chez nous. Ensuite, je t'installerai dans un nouvel endroit, et on te trouvera un travail qui paiera mieux, mais te permettra aussi de te focaliser sur l'obtention de ton diplôme. Ce n'est pas ce que tu souhaites ?

Bien sûr que si. Elle voulait décrocher son diplôme depuis longtemps, mais...

— Oui, mais, Trey...

— Mais rien. T'es seule depuis assez longtemps. Est-ce que j'étais d'accord ? Honnêtement, non. Est-ce que je comprends pourquoi ? Oui. Alors, mettons tout ça derrière nous et avançons. S'il te plaît ?

Liv ferma les yeux et hocha la tête, même si Trey était incapable de la voir.

— Je suis ton grand frère, Liv. Pour une fois, laisse-moi agir comme tel.

Il avait l'air abattu et cela lui serra le cœur. Elle ne voulait pas qu'il soit triste. Elle souhaitait le voir heureux. Il le méritait.

Elle aussi.

— D'accord.

— Alors tu reviendras ici ?

— Oui, répondit-elle en tournant les yeux vers l'entrée de la cuisine. Pour un petit moment.

— C'est tout ce que je désire. À bientôt. Je t'aime, sœurette.

— Je t'aime aussi, Trey. À bientôt.

L'appel prit fin. Liv fixa le téléphone un moment avant d'avancer pour le poser sur la table rustique en bois qui se trouvait à proximité.

Eli savait que Dean était en garde à vue depuis vendredi et ne lui avait rien dit. Grant était également au courant. Tous deux lui avaient caché cette information cruciale.

Elle n'aimait pas ça. Pas du tout.

En pénétrant dans la grande pièce de la maison en rondins, elle hésita à l'entrée. Eli et Grant se trouvaient sur le canapé, Grant appuyé contre l'homme à la peau foncée, le bras de son mari passé autour de ses épaules.

Soudain, elle ressentit une douleur à l'idée de ne pas être avec l'un ou l'autre. Si la nouvelle était vraie, et qu'elle pouvait rentrer en toute sécurité, désirait-elle réellement séjourner chez son frère ? Ou bien souhaitait-elle suivre Eli et Grant ? Maintenant qu'elle n'était plus en danger, voudraient-ils qu'elle reste dans leur maison ? Ou bien désireraient-ils qu'elle retourne dans son appartement ?

Tant de questions, tant de décisions à prendre. Elle avait besoin de réponses.

Mais d'abord, elle devait savoir pourquoi ils lui avaient caché l'arrestation de Dean.

Lorsque la tête d'Eli se tourna pour regarder par-dessus son épaule, il l'aperçut et se redressa, entraînant Grant avec lui. Ce dernier se retourna également vers elle.

— Vous partez bientôt ? demanda-t-elle.

— Tu peux venir te poser avec nous un moment ? Il faut

qu'on te parle, déclara Eli en détachant son bras des épaules de Grant.

Liv s'avança dans la grande pièce et contourna le canapé pour se mettre en face d'eux.

— Liv, assieds-toi. S'il te plaît ? demanda Grant en indiquant l'espace entre les deux hommes.

Elle hocha la tête. Soudain, elle eut l'impression d'être dans un brouillard, comme la première fois qu'elle avait vu Eli dans le vestibule du cabinet d'avocats. Cela semblait faire une éternité, alors que ce moment ne remontait pas à plus de deux semaines.

Ils l'observèrent, tous les deux attentifs, tandis qu'elle s'asseyait entre eux, leurs cuisses se touchant, leur chaleur à chacun infiltrant ses os. En s'installant entre eux, elle fut envahie d'un sentiment de sécurité et de bienveillance qui remplit son cœur et apaisa son esprit.

Mais elle souhaitait encore savoir pourquoi ils ne lui avaient pas parlé de Dean. Cette idée la dérangeait.

— Vous avez quelque chose à me dire ? s'enquit-elle prudemment.

— On avait quelque chose à te demander, précisa Eli.

Elle se tourna vers lui pour étudier ses traits sombres. Son crâne lisse qui lui allait si bien, ses sourcils noirs, ses yeux d'un marron foncé, son large nez, les tons marron foncé de sa peau, ses lèvres pulpeuses et luisantes qui l'avaient fait jouir à de nombreuses reprises. Ses longs doigts aux ongles soignés lorsqu'il tendit la main pour glisser une mèche de cheveux derrière son oreille...

D'une manière très affectueuse. Ses traits étaient doux, et pour cette raison, elle eut du mal à maintenir la rancœur qu'elle ressentait face au secret qu'il avait gardé au sujet de l'arrestation de Dean.

— Qu'est-ce que vous voulez me demander ?

La main de Grant parcourut son dos, et ensuite, elle tourna les yeux vers lui. Ses cheveux bruns qui étaient actuellement ébouriffés, ses lunettes qui lui donnaient un air si intelligent et mettaient en valeur ses beaux yeux expressifs d'une nuance noisette, l'ombre de sa barbe bien taillée, son cou cordé dans lequel elle adorait planter ses dents. Les deux hommes avaient de larges torses, et leurs corps étaient absolument magnifiques. Elle aimait tout ce qui concernait les deux hommes. Y compris leur intelligence.

Être entre les deux lui semblait juste. Elle avait l'impression d'être chez elle, comme si c'était sa place.

Pour une fois, elle avait trouvé une place quelque part.

Elle se sentait incluse. Désirée. Indispensable. Appréciée. Son cœur se gonfla.

— Olivia, on aimerait que t'emménages avec nous.

Elle cligna des yeux, et avant de pouvoir se retenir, les mots jaillirent.

— Trey veut que je séjourne chez eux.

— T'as parlé à Trey ?

— Oui, il y a quelques minutes, confirma-t-elle en hochant la tête et croisant le regard d'Eli.

Elle ne manqua pas le moment où les yeux d'Eli dévièrent vers Grant avant de revenir rapidement à elle.

— Qu'est-ce qu'il a dit ?

— Ce que t'as oublié de me dire... Ou que tu n'as pas oublié, juste omis. Tu veux bien m'expliquer pourquoi ?

Elle devait au moins leur donner l'occasion de s'expliquer. Elle le leur devait bien. Ce n'était pas comme si elle n'avait pas apprécié chaque minute qu'elle avait passé avec eux ce week-end. Même si elle avait eu cette information vendredi soir, la possibilité de rester à la ferme pour le week-end lui aurait peut-être traversé l'esprit.

— Il t'a parlé de l'arrestation de Dean, lâcha Grant derrière elle d'une voix plate.

Elle lui jeta un coup d'œil par-dessus son épaule, mais il avait déjà quitté le canapé. Il vint s'agenouiller aux pieds d'Eli, de sorte qu'elle puisse leur faire face à tous les deux en même temps.

— Oui, en effet, confirma-t-elle en hochant la tête. Comme je l'ai dit, il souhaite que je reste avec lui. Pourquoi je ne devrais pas le faire ?

Elle voulait l'entendre de leur bouche.

— D'abord... commença Eli. J'ai eu l'idée de te cacher cette information jusqu'à ce soir.

— Pourquoi ?

— Pour qu'on puisse passer du temps ensemble. Rien que nous. T'es en colère contre moi ?

Liv scruta Eli, qui semblait sincèrement préoccupé par sa réaction. Elle tendit la main et fit dériver le bout de ses doigts sur la mâchoire de l'homme.

— Je suis déçue que tu n'aies pas été honnête avec moi. Non pas que tu aies menti. Mais t'aurais dû me le dire et me laisser le choix de rester ou de partir.

Eli et Grant acquiescèrent.

— T'as raison, dit Grant en posant une main sur son genou et le pressant. On aurait dû faire ça. Ce n'est pas seulement la faute d'Eli, Liv. C'est aussi la mienne. J'étais d'accord. Je pense vraiment qu'on avait besoin de ce temps ensemble pour comprendre ce qu'on représentait les uns pour les autres. Aurais-tu voulu rester si on te l'avait dit ?

— Oui ! C'est justement ça, j'aurais accepté. Ce week-end a été merveilleux. Il a renforcé ce que j'étais en train de réaliser.

— Qu'étais-tu en train de réaliser ? insista Eli, le visage plein d'espoir.

— Que c'est bon d'avoir quelqu'un, ou *plusieurs personnes*, à ses côtés. C'est agréable de pouvoir s'appuyer sur quelqu'un dans les moments difficiles. De se sentir aimée.

— Oui, c'est vrai.

— Ce n'est pas parce que je peux chercher en toute sécurité un nouvel endroit pour vivre et reprendre mon travail que je ne souhaiterais plus jamais vous revoir. Je veux dire, on vit dans le même État. On ne vit même pas dans deux villes différentes. Je ne serai pas loin.

— Mais tu serais plus proche si tu emménageais avec nous, de façon permanente, suggéra Eli.

— Même si j'adore être avec vous deux, vous ne pouvez pas continuer à m'aider.

— Liv, on peut se le permettre pendant que tu vas à l'école, que tu obtiens ton diplôme. Trouve le travail de tes rêves.

Le job de ses rêves. Elle ignorait ce qu'elle aspirait de faire.

— Pour l'instant, je désire juste trouver quelque chose qui paie suffisamment pour ne pas avoir à me battre tout le temps.

— Je peux le comprendre. Mais maintenant, tu peux découvrir la voie professionnelle que tu veux emprunter, que ce soit comme assistance sociale ou non, sans être obligée d'accepter un job de merde. Tu ne seras jamais en difficulté si tu vis avec nous. Je peux te le promettre, insista Grant.

— Tu peux toujours venir travailler pour le cabinet, suggéra Eli.

— Pour faire quoi ? demanda Liv en lui faisant un regard surpris. Nettoyer les toilettes ? Je n'ai aucune compétence utile au cabinet.

— Gryff pourrait te trouver quelque chose.

— Il est d'accord ?

Elle n'obtint aucune réponse. Elle en conclut donc que Gryff n'était peut-être pas au courant de ce qu'Eli proposait.

— Ne nous préoccupons pas de ça pour l'instant. Que penses-tu de l'offre d'Eli ?

Grant se leva sur ses genoux et se pencha vers ses jambes, capturant ses mains. Il les pressa contre sa bouche et embrassa ses doigts.

— T'es totalement d'accord avec ce plan ? demanda-t-elle en baissant les yeux vers lui.

— Oui, trésor. Je le suis vraiment. Jamais je n'aurais imaginé que mon mari et moi inviterions une femme à venir vivre avec nous, à faire partie de *nous*. Mais c'est le cas. Lui aussi. On est tous les deux partants.

Liv fut soulagée. Elle voulait également tout ça. Elle était absolument ravie de leur offre d'emménager avec eux. Elle devrait accepter de perdre un peu de son indépendance, mais elle était sûre que tout le bien qui résulterait d'une relation avec deux hommes qu'elle aimait en vaudrait la peine.

— J'ai quelque chose à vous avouer, dit-elle.

Ni l'un ni l'autre ne dit mot, mais ils attendirent patiemment qu'elle rassemble son courage.

— Je sais que c'est trop tôt, que ce genre de choses n'arrive normalement pas si vite, mais ce week-end m'a fait réaliser...

Elle hésita. Elle s'ouvrait à eux en admettant ce qui allait suivre. Elle serait vulnérable, mais elle voulait qu'ils le sachent. S'ils ne ressentaient pas la même chose qu'elle, ce n'était pas grave. Leurs sentiments finiraient peut-être par égaler les siens.

— Quoi ? demanda finalement Eli, qui commençait à avoir l'air anxieux.

— Je suis presque sûre de vous aimer, confia-t-elle en prenant la joue de celui-ci avec une main et celle de Grant avec l'autre.

Les deux hommes sursautèrent. Grant se redressa sur ses talons, attrapa la main posée sur sa joue et l'amena à sa bouche pour baiser sa paume. Eli saisit son autre main et serra ses doigts.

— Quand tu dis ça, tu parles de nous deux ? demanda Grant.

— Oui, assura-t-elle en lui adressant un petit sourire. De vous deux.

— T'en es *sûre* ? insista-t-il, les lèvres frémissantes.

— Oui, plutôt certaine, confirma-t-elle d'un hochement de tête, se retenant de glousser.

— Qu'est-ce qui ferait que t'en es vraiment sûre ? la taquina Grant.

— Le temps, dit-elle honnêtement.

— On peut t'en donner, la rassura Eli. On est presque sûrs de t'aimer aussi, Olivia.

— Vous êtes *presque sûrs* ? répéta-t-elle, courbant les lèvres pendant une seconde.

— Oui, assez sûr, confirma Eli en relevant les commissures de ses lèvres.

— Qu'est-ce qui vous convaincrait davantage ? lui répondit-elle pour le taquiner à son tour.

— Comme toi, le temps. Je pense qu'il faut du temps pour renforcer ce sentiment. On est prêts à en donner, et il semblerait que tu le sois aussi. Ça me rend très heureux, *ma chérie*, et je suis sûre que *mon cher mari* aussi.

— Es-tu prête à abandonner ton appartement, trésor ?

— Trey a déjà rompu le bail, alors je n'ai pas le choix. Vous êtes certains de ne pas vouloir que je reste pendant une semaine ou deux avec Trey, le temps d'explorer ces sentiments ?

Les regards de Grant et d'Eli se croisèrent et se fixèrent un instant avant de revenir à elle.

— Seulement si c'est ce que tu désires ou ce dont t'as besoin, *ma chérie*. Sinon, on préfère que tu sois avec nous.

— Je veux rentrer avec vous deux, déclara-t-elle après avoir réfléchi un instant.

— Tu pourras toujours rester avec Trey si t'as besoin d'une pause des hommes autoritaires que nous sommes, dit Eli.

— C'est vrai.

— Je plaisantais, *ma chérie*, rit Eli. J'espère que tu n'auras jamais besoin d'une pause.

Liv se leva, rompant leur contact. Elle se dirigea vers la chambre d'amis où se trouvaient ses affaires.

— Où vas-tu ? l'appela Grant.

— Je vais chercher mes affaires. Je suis prête à rentrer maintenant, répondit-elle.

Elle sourit en traversant le couloir. Son cœur était gonflé. Elle allait fonder un foyer avec ces deux hommes. Elle ne pouvait pas être plus heureuse.

Même s'il avait connu des débuts difficiles, son frère avait trouvé sa place auprès de gens qu'il aimait.

Maintenant, elle faisait de même.

Enfin, après toutes ces années, elle rentrait *chez elle*.

Épilogue

— Tu as été parfaite, trésor, déclara Grant en apportant une bouteille de vin et trois verres dans le bureau. J'ai été impressionné. Normalement, je ne soutiens pas le procureur, mais dans cette affaire, j'étais de son côté. T'as été un témoin remarquable. Si j'avais été l'avocat de Dean, j'aurais vu ma défense s'effondrer dès que t'as commencé à répondre aux questions.

Eli s'éloigna de la chaîne stéréo, de la musique sortant maintenant doucement des haut-parleurs cachés.

— Oui, je suis fier que t'aies pas laissé son avocat t'atteindre. T'as gardé ton calme et t'as tenu bon. *Très impressionnant, ma chérie.*

— Quand sera-t-il condamné ?

— On le saura bientôt, mais tu n'auras pas besoin d'y aller, lui assura Grant en posant les verres sur la table voisine et les remplissant.

— Non, j'en ai envie. Si vous ne voulez pas m'accompagner, je suis sûre que Trey n'y verra pas d'inconvénient.

Grant et Eli échangèrent un regard.

— *Ma chérie*, on est solidaires. Si tu souhaites y être, on sera à tes côtés. Trey peut venir aussi, s'il le désire.

— Ils seraient aussi tous venus aujourd'hui, mais ils ne voulaient pas te stresser si on était tous présents, ajouta Grant.

— Je n'étais pas nerveuse.

— On le sait, dit Eli en souriant. T'étais plutôt féroce avec cet avocat de la défense.

— Très, confirma Grant en acquiesçant, se détournant de la table basse, un verre à la main. Mes couilles se sont crispées à l'idée de t'interroger.

Liv rit, s'enfonçant dans le confortable canapé qui trônait devant la cheminée. Eli avait allumé un feu dès leur retour, car l'hiver n'était pas tendre dans le nord-est.

— Ça n'arrivera jamais.

— Non, en effet. Mais c'était très excitant de te voir comme ça, murmura Grant en tendant le verre à Eli alors qu'il s'approchait.

— Mmmh, c'est vrai ? Demanda Liv, dont les lèvres remuèrent.

— Oui, je crois que j'ai bandé en te voyant si féroce à la barre, avoua Grant en s'avançant avec les deux verres de vin rouge restants.

Il lui en offrit un.

— Il n'est pas le seul, rit Eli en s'installant sur le canapé à sa droite.

— Je dois admettre que c'était une bonne journée, même si j'ai dû témoigner et affronter ce monstre. Avec un peu de chance, Dean trouvera un petit ami en prison pour lui changer ses couches. Et j'ai l'amour de deux hommes bienveillants qui vont me faire oublier ce que je viens de dire sur Dean.

Eli et Grant éclatèrent de rire.

— Je crois qu'on a tous besoin d'un lavage de cerveau pour réussir, confirma Grant en s'installant à sa gauche.

— Je suis d'accord, *mon amour*, dit Eli en levant son verre. Le vin devrait nous aider puisqu'on fête ça.

Grant et Liv brandirent également leurs verres.

— On va mettre tout ça derrière nous et avancer ensemble, déclara Eli, la voix grave et rauque, le soulagement se lisant clairement sur son visage.

Il leva son verre vers le plafond.

— À notre la maison ! proclama-t-il en le tendant vers la cheminée. À notre foyer !

Puis il fit un mouvement circulaire pour les englober tous les trois dans son geste.

— Et à l'amour !

— Je suis d'accord, répondit Grant en trinquant avec leurs verres.

Les deux hommes prirent une longue gorgée. Au lieu de se joindre à eux, Liv se pencha en avant pour poser son verre sur la table.

Les regards des deux hommes fixèrent son verre rempli.

— Pas de vin pour toi, trésor ? s'étonna Grant.

— Mmmh, murmura Liv. Je passe mon tour.

Les deux hommes posèrent également leurs verres sur la table basse et se tournèrent vers elle.

— Quoi ? Toi ? Refuser du vin ? C'est du jamais vu ! s'exclama Grant.

— Ton estomac est toujours perturbé par le stress de la journée, Olivia ? demanda Eli, son visage révélant un masque d'inquiétude. T'as vomi ce matin.

Elle n'avait pas besoin de ce rappel, elle s'en souvenait bien trop clairement. Eli s'était précipité dans leur salle de bain pour retenir ses cheveux.

— Non, ce n'est pas ça, lui assura-t-elle en lui faisant un petit sourire.

— Alors quoi ? demanda Eli en fronçant les sourcils.

Le visage du détective privé passa par tout un éventail d'émotions.

— T'as aussi vomi hier matin, fit-il soudainement remarquer, comme si elle n'avait pas non plus été présente pour cette expérience mémorable.

Un air pensif traversa le visage de Grant.

— T'es allée chez le médecin hier, murmura-t-il. Je croyais que c'était parce que tu ne te sentais pas bien... Putain de merde, ça veut dire qu'on a quelque chose d'autre à fêter ?

— Hum hum, répondit-elle alors que son sourire s'élargit.

Les deux hommes se regardèrent, puis tournèrent à nouveau les yeux vers elle, choqués.

— T'es certaine ? lui demanda Eli, les sourcils froncés. Tu prends la pilule depuis six mois.

— Plutôt, oui, dit-elle pour le taquiner.

Eli lui serra les épaules en la fixant, ses yeux passant de Grant à elle.

— Qu'est-ce qui te permettrait d'en être certaine ?

— J'en suis sûre, affirma-t-elle en lui souriant.

Elle se laissa glisser du canapé pour s'agenouiller par terre, de sorte à pouvoir être face aux deux hommes. Elle posa une main sur une de leurs cuisses, qu'ils couvrirent rapidement de la leur.

— Je sais que ce n'était pas prévu, commença-t-elle après avoir inspiré profondément. Je suppose que je fais partie des personnes pour lesquelles la pilule est inefficace... Quand le médecin a confirmé que j'étais enceinte... J'étais heureuse, je dois l'admettre. Mais je veux que vous le soyez aussi. C'est inattendu, je sais. On n'en a pas parlé, et je suis désolée si c'est trop tôt... et...

— Trésor, chuchota Grant en la tirant sur ses genoux.

Eli se décala vers eux et les entoura de ses bras. C'était génial d'être prise en sandwich par ses deux hommes. Elle ne pouvait pas s'imaginer ailleurs, avec quelqu'un d'autre que les deux hommes dont elle était si intensément tombée amoureuse. Elle était plus que ravie à l'idée de porter leur enfant. De construire un avenir avec eux. De créer leur famille.

Clignant des yeux plus rapidement que d'habitude, Eli glissa sa main sur son ventre, ce qui incita Liv à faire de même.

— Alors, t'es content ? demanda-t-elle doucement, essayant de ne pas hurler.

— Tellement heureux. *Tu n'imagines pas à quel point, ma chérie.*

— *Mon cœur*, je n'ai pas suffisamment appris le français, lui rappela-t-elle.

— Il a dit que tu n'as aucune idée du bonheur que tu nous apportes. Je suis d'accord avec lui.

— Eh bien, j'en suis ravie, car ce n'est pas comme si vous aviez le choix, gloussa-t-elle au travers de ses larmes retenues.

Grant tendit une main et la plaça sur le ventre de Liv avec celle d'Eli.

— C'est donc notre enfant qui est là-dedans, murmura-t-il, émerveillé.

— Le médecin pense que ça ne fait qu'un peu plus de cinq semaines, alors il faudra attendre avant que tu puisses sentir mon ventre rond.

— Je sais, *ma chérie*, rit Eli. Mais je suis désolé, j'ai hâte que tu sois grosse de notre enfant.

— Oui, je suis vraiment impatiente d'être grosse, plaisanta-t-elle en pensant à Paige et ses crises pendant sa grossesse.

Maintenant, près du terme de sa grossesse, la femme avait

du mal à se déplacer avec les deux bébés grouillant joyeuse-ment dans son gros ventre. Liv ignorait comment elle faisait.

— On t'aimera quoi qu'il arrive. Dans tous les cas, on aimera aussi notre enfant. Je suis heureux que t'aies finale-ment accepté le travail que Gryff t'a offert, car comme ça, on ne manquera pas une minute de cette grossesse.

— Mmmh, oui, moi aussi. Mais je suis certaine que ce ne sera pas tout le temps autant réjouissant. Il y aura encore des nausées matinales et des pieds enflés. Et l'accouchement, rappela-t-elle à Eli.

Il fit un petit bruit.

— Ça fait partie du développement d'une nouvelle vie. Une vie qui fera partie de nous.

— Je vous le rappellerai dans la salle d'accouchement quand j'aurai envie de vous tuer.

Grant pouffa et Eli rit.

— Pourquoi ne pas nous l'avoir dit hier quand tu l'as découvert ? lui demanda Grant.

— J'espérais que la journée d'aujourd'hui se déroulerait comme on l'avait prévu, et que toute cette histoire avec Dean serait derrière nous, pour qu'on puisse oublier ce passé peu glorieux et se tourner vers un avenir plein d'espoir. En plus, ça nous a donné une raison de plus de célébrer aujourd'hui.

— Tu ne pourras peut-être pas savourer le vin, mais on pourra le fêter de bien d'autres façons, promit Eli en dépo-sant un baiser sur sa tempe.

— J'ai hâte de profiter de chacune d'entre elles, avoua-t-elle avec un sourire en coin.

— Mmmh, moi aussi. T'as annoncé à Trey qu'il allait être oncle ? l'interrogea Grant.

— Absolument pas. Vous êtes les premiers à le savoir, bien sûr.

Les yeux de Grant se plissèrent et il sourit.

— Je veux être là quand tu le lui diras.

— Moi aussi, déclara Eli.

— Pourquoi ? demanda-t-elle. Tu crois qu'il va sortir le fusil ?

— Eh bien, il va certainement paniquer. Mais j'imagine que ce sera positif, ajouta Eli. Je pense qu'ils adoreront avoir une nièce ou un neveu, tous les trois.

— Ça va être un enfant gâté, confirma Grant en secouant la tête et souriant.

— En effet, il le sera.

— Elle, le corrigea Liv.

— Que ce soit un garçon ou une fille, cet enfant sera très aimé.

— Oui, il le sera. Tout comme sa maman.

— *Comme nous tous.*

Liv traduisit dans sa tête.

Elle était tout à fait d'accord.

Inscrivez-vous à la lettre d'information de Jeanne pour connaître ses prochaines sorties, ses ventes et bien plus encore (En anglais): http://www.jeannestjames.com/ newslettersignup

Jeanne St. James

Un voyage audacieux

Deux chemins : l'un nouveau et l'autre familier. Et un désir ardent de choisir les deux…

Quand Damon repère une magnifique rousse dans son avion, le pilote est déterminé à mieux la connaître. Cela fait long-temps qu'il n'a pas ressenti une connexion instantanée avec quelqu'un. La dernière fois, c'était avec son ancien amant qui l'avait quitté cinq auparavant sans explications. Ça l'avait dévasté. Bien qu'il fût plus prudent maintenant, MacKenzie est peut-être tout ce qu'il recherche, et plus.

Ne s'attendant pas à rencontrer le grand et beau capitaine à la peau mate sur son trajet pour rentrer chez elle, Mac trouve excitante l'insistance autoritaire de Damon. Elle décide de tenter le coup avec lui. Quand une personne de son passé refait surface, un homme que Damon aimait et aime encore, cela se révèle possiblement être une erreur au final.

Les cinq dernières années été plutôt sombres pour Trévor. Il est maintenant prêt à retrouver la lumière. Il est de retour à Boston, non seulement pour demander pardon, mais aussi pour se reconnecter avec Damon puisqu'il aime toujours cet homme.

Néanmoins, il y a une complication. Damon voit quelqu'un d'autre et Trévor arrive peut-être trop tard.

Tournez la page pour lire le premier chapitre du livre suivant : mybook.to/ADaringJourney-FR

Un voyage audacieux (livre 6)
A Daring Journey

Chapitre un

MAC SOUPIRA DOUCEMENT et appuya sa tête contre son siège. Fermant les yeux, elle laissa les paroles décousues de sa meilleure amie et ancienne colocataire à l'université entrer par une oreille et sortir par l'autre.

Elle aimait Gia à mort, mais parfois la femme parlait trop.

Pas parfois.

La plupart du temps.

Maintenant, après avoir passé la dernière semaine avec elle dans sa maison en Arizona, elle était prête à retrouver un peu de paix et de tranquillité. Ce qui n'était pas près d'arriver.

Non. Parce qu'elle était coincée dans un avion, assise juste à côté d'elle.

Elle adorait Gia.

J'aime Gia comme une dingue.

Mais pour le moment, elle voulait « affectueusement » lui mettre un coup de massue.

Malheureusement, comme elles étaient dans un avion en direction de Boston, elle n'en avait pas à portée de main. À vrai dire, la sécurité des transports désapprouvait le port d'armes dans la cabine d'un avion.

Même en première classe. Où se trouvaient actuellement leurs petits culs.

Elle devrait peut-être commander un autre verre. Après tout, ils étaient gratuits, et cela calmerait ses nerfs.

Elle n'avait jamais été une grande fan de l'avion et était heureuse de ne pas être seule, mais quand même...

Elle était fortement tentée par un troisième martini.

Gia l'accompagnait à Boston uniquement parce que l'un de ses frères avait récemment eu des jumeaux. Curieusement, Gia s'était portée volontaire pour venir, pendant un petit moment, aider la famille élargie de Gray. Cette décision avait surpris Mac au plus haut point.

Apparemment, la mère des jumeaux était un peu dépassée.

C'est à attendre avec des jumeaux, supposa-t-elle.

— Elle ne voulait même pas d'enfants au départ, dit Gia.

— Qui ? s'enquit Mac en levant une paupière.

— Paige. Elle n'était pas pressée d'avoir des enfants. Quand elle est tombée enceinte, elle a paniqué en découvrant qu'elle allait avoir des jumeaux.

— C'est de famille ?

— Laquelle ?

Mac ouvrit son autre œil et haussa une épaule en regardant Gia.

— La sienne. La tienne.

— Pas dans la nôtre. Je ne suis pas sûre pour la sienne. Mais je ne suis pas certaine non plus pour celle de Connor.

— Connor ? demanda Mac en secouant la tête.

— Oui, je te l'ai *dit*. Mes deux frères sont dans des relations polyamoureuses.

Oh, oui, en effet. Bizarre, non ?

Les deux frères aînés de Gia, Gray et Gryff, étaient « mariés » à un autre couple. Ou peu importe la dynamique de ces relations.

Était-ce légal, au moins ?

Elle s'en moquait. Ce n'était pas ses affaires.

— Tu te souviens ? Gray est avec Paige et Connor, expliqua Gia en se penchant vers Mac, et elle continua en chuchotant. Connor est un beau morceau de viande australienne. *Fiou* !

Son amie leva un doigt bien manucuré.

— *Et* il a encore son accent. Chaque fois que je l'entends, j'ai envie de sortir mon sextoy, puisque Gray ne veut pas me le prêter.

Mac tourna la tête et fixa son amie.

— Pourquoi ton frère partagerait-il son mari avec sa sœur, bon sang ? s'exclama Mac en plissant le nez. Berk !

— Ce n'est pas comme si j'avais un lien de parenté avec lui, rétorqua Gia en souriant, ses yeux bruns pétillant.

— Est-ce qu'ils sont dans une relation libre ?

— Non.

— Alors... je ne reproche pas à Gray de ne pas t'avoir laissé « emprunter » son mari, dit Mac en levant les mains et les yeux au ciel. Attends ! Ils sont officiellement unis maintenant ?

— Ils sont mariés, mais je ne pense pas que ce soit légalement contraignant. Paige et Connor étaient déjà mariés quand ils ont rencontré Gray.

— Ce n'était pas bizarre ?

— Pas pour eux, je suppose, répondit Gia en haussant les épaules. Pas pour moi non plus. Ça fonctionne entre eux.

Honnêtement, je suis tellement jalouse. Je veux ce qu'ils ont. Je veux aussi ce qu'a Gryff.

Ah, oui. Gryff. Lorsque Mac avait rencontré Gray et Gryff à l'université, elle avait fantasmé d'innombrables fois sur les deux frères de Gia. Mais elle ne l'avait jamais révélé à son amie parce que ces fantasmes étaient si obscènes qu'elle finissait par être excitée rien qu'en y pensant. À certains moments, elle imaginait être avec les deux en même temps.

Oui, elle pouvait comprendre la fascination de Gia pour les plans à trois. Les frères de celle-ci étaient ténébreux et mystérieux, et tellement sexy.

Ils étaient aussi tous les deux de super mâles alpha.

Miam !

Cependant, ces hommes étaient parfaits pour le sexe, mais difficiles à vivre, comme Mac l'avait découvert.

Elle serra ses cuisses et expira lentement. S'exciter à neuf mille mètres d'altitude ne lui apporterait rien de bon. D'autant plus qu'elle ne pourrait rien y faire.

Il s'était avéré que Gryff et Gray étaient bisexuels, tous les deux, ce qui rendait les fantasmes qu'elle avait eus encore plus palpitants. Non pas qu'elle ait récemment pensé à eux.

D'accord, c'était peut-être le cas. Mais elle ne l'avouerait pas à Gia.

Bien qu'elle n'ait jamais rencontré Connor, elle avait vu Trey Holloway, le mari ou petit ami ou amant de Gryff — *peu importe* — à la télévision à de multiples reprises. Il avait remporté le Super Bowl, après tout. Si elle se souvenait bien, Trey avait pris sa retraite du football quelques années plus tôt. Maintenant, il était avocat dans le cabinet renommé de Gryff.

Elle s'essuya le coin de la bouche.

Elle devrait peut-être aussi ajouter Trey à son harem imaginaire...

Oh, mon Dieu, elle devait s'envoyer en l'air. Cela faisait trop longtemps. Elle devait arrêter ses fantasmes sur les hommes de la famille de Gia, telle une nympho en manque de sexe.

Argh. Honnêtement, elle avait juste besoin de baiser pour se détendre.

Elle se rendit compte que Gia était toujours en train de parler.

Évidemment.

— Un de ces jours, je vais trouver les deux bons mecs et nos parents flipperont quand je les ramènerai à la maison pour Thanksgiving.

— Pourquoi ?

— Parce que, imagine, trois de tes quatre enfants sont dans des ménages à trois ? Tu commencerais probablement à te demander où t'as merdé.

Ça pouvait paraître un peu étrange, supposa-t-elle. Mais en fin de compte, les relations à trois n'étaient-elles pas curieuses de manière générale ? Bien qu'elle en ait fantasmé, elle n'en avait jamais vécu une dans la réalité.

— Ou ce que t'as fait de bien, suggéra Mac. Et Gayle ?

— Gayle n'arrive pas à trouver un seul homme qui veuille bien supporter son cul de *bourge*.

— Toi, t'y parviens ? rétorqua Mac en se retenant de pouffer.

— Je suis exigeante, répliqua Gia, dont les lèvres sombres et charnues s'aplatirent.

Un soupir échappa à Mac.

— Je ne suis pas mieux placée pour parler. Après tout, l'autre soir, on a été le rencard l'une de l'autre à la réunion de l'université. Je suis dans le même bateau. *Où* sont tous les bons numéros ?

Mac sursauta de surprise et se plaqua dans son fauteuil

lorsqu'elle aperçut des pupilles qui regardaient entre les deux sièges devant elles.

Les yeux bleus clignèrent. La bouche du visage sourit.

— Bonjour, mesdames. Je n'ai pas pu m'empêcher d'entendre votre conversation. Si vous cherchez un volontaire pour votre plan à trois...

Il agita ses sourcils blonds et touffus.

— Être avec deux femmes a toujours été un de mes fantasmes.

Gia fixa le type, se tourna vers Mac, haussa un sourcil noir sculpté, puis leva les yeux au ciel.

— C'est le fantasme de la plupart des hommes. Ce ne sera jamais leur réalité, l'informa Gia.

Soudain, le gars se percha sur ses genoux et se pencha au-dessus du dossier de son siège. L'inconnu baissa la voix, presque à la manière de Barry White.

— Mais vous, mesdames, vous pouvez le concrétiser.

Non, Mac se trompait, c'était plutôt Barry Manilow.

Pensait-il cette approche séduisante et irrésistible ? Si c'était le cas, il avait tout faux.

Le menton de Gia se releva brusquement et elle leva un doigt. Encore une fois. Mais cette fois, le sens était totalement différent.

Oh, merde. Mac savait exactement ce que cela signifiait. Gia était sur le point de passer aux choses sérieuses. La plupart des gens sains d'esprit n'avaient aucunement envie de recevoir ce qu'elle allait envoyer.

— Tourne-toi et pose ton cul.

— Je veux juste offrir mes services.

— J'ai bégayé ? Pose. Ton. Cul.

— Je suis assis, souffla-t-il.

— Si ton cul n'est pas collé au siège, tu n'es pas assis, répliqua Gia en tournant son redoutable doigt dans l'air.

— Tourne-toi, imbécile.

— Eh bien, si… commença-t-il en fronçant les sourcils.

— Blah blah blah ! le coupa Gia, à deux doigts de lui plaquer son index sur ses lèvres. Ne m'oblige pas à demander au marshal de taser ton cul. Tourne. Toi.

L'homme fit une moue et s'enfonça dans son siège avec un grognement.

— Le mec pense qu'il peut nous gérer toutes les deux. Steuplaiiit. Et en même temps.

Elle secoua la tête.

— Oh, oh, oh, gloussa-t-elle.

Mac étouffa un rire avec sa main.

Gia leva le bras et appuya sur le bouton pour appeler l'hôtesse de l'air, qui apparut si rapidement près du coude de Mac qu'elle sursauta de surprise.

— Madame ?

— On a besoin de deux autres martinis bien chargés, demanda Gia en adressant un sourire doucereux à la femme. L'homme devant moi voudrait un mouchoir en papier pour sécher ses larmes et un coussin pour ses fesses douloureuses.

Cette fois-ci, Mac ne prit pas la peine d'étouffer son rire.

Quelques minutes plus tard, l'hôtesse était de retour avec leurs martinis et un paquet de mouchoirs en format voyage pour l'homme contrarié.

Deux heures plus tard, elles quittaient enfin l'avion en traînant les pieds. Mac avait hâte de sortir et se dégourdir les jambes. Bien qu'elle ait été en première classe, elle savait que c'était pire pour les personnes entassées en classe économique. D'ailleurs, c'était exactement où elle se serait trouvée si Gia n'avait pas surclassé son billet pour qu'elles puissent être assises l'une à côté de l'autre.

Alors qu'elles atteignaient l'avant de la cabine où une hôtesse et un des pilotes attendaient debout pour remercier les passagers sortant de l'avion, Gia s'arrêta net. Mac la percuta, expulsant l'air de ses poumons.

Avant que Mac puisse la réprimander de s'être stoppée si brusquement, elle entendit son amie roucouler.

— Oooh. Regarde ce morceau de viande d'homme délicieusement brun, ronronna Gia.

Où ?!?

Gia était grande. Mac ne l'était pas. Tout ce qu'elle parvenait à voir, c'était le dos de son amie. Gia passa rapidement une main sur sa coupe pour s'assurer que ses cheveux courts étaient parfaits.

Ils l'étaient. Les cheveux de Gia étaient toujours impeccablement coiffés. Contrairement à ceux de Mac, dont les cheveux roux étaient toujours indisciplinés. Elle devait utiliser cinq mille lotions et un fer à lisser pour ne pas ressembler à un clown maléfique lorsqu'ils frisaient.

Mais tout cela ne servait à rien si le temps était quelque peu humide. *Pouf.*

Son maquillage n'était jamais aussi parfait que celui de Gia, parce que... eh bien, elle s'en fichait. Ou qu'elle n'avait pas ce genre de talent.

Elle ne se négligeait pas. Elle était soignée et bien habillée. Mais comme elle passait du temps sur ses cheveux tous les matins, elle était trop épuisée pour mettre autre chose que du fard à joues. En plus, elle ne le faisait que pour ne pas ressembler à un mort-vivant.

Elle avait passé la majeure partie de son adolescence à recouvrir ses taches de rousseur avec du fond de teint. Mais elle n'en avait plus rien à faire. Si quelqu'un n'aimait pas ses taches de rousseur, c'était leur problème, pas le sien.

Les gens supposaient qu'elle était d'origine irlandaise, à cause de la couleur de ses cheveux et de ses yeux bleus. La plupart du temps, elle ne les corrigeait pas. Et...

Ses pensées furent interrompues lorsque Gia s'avança suffisamment pour qu'elle puisse voir pourquoi la femme s'était arrêtée.

Oh, oui.

Maintenant, elle comprenait parfaitement.

Bien sûr, c'était à cause d'un homme.

Mais pas n'importe lequel.

UN. HOMME.

En uniforme.

Grand. Sombre. Un homme qui avait le potentiel de faire fondre les femmes.

La partie foncée ne s'arrêtait pas à ses cheveux. Bien qu'ils soient noirs et bien coupés sur sa tête, elle parlait de son teint. Il était presque aussi sombre que celui de Gia.

Presque, mais pas tout à fait.

Il portait un uniforme de pilote et un sourire chaleureux entouré d'une barbichette bien taillée, tandis qu'il remerciait les passagers quittant l'avion. Gia était la suivante.

Ne le touche pas, ma fille. Ne le touche pas. Je ne veux pas te voir neutralisée par un marshal de l'air et devoir demander à Gryff de te sortir du pétrin.

Range tes pieds et tes mains. Ta langue aussi.

Ne lèche pas le pilote, s'il te plaît.

Attendez. Mettait-elle en garde Gia ou elle-même ?

Son amie s'arrêta devant l'homme, procédant à un examen évident et minutieux des pieds à la tête. Le pilote sourit, le coin de ses yeux marron foncé se plissant.

— Merci d'avoir volé avec nous, lui déclara-t-il d'une voix grave et exquise.

Manifestement, Gia trembla sur ses bottes à talons, très inappropriées pour un voyage en avion.

Après quelques secondes pendant lesquelles son amie

resta figée, le pilote leva ses sourcils sombres et son sourire s'effaça.

Mac put presque comprendre l'air apeuré que l'homme essayait visiblement de masquer. Gia le regardait probablement comme s'il était un fondant au chocolat et qu'elle suivait un régime strict sans sucre.

— Gia ! insista Mac d'une voix sifflante pour la secouer.

Son amie ignora Mac d'un geste de la main par-dessus son épaule.

Cependant, Mac avait attiré l'attention du pilote en prononçant le nom de la jeune femme. *Oups.*

— J'espère que vous reviendrez voler avec nous, lança l'homme à Gia pour la congédier, tout en fixant Mac.

Les lèvres foncées, charnues et séduisantes du pilote s'élargirent en un grand sourire. Son expression était remarquable, semblait sincère, et était si lumineuse que Mac faillit lever une main pour protéger ses yeux.

Bon sang !

— Bien sûr, grommela Gia en tirant violemment son bagage à main hors de l'avion, puis sur la rampe d'embarquement avec un juron. Ces satanées taches de rousseur.

Tandis que Mac avançait, les yeux rivés sur ceux de l'homme, elle observa avec fascination les mots qui commençaient à franchir ces lèvres charnues.

— Merci pour...

Elle poussa un cri lorsqu'elle fut percutée dans le dos et projetée vers l'avant. Le pilote la rattrapa avant qu'elle tombe accidentellement sur lui.

— Allez, on avance ! J'ai un vol à prendre, se plaignit l'homme derrière elle.

Une main sur le coude de Mac et la deuxième sur la poignée de son bagage, le pilote la décala sur le côté pour que l'homme impatient puisse passer. C'était tellement étroit à cet endroit que Mac se sentit obligée de rentrer son ventre pour s'insérer.

— Ça va ?

Nom d'un chien, cette voix. Grave, intense, suave comme de la mélasse. *Celle-ci* pouvait être comparée à celle de Barry White.

Une chaleur la traversa...

— Vous voulez voir mon cockpit ?

... puis explosa en son centre.

— Écartons-nous du chemin, proposa-t-il.

La bouche de Mac s'ouvrit, et avant qu'elle puisse répondre, elle fut entraînée dans le cockpit avec son bagage. Il y avait à peine plus de place là-dedans. Surtout après qu'il eut refermé la porte derrière elle.

En fait, ils étaient presque poitrine contre torse. Sauf que ce n'était pas tout à fait vrai, car il était beaucoup plus grand qu'elle. Bien plus grand. C'était plutôt poitrine contre ventre. Il avait des épaules sacrément larges pour travailler dans un endroit aussi confiné.

Il se racla la gorge, incitant Mac à lever les yeux, qui se posèrent juste au-dessus du col du pilote, sur sa pomme d'Adam saillante.

— Laissez-moi me présenter, dit-il, ce qui fit bouger la boule. Je suis Damon Brooks.

Mac ferma la bouche et déglutit.

— Mac, répondit-elle à l'attention de sa gorge sexy.

— Mac ?

Elle ferma les yeux une seconde et secoua la tête, essayant de reprendre ses esprits.

— MacKenzie Donovan.

Finalement, elle leva les yeux pour voir non seulement son sourire, mais aussi l'amusement qui scintillait dans ses yeux marron foncé.

— Le nom vous va bien, murmura-t-il.

— Le vôtre aussi, répondit-elle en penchant la tête pour lui rendre son sourire.

Les lèvres du pilote tressaillirent.

— Touché.

Il l'étudia un long moment, puis ses sourcils se froncèrent.

— Vous me semblez familière.

Il ne s'agissait pas d'une technique de drague, il avait l'air sérieux.

— J'ai peut-être un sosie quelque part. Vous devez voir des milliers de gens chaque année avec ce boulot.

Néanmoins, elle espérait que son sosie était beaucoup mieux coiffé.

— Mmh. Non, dit-il lentement en se concentrant davantage sur son visage, lui donnant envie de se tortiller. Non, je vous ai déjà vue quelque part. Pas comme passagère. Vous habitez à Boston ?

Devait-elle répondre à cette question ? Combien de pilotes étaient tueurs en série ? Elle devrait demander à Google, juste pour vérifier.

— Dans la région, oui. Et vous ?

— Oui. Je vous ai peut-être déjà vue en ville.

— J'essaie d'éviter la ville.

Ce qui était vrai.

— Moi aussi. Je préfère le calme quand je ne travaille pas.

Il posa sa main sur sa mâchoire et tapota du doigt ses alléchantes lèvres charnues. Surtout celle du bas.

Bon sang ! Elle aimerait bien la tirer avec ses dents. Après l'avoir sucé, bien sûr.

— Maintenant, je m'en souviens ! s'exclama-t-il en relevant la tête et écarquillant les yeux. Je vous ai envoyé un message et n'ai jamais eu de réponse.

— Euh... Vous m'avez envoyé un message ?

De quoi parlait-il ?

— Vous n'êtes pas sur l'application Boston Singles ?

Oh, merde. Devrait-elle nier ?

— Je... euh...

Ses délicieuses lèvres s'aplatirent tandis qu'il sortait quelque chose de sa poche arrière. Merde. Son téléphone portable.

Le cœur de Mac s'emballa en contemplant les longs doigts manucurés du pilote pianoter sur l'écran. Après avoir fait défiler plusieurs fois vers le haut, puis la droite, *voilà* ! Son propre visage la regardait. Elle voyait sa photo de profil sur Boston Singles.

Grillée.

Au moins, cette photo avait été prise un jour où ses cheveux étaient bien coiffés. Cependant, chaque tache de rousseur sur son visage luisait comme une balise.

— Euh...

— C'est toi. Et à ce stade, aussi bien laisser tomber les formalités.

Son ton était chargé de reproches.

— Euh...

Merde.

— Je ne voulais pas être sur l'application, dit-elle rapidement. Ma meilleure amie m'y a forcée. Ça n'a rien à voir avec toi, je n'ai répondu à personne. Ce n'était pas personnel.

— Alors, tu te rappelles de mon message.

Merde. Elle ne s'en souvenait pas. Elle avait rejeté l'idée de s'inscrire sur une application pour célibataires. Gia l'avait forcée à le faire il y a plus d'un an. Après que le dernier enfoiré de mec dominant avec lequel elle sortait l'eut larguée.

Elle s'était inscrite pour la faire taire. Bien qu'elle ait lu certains des messages, la plupart étant incroyablement inappropriés, elle n'avait jamais répondu à qui que ce soit. Même aux beaux mecs qui avaient un profil décent. Elle ne pensait tout simplement pas qu'ils étaient réels. Sinon, pourquoi auraient-ils besoin d'être sur une application pour célibataires ? Si leur profil n'était pas bidon, une femme ne leur aurait-elle pas déjà sauté dessus ?

Bien sûr que si. Du moins, c'était ce qu'elle s'était dit pour repousser sa culpabilité après avoir ignoré ses trois cents messages privés. Enfin, c'était le nombre qu'elle avait reçu la dernière fois qu'elle avait regardé. Ce qui remontait à plusieurs mois.

Après avoir fait défiler plusieurs trucs sur l'écran, il lui tendit son téléphone. Elle le prit à contrecœur et lut le message qu'il lui avait envoyé.

Le texte était bien écrit, poli et n'était pas accompagné d'une photo de sa bite. Chose rare.

La grammaire et l'orthographe étaient parfaites. Une autre rareté.

Sans le regarder, elle cliqua sur son profil et le parcourut rapidement. Ah, ouais. Encore un profil qu'elle trouvait trop beau pour être vrai.

Je veux dire, allons, un pilote sexy et célibataire ? Pfff.

Elle releva la tête et lui rendit son téléphone. Les longs doigts de l'homme effleurèrent les siens, envoyant un frisson le long de sa colonne vertébrale.

— T'as retenu mon attention. Il y a tellement de faux profils...

Minable.

— Puis j'ai remarqué sur ton profil que t'étais bi et ouvert sur le sujet.

Elle se souvenait *bien* de ce détail. C'était ce qu'elle avait relevé dans sa description.

Il arqua un sourcil.

— T'es contre le fait qu'un homme soit ouvert sexuellement ?

— Non, mais il y a suffisamment de femmes contre lesquelles je dois me mesurer, je n'ai pas besoin d'y ajouter le reste de la population. En sortant avec un homme bisexuel, j'aurais un désavantage, puisque tu me comparerais aux deux sexes.

Pendant une seconde, il fut bouche bée. Puis il renversa la tête en arrière et éclata de rire.

Mac se lécha les lèvres alors qu'elle scrutait la gorge du pilote se courber, ses larges épaules agitées par le gloussement de sa voix grave et sexy.

— C'est ce que tu penses ? demanda-t-il, une fois qu'il eut fini.

Elle haussa les épaules et lui adressa un petit sourire.

— C'est ce que croit ma névrose. Comme je ne suis jamais sortie avec quelqu'un de bi, je ne peux pas confirmer cette idée.

— Tu n'es jamais sortie avec quelqu'un de bi, *à ta connaissance*.

C'était un bon point.

— C'est vrai. Tu m'as eu sur ce point.

Elle fit rapidement l'inventaire mental des hommes avec lesquels elle était sortie depuis le collège. L'un d'entre eux était-il bi ? *Mmmh.*

À nouveau, il jeta un coup d'œil à son portable.

— Désolé de couper court à cette conversation instructive, mais j'ai bientôt un autre vol auquel je dois me préparer.

Il rangea son téléphone dans la poche arrière de son pantalon d'uniforme bien ajusté. Celui qui épousait ce qui semblait être de puissantes cuisses.

Des cuisses qu'elle ne verrait, qu'elle ne toucherait ou qu'elle ne chevaucherait jamais. *Zut !*

Elle voulut se retourner, mais il lui attrapa l'épaule, la maintenant en place.

— J'aimerais terminer cette conversation plus tard, déclara-t-il alors que ses doigts la pressaient légèrement.

Ce n'était pas une question, mais plutôt une demande. Mais qu'y avait-il à poursuivre ?

— Peut-être autour d'un café, proposa-t-il, les coins de ses yeux se plissant. Ou autour d'un martini bien chargé.

Comment avait-il su ?

— En ce qui concerne les martinis, je préfère normalement des gouttes de citron. C'est Gia qui les aime bien chargés.

Mac grimaça en entendant ce qu'elle venait de dire.

— Avec des gouttes de citron, alors, rectifia-t-il en baissant la tête, toujours amusé.

— Je sais pas. Peut-être.

— J'ai besoin de ton numéro.

Encore une fois, ce n'était pas une demande, mais une exigence. Cependant, elle voulut lui demander pourquoi ? Pourquoi s'intéressait-il à elle ? Elle était ennuyeuse. En plus, elle était loin d'être aussi belle ou exotique que Gia. Pourquoi avait-il porté son attention sur elle plutôt que sur son amie ? C'était plutôt Gia qui était sans cesse à la recherche d'un homme. Ou *d'hommes*, à vrai dire, puisqu'elle était déterminée à en trouver non pas un, mais deux.

— Tu peux m'envoyer un message sur l'application, proposa-t-elle.

— L'application sur laquelle tu ne réponds pas aux messages ? rétorqua-t-il platement.

Oui, c'était bien la même.

— Je vais activer les notifications pour ton profil afin de ne pas manquer les tiens.

Il ne la croyait manifestement pas.

— Promis ? demanda-t-il, confirmant l'impression qu'elle avait.

Non.

— Oui, je te le promets.

— Ton ami doit s'inquiéter pour toi, dit-il alors que ses yeux déviaient vers la porte fermée.

Pas inquiète, mais impatiente. Probablement avec son téléphone collé à l'oreille, tapotant avec agacement le bout de sa botte en cuir à talons hauts. Ou bien Gia pouvait tout aussi bien flirter avec n'importe quel beau gosse dans les parages.

Avec elle, les deux étaient possibles.

Damon — c'était agréable de l'appeler autrement que « le pilote » — passa devant elle et déverrouilla la porte du cockpit, l'ouvrant pour elle.

Elle remarqua la traction exercée sur sa chemise d'uniforme par ce qui semblait être des muscles bien développés. Son attention retint notamment la façon dont le tissu de crêpe blanc mettait en valeur le teint foncé de sa peau. Elle perdit le fil de ses pensées.

Jusqu'au moment où il recommença à sourire d'un air amusé.

Merde.

— J'ai été ravie de te rencontrer, lâcha-t-elle en secouant mentalement sa tête. Merci d'avoir fait atterrir l'avion en toute sécurité.

Ses lèvres remuèrent

— Quand tu veux, répondit-il en levant la main.

Mac la fixa stupidement tandis qu'elle restait tendue entre eux. Qu'est-ce que... *Oh.*

Mon Dieu, elle perdait la tête. Elle saisit sa main, et les doigts du pilote recouvrirent les siens avec enthousiasme. Ces longs doigts forts. Au lieu de lui serrer la main, il la pressa avec fermeté.

Quelque chose se contracta aussi au fond d'elle.

Puis il se lança dans son discours, sa voix grave enveloppant Mac.

— Merci d'avoir volé dans les cieux avec nous. Ce fut un plaisir de vous servir et j'espère vous servir à nouveau bientôt.

Ses paroles lui firent serrer les cuisses et ses tétons se durcirent douloureusement.

Attendez.

— Quoi ?

— J'ai dit que j'espérais vous revoir voler avec nous.

Avant qu'elle forme une flaque malaisante à ses pieds, il relâcha sa main, puis présenta la sienne pour l'inviter à sortir du cockpit.

Elle décolla ses semelles et avança après avoir attrapé la poignée de son bagage à main.

— Hé, MacKenzie... l'appela-t-il, alors qu'elle traînait sa valise derrière elle.

Désormais, l'avion était vide à l'exception du personnel de nettoyage qui ramassait les ordures et rangeait les couvertures et les oreillers. Elle tourna la tête pour le regarder.

— J'ai vraiment envie d'apprendre à te connaître.

Même si cela semblait sincère, elle se demandait encore pourquoi. Elle hocha simplement la tête en guise de réponse, incapable d'en faire plus.

— Je veux aussi que t'apprennes à me connaître, ajouta-t-il.

N'était-ce pas comme ça que les choses fonctionnaient ?

— Pour te faciliter la tâche, je vais te donner ce petit détail qui n'est pas dans mon profil.

Oh, le voilà. Il allait lui dire combien de centimètres il avait dans son pantalon. Cette information figurait dans la plupart des messages qu'elle avait reçus sur l'application. Sur les photos que les hommes envoyaient, certains tenaient même une règle à côté de leurs érections pour prouver qu'ils ne mentaient pas.

— Ma couleur préférée est le rouge.

Sa main se porta automatiquement à ses cheveux, mais elle la laissa rapidement retomber lorsqu'elle réalisa ce qu'elle faisait. Une vague de chaleur envahit ses joues.

Merde.

Elle le regarda une dernière fois pour l'ajouter à sa banque de souvenirs pour plus tard.

Gray et Gryff, faites de la place !

Disponible ici : mybook.to/ADaringJourney-FR

Si vous avez aimé ce livre

Merci de votre lecture. Si vous avez apprécié ce livre, merci de publier un avis sur votre site de vente préféré et/ou catalogue en ligne de type Goodreads pour en informer les autres lecteurs. Les avis sont toujours très appréciés et quelques mots suffiront à aider énormément une auteure indépendante comme moi!

Livres en Français

Made Maleen: Un conte de fées moderne revisité

Endommagé

Série Des Frères en Uniforme :
Des Frères en Uniforme : Max (livre 1)
Des Frères en Uniforme : Marc (livre 2)
Des Frères en Uniforme : Matt (Tome 3) - comprend aussi
Teddy (Nouvelle 3.5)
Des Frères en Uniforme : Noël Chez la Famille Bryson
(livre 4)

La Série Dare Ménage :
Osez doublement (livre 1)
Proposition osée (livre 2)
Osez être trois (livre 3)
Un désir osé (livre 4)
Oser s'abandonner (livre 5)
Un voyage audacieux (livre 6)

À propos de l'auteur

JEANNE ST. JAMES est une auteure de romances, dont les best-sellers sont en vente dans le monde entier et figurent au classement de *USA Today*. Elle adore mettre en scène des femmes fortes et des mâles alpha. Elle n'avait que treize ans quand elle a commencé à écrire. Son premier texte publié était une nouvelle érotique, dans le magazine *Playgirl*. Elle a écrit sa toute première romance en 2009. Depuis, elle est l'auteure de plus de cinquante romances contemporaines. Ses sujets de prédilection sont les histoires M/F et M/M, les trios M/M/F et les couples mixtes. Elle écrit aussi sous le nom de plume J.J. Masters. Envie de découvrir un peu plus ses œuvres ? Téléchargez un extrait gratuit en anglais : Book-Hip.com/MTQQKK

Pour ne rien rater de ses actualités et de ses parutions, consultez son site web www.jeannestjames.com ou inscrivez-vous à sa newsletter (en anglais): http://www.jeannestjames.com/newslettersignup

www.jeannestjames.com
jeanne@jeannestjames.com

Jeanne's Groupe de lecteurs: https://www.facebook.com/groups/JeannesReviewCrew/

TikTok: https://www.tiktok.com/@jeannestjames
Amazon.fr: https://www.amazon.fr/~/e/B002YBDE7O

facebook.com/JeanneStJamesAuthor

instagram.com/JeanneStJames

bookbub.com/authors/jeanne-st-james

goodreads.com/JeanneStJames

pinterest.com/JeanneStJames

Aussi par Jeanne St. James

Retrouvez mon ordre de lecture complet ici:

https://www.jeannestjames.com/reading-order

* Disponible en livre audio (anglais)

Des livres qui se suffisent à eux-mêmes:

Made Maleen: A Modern Twist on a Fairy Tale *

Damaged *

Rip Cord: The Complete Trilogy *

Everything About You (A Second Chance Gay Romance) *

Reigniting Chase (An M/M Standalone) *

Brothers in Blue Series:

Brothers in Blue: Max *

Brothers in Blue: Marc *

Brothers in Blue: Matt *

Teddy: A Brothers in Blue Novelette *

Brothers in Blue: A Bryson Family Christmas *

The Dare Ménage Series:

Double Dare *

Daring Proposal *

Dare to Be Three *

A Daring Desire *

Dare to Surrender *

A Daring Journey *

The Obsessed Novellas:

Forever Him *

Only Him *

Needing Him *

Loving Her *

Tempting Him *

Down & Dirty: Dirty Angels MC Series®:

Down & Dirty: Zak *

Down & Dirty: Jag *

Down & Dirty: Hawk *

Down & Dirty: Diesel *

Down & Dirty: Axel *

Down & Dirty: Slade *

Down & Dirty: Dawg *

Down & Dirty: Dex *

Down & Dirty: Linc *

Down & Dirty: Crow *

Crossing the Line (A DAMC/Blue Avengers MC Crossover) *

Magnum: A Dark Knights MC/Dirty Angels MC Crossover *

Crash: A Dirty Angels MC/Blood Fury MC Crossover *

In the Shadows Security Series:

Guts & Glory: Mercy *

<u>Guts & Glory: Ryder</u> *

<u>Guts & Glory: Hunter</u> *

<u>Guts & Glory: Walker</u> *

<u>Guts & Glory: Steel</u> *

<u>Guts & Glory: Brick</u> *

<u>Blood & Bones: Blood Fury MC®:</u>

<u>Blood & Bones: Trip</u> *

<u>Blood & Bones: Sig</u> *

<u>Blood & Bones: Judge</u> *

Blood & Bones: Deacon *

Blood & Bones: Cage *

Blood & Bones: Shade *

Blood & Bones: Rook *

Blood & Bones: Rev *

Blood & Bones: Ozzy *

Blood & Bones: Dodge *

Blood & Bones: Whip *

Blood & Bones: Easy *

Beyond the Badge: Blue Avengers MC™:

Beyond the Badge: Fletch *

Beyond the Badge: Finn *

Beyond the Badge: Decker

Beyond the Badge: Rez

Beyond the Badge: Crew

Beyond the Badge: Nox